魅丽文化 飞言情工作室

可望可及

因酱 著

江苏凤凰文艺出版社
JIANGSU PHOENIX LITERATURE AND ART PUBLISHING, LTD

图书在版编目（CIP）数据

可望可及 / 因酱著 . -- 南京 : 江苏凤凰文艺出版社 , 2020.6
ISBN 978-7-5594-4634-3

Ⅰ . ①可… Ⅱ . ①因… Ⅲ . ①长篇小说 - 中国 - 当代
Ⅳ . ① I247.5

中国版本图书馆 CIP 数据核字 (2020) 第 036191 号

可望可及

因酱 著

责任编辑	李龙姣 张 倩
特约编辑	郭玲玲 刘冬鸣
装帧设计	殷 舍
出版发行	江苏凤凰文艺出版社
	南京市中央路 165 号，邮编： 210009
网 址	http://www.jswenyi.con
印 刷	湖南天闻新华印务有限公司
开 本	880mm × 1230mm 1/32
印 张	9
字 数	180 千字
版 次	2020 年 6 月第 1 版，2020 年 6 月第 1 次印刷
书 号	ISBN 978-7-5594-4634-3
定 价	39.00 元

目录

CONTENTS

目录

CONTENTS

第一章
分手快乐

四月的纪城，阳光明媚。

车在机场高速上疾驰，姜可望陷在座椅里补眠。经纪人米拉回复完邮件，终于得闲喝了口水，边拧瓶盖边扭头看自家的艺人。

刚从机场接到她，上车没一会儿，她就睡着了。这一个月，姜可望独自在国外录制真人秀，节目组的要求很苛刻，不让带助理，行李也不许多带，每人统一两个箱子。北欧那么冷那么远，真是难为她了。

可不，机场一见面，这孩子一脸倦色，人也瘦了一大圈。但她依然没脾气地笑着，一句抱怨话都没说，还给米拉带了纪念品：一只木雕的小美人鱼。姜可望不愧是米拉入行以来最不用操心的艺人，性格好得像团柔软的棉花。正感慨，车忽然缓缓停下，米拉透过车窗往外看，就见长长的队伍一眼望不到头："堵车了？"

司机应声，米拉打开地图看路况，显示前方拥堵三公里。

"还好，今天没什么事。"她自言自语道，无意间一回头，看到身边的女孩正一脸茫然地坐起来，“醒啦？”

“嗯，米拉姐。”姜可望吸了吸鼻子，手肘搭在窗框上，朝外望了望。车流朝前龟速移动了一会儿，车里的三个人难免都有些浮躁。姜可望仰头看看车顶，打破了沉默的气氛，说：“米拉姐，要不要来一支？”

米拉被她的话吓了一跳，问：“你不怕被裴先生发现啊？”裴先生勒令姜可望戒烟，连带着他们这群人也要一起戒。

一开始还没这么严格，他只是不许姜可望一个人抽，直到有一次他闻到姜可望身上有烟味，如此和气的人大发雷霆。米拉多管闲事，在旁边帮着说了句：“真不怪可望，是我们这些人抽烟让她沾到味了。”

他似笑非笑地点点头，从此他们工作室的员工守则中就多了一项强人所难的规定。

姜可望将烟盒递到米拉面前：“他人还在港岛，不怕。”然后她还指挥司机：“小麦，把天窗打开。”

直接开车窗会被人偷拍，司机顺从地打开了车顶天窗，并从她手中的烟盒里拿了一支：“谢谢姜小姐。”

米拉叼着滤嘴，还发着愣，姜可望送来打火机，帮她点燃。一时间，车里烟雾缭绕，气氛顿时轻松了不少，即使还堵在路上，大家也不觉得急躁了。米拉若有所思地看着姜可望：“趁着在国外没人管，你没少抽是不是？回国了就收敛点，裴先生什么时候回来？”

“不知道，还有得忙。”姜可望以手托腮，吐了一口烟圈，嘴唇嘟成漂亮的形状。

裴郁每个月都会去一次港岛。他虽是纪城人，但从小在港岛长大。如今裴氏回京发展，大部分产业在内地市场深深扎根，他在港岛的父母也已经亡故，却仍时不时去那边住上一阵子。

是在那边有个家？总不至于是因为乡愁吧。每次思考这个问题，姜可望的心情总带着一丝戏谑。这种事姜可望无权过问，她的本分是扮演好金丝雀的角色，把裴郁哄得开心就足矣。在一起之前，她倒是曾问他：“你没有老婆吧？”说来滑稽，明明成为情妇已经是一件超出道德范畴的事，姜可望偏偏还不能接受与有妇之夫有染，仿佛图个心理安慰：她也不是完全没有底线的。

“没有。”裴郁回答得很简单，并无多余的解释。信不信全在她。

不过，如今这已经不重要了。当初在一起时，他们之间签了协议，期限三年，明天就是合约到期的日子。抽完那支烟，姜可望也想好了分手的事。

没有人能出卖一辈子青春，她还年轻，跟裴郁在一起的时候才十九岁，今年也不过二十二，以后的路还很长，从他那里抽身还来得及。等他从港岛回来，她就会向他提出分手。

车到达她家楼下时，天已经见黑，她进了家门，胡乱将东西往地上一扔，就上了楼。身后的脚步声一直跟到房间里，姜可望没有停下脱衣服的动作，她将毛衣丢到沙发上，瘦削的肩膀背对着来人：“娜娜，我要吃冰糖燕窝。”

娜娜是菲佣的名字，她听得懂简单的中文，但是不会说。房间里静了静，在姜可望拉下裙侧拉链的时候，脚步声才又响起，从她身后渐渐远去。她头也没回，走进浴室去洗澡。

浴缸里的水面腾起白雾，蒸得人昏昏欲睡，姜可望眯眼泡在热水里，听到有人推门走了进来。是娜娜给她送来了燕窝吗？她也不介意对方没敲门就往里走，依旧懒懒地眯着眼，伸出一只手去接：“谢谢。”

手里半天没有接到东西，她才抬头睁眼，浴室里雾气太大，给人的轮廓镀上一层柔光，显得影影绰绰。那人身材修长，不似女佣丰腴饱满的身形，骨节分明的手里捧着洁白的瓷盅，由远到近，走到她面前，清隽的面容逐渐明晰。

“你怎么回来了？”姜可望惊讶地问。是裴郁站在那里，不是别人，刚才跟上楼的人也是他。她一定是累糊涂了，才会把他的脚步声认错，还指使他去给自己做甜品。

他并没介意，抽了张凳子在浴缸前坐下，轻描淡写地道：“不是说想见我？”

“嗯？”姜可望发了呆，她原话并不是这么说的。她只不过是在回程的飞机上给他发了条信息：“我要回国了，你在家吗？”机舱里的网络信号很差，姜可望本来以为不会发出去，却在一个小时后收到了他的回复：“我在港岛。”

她便没指望回来的时候能见到他，除非他在收到信息后就决定立刻回来。但事实是，现在他坐在她面前，用瓷勺舀起盅里晶莹剔透的燕窝，吹吹热气，递到她唇边。这样体贴的举动对裴郁来说不能算多，姜可望却本能地想后退，因为她刚才还在考虑跟他分手的事。

“怎么了？”裴郁把勺子收回来，低头看看，没看出有什么不对，以为她是嫌烫，便再次吹了吹。

姜可望只能伸过头，吃了一口，抬眼间瞥见他眼底闪过的笑意。他耐心地翻搅那碗甜品，轻轻吹着气，好让它不那么烫，瓷勺碰撞着盅壁，发出清脆的响声。

“听说这次拍摄你表现得很好，辛苦了。”他腾出一只手，凉凉的指尖在她脸上抚摸，摸到唇边，停留了片刻。她猝不及防就红了脸。

在裴郁心里，她是什么样的存在呢？这三年来，他对她一直很好，很多时候她甚至觉得他是喜欢她的。也许就是因为这样，她开始越来越摆不正自己的位置。姜可望想结婚，非常非常想，这个念头涌起的时候，她才发现自己十分可怕。

一碗燕窝喂完，他将瓷盅放到一旁，不无认真地问她：“要不要陪你洗？”她脸上的红晕还未褪去，闻言烧得更厉害了，本能地掩住了胸口，摇摇头。裴郁便手捧着那盏小白盅，像来时那样，静静地出去了。

她独自在浴缸里静了一阵子，起来吹干了头发，穿好浴袍拉开门，见裴郁坐在沙发上，正拾起身边散落的衣服，是她先前脱下来的那些。他将衣服摊在腿上，面色平静地叠好，放在一边。

姜可望微微失神的时候，听见裴郁出了声：“怎么站着不动？”她回过神来，走到他身边，坐下。

“裴……”她刚说出一个字，下巴就被提过去，唇上一热。接吻是他们之间再正常不过的事，姜可望却紧张了，背弓上的薄肉不由自主地绷起，微微颤抖着。他向来擅长挑起她的欲望，唇齿相依的感觉缠绵悱恻，鼻息交换的温存带着她一再沉迷。

直到裴郁的手探进她的浴袍，她才惊醒过来，把他推开：“我有话要跟你说。”

裴郁停下了动作，却不是因为她的话。他重新靠了过来，姜可望无措地仰起了脸，感觉到他的鼻尖在自己的脸颊上游移，轻嗅。

“抽烟了吧。”裴郁说。

姜可望一怔：“啊？”

“怎么总是不听话？”他轻声问着，带着一点无奈，但又不是责怪的意思，更像是宠溺。因为，刚一问完，他就搂住她，再度堵住了唇。姜可望的思绪有些迟钝，她在想，明明仔细刷了牙，洗了澡，她很小心的，以为不会被他发现。可是，为什么不能被他发现？她根本不需要小心，因为过了今天，他们之间就再无任何关系。

她想到这里，忽然之间变得十分清醒，又一次推开了他。裴郁有点意外，微微皱了皱眉头，她低下头，不与他对视，横着心说出那句话：“裴郁，我们分手吧。”

“什么？”裴郁皱着眉头问，好像她说了一句很不可思议的话。

“到期了，那份协议。”姜可望目光躲闪，艰难地说出口，“……正好就分手吧。”

裴郁忘了，她就知道。三年时间过得太快，眨眼已是最后一天，他跟她可不一样，会每天掰着指头数他们之间还有多少日子。姜可望感觉腰上的力量一松，他抽回了手：“去书房说。”

不等姜可望起身，他先一步走出房间，留给她一个背影。听着他的脚步声远去，她缓了很久，不敢相信自己已经把分手提了出来。整理了情绪，她钻进衣帽间，找了套衣服出来穿好，毕竟，真空穿着浴袍，实在不像是要去谈分手的样子。

姜可望敲了两下书房门，听到里面说了声“进来”，才推开门走了进去。

裴郁已经把当时的合同找了出来，正坐在书桌前看。当初，这份协议就是在这里签下的，那是姜可望第一次来这里，她坐在他的书桌对面签完字，他注视着她落了笔，然后问她：“想好了吗？”

纸页轻飘飘地落在桌子上，裴郁放下合同，这次又问了同样的问题：“想好了吗？”

就像三年前姜可望不知道自己的选择意味着什么，现在的她也不知道，她却还是点头：“想好了。”

裴郁也点点头，像对待一个前来辞职的普通员工，极为耐心且充满了善意，他指指她身边的椅子：“坐。”

她坐下，听到他问：“能不能告诉我原因？”

姜可望不是没有预想过现在的场景，她以为，以裴郁的性格，多半会在她确认过“想好了”之后，不假思索地回一句：“好。”一想到这个，她就有点失落。但现在，他在问她原因，不知道为什么，她更失落了。

“我不……”姜可望没有想过该怎样回答这个问题，她下意识地要说一句“我不喜欢你了”，刚说出两个字又发现自己很好笑。他们之间哪里谈得上什么喜欢不喜欢，要是真的这样说出来，就成了不打自招。姜可望的声音小了下去：“我只是不想过现在这样的生活了。”

“这样的生活。”裴郁低低地重复。

“我想为以后做好打算，”向“金主”提分手的话，还能怎么说呢，无非如此，“我以后想靠自己。”接下来，应该再感谢他这三年来的照顾，这样才算是完整的流程。姜可望张张嘴，却说不出口。

书房里陷入沉寂。裴郁只花了半分钟的时间思考，就表示了理解：“好的，我明白了。”像得到了特赦，她抬起头，正好撞上他意味不明的目光，以及挂在唇边的淡淡笑容：“可望，你长大了。”

姜可望搬回了原来的住处。

跟裴郁在一起之前，她一个人住在大学旁边的职工公寓里，那是她那暴发户爸爸的房子，闲置后租出去了两年，现在又空了下来。她打扫了一天的旧居，在不大的客厅里接待了裴郁的助理和律师。

“姜小姐，其实您不用住在这儿。”王特助环顾了一下环境，屋内整洁干净，但终究是有了些年月，掩盖不住几处斑驳的墙皮，“裴先生说，那套别墅送给您了。”

何律师也点头附和，推过来一份合同：“姜小姐，您是纪城户口，名下没有房产，是可以接受过户的。您只要在这里签个字，剩下的程序我们来办。”

又是合同，没完没了的合同，大概在他们眼里，这世界上的种种都得白纸黑字写下来，才能让人安心。姜可望倚着沙发，摇摇头："谢谢裴先生的好意，那么大的房子打理起来也不容易，我怕请不起工人。"

"您说笑了。"王特助恭敬地道，"这只是裴先生的一点心意，您收下就是，回头扔那儿增值还是直接卖了，都随您喜欢。"见她不动，他又拍拍身边的律师，拿出另一份合同："裴先生还吩咐过，把裴氏百分之五的股份送给您。"

亲自拟了合同的何律师暗暗吸了口气，他到现在还是吃不准裴郁的意思。送房产也就算了，送股份就过于夸张了，百分之五看起来是个小数字，但是放在市值千亿美金的裴氏……裴郁这手笔实在太大了些，他不是个过分慷慨的人。

会不会是王特助弄错了？这哪里是分手，求婚都绰绰有余。可姜可望连看都没看，双手环抱在胸前，一副抗拒的姿态："我不要。"

"姜小姐……"王特助为难地看了看她，又转头看看何律师，两个人面面相觑。

"既然已经分手，我拿着裴先生公司的股份不太合适，也不太方便。"姜可望放下胳膊，俯身给他们添茶，"裴先生可能误会了，我没打算向他要点什么，以后也不会纠缠他。二位还有别的事吗？"

话已经说到这个份上，王特助只能悻悻地带着律师告辞。他想起三年前，姜可望跟裴郁在一起，也是他从中做了各种张罗，记得裴郁问她有没有想要的东西，她露出一脸灿烂的笑容，说想开兰博基尼。姜可望不是个掩饰物欲的人，现在她说不要，就是真的不要。

车从楼下缓缓驶出小区，姜可望静静地站在阳台上看着，然后"哗啦"一下拉上了窗帘。

分手的事，姜可望没有特意告诉其他人。她在家休假，过了几天清静日子，倒是没有觉得不适应，她一个人很自在，就是出门买东西时需要低调些。米拉上门来找她的时候，还感到很奇怪：“你怎么住在这种地方？”

她轻描淡写地道：“最近在写毕业论文，住得离学校近点，比较方便。”姜可望还在读书，虽然很少去上课。她今年大四，这个时间确实是临近论文答辩的日子。

米拉没放在心上，“哦”了一声之后，兴高采烈地坐下来跟她说正事：“告诉你一个好消息。”

“什么好消息？”

“周思凡导演亲自给我打电话，说想找你聊聊，他有一个新剧本很适合你。”米拉开心地抱住她，“可望，你要红了！”

周思凡是那位听到名字就不用担心票房的导演。现在的电影市场已经不比前几年，资本干涉过多，电影质量良莠不齐，票房起伏很大，投资商亏本是很正常的事。唯独他是一股清流，即使是商业片也能兼具品质，屡屡刷新国产电影的票房纪录。

姜可望听完，只是抚了抚米拉的手臂，没表现出一点兴奋。米拉不信她不激动，不死心地摇着她的手：“你怎么回事？都要当凡女郎了，也没点反应。”

毕竟，姜可望先前只是个演演小成本片，或者在大电影里打打酱油的小演员。说她背后有人捧，都不会有人相信。姜可望说：“去年周导的电影上映，首映礼邀请了裴先生当嘉宾，他们是认识的，关系很好。”

“你是说，这是裴先生的人脉吗？”米拉恍然大悟，怪不得对方连“试镜”的环节都省了。

姜可望微微一笑：“这是他给我的分手费，我们分手了。”

“啊？”米拉震惊得说不出话来，巨大的冲击过后，眼神里还多了些消沉，比姜可望这个当事人还要消沉。

“对不起，米拉姐，以后可能要辛苦你了，”姜可望诚恳地道歉，“没了他，我们只能靠自己了。”

“为什么分手啊？”米拉的眼睛瞪圆。

姜可望想了一下，不失幽默地说：“上位失败。”

“你、你……”米拉憋了半天，叹了口气，“你傻啊，这么沉不住气？”说完还是不太愿意接受这个事实，又问她：“真的分了，没有回旋的余地了？”

姜可望认真地摇头：“米拉姐，帮我订张去杭城的机票吧，我想回我妈那儿住几天，散散心。”她是杭城人，自从进娱乐圈做了艺人，回家的次数寥寥无几。

“哦，好。”米拉急忙拿出手机，她边看航班信息边抬眼打量姜可望的表情，这哪是刚分手，需要散散心的样子？

航班订了次日早晨，姜可望摸着黑出门，临近中午的时候，从出租车上下来，走进小区。回家的事没告诉母亲，她很久没回来了，担心老人家提早知道会瞎张罗，又要弄一大桌子菜，她又吃不了几口。

站在家门前，却发现忘了带钥匙，她正准备敲门，包里的手机响了起来。姜可望看着屏幕上显示的母亲的名字，发了会儿呆，还真是巧。她没接电话，任由铃声响着，直接敲门。不知道老人家会有多惊喜，刚想起给女儿打电话，就立刻见到了她的人。

“咔嗒”一声，门从里面拉开，姜可望往后退了两步。

“怎么是你？”恍惚间，她简直不敢相信自己的眼睛。开门的人竟是裴郁，他手里抱着一只肥嘟嘟的橘猫，那只猫是母亲从路边捡回来养的，向来不亲人，此刻却温顺地依偎在他的臂弯里。

“先进来。”他平静地看着她，往旁边让了让。屋子里没有别人，茶几上放着两只杯子，碧绿的水面袅袅浮起热气，刚沏的茶叶。裴郁弯下腰，怀里的肥猫撒着丫子跑开，灵巧地攀到沙发背上坐着，圆溜溜的眼睛看着她。

“不接电话吗？”他提醒。

手机屏幕还在闪烁，姜可望只能暂时将满脑子的疑惑放一放，按下接听：“妈。”

“可望，”母亲的声音很高兴，听得出笑意，“你猜我今天遇到了谁？”

姜可望看向裴郁，答案不言而喻，她还是问：“谁？”

“我看见裴郁了！我去医院给你小姨送东西，回来的路上碰巧就看到了他的车，上去一看还真是。我就给请到家里来吃饭了，我现在出来在买菜呢，他喜欢吃什么？”

姜可望叹了口气，心里一阵烦躁。

“怎么啦？”母亲听出她情绪不对，但没想太多，“是不是我耽误他的事了，他来这边挺忙吧？”

“没事，他……”她顿了一下，只是说，“他吃得比较清淡，你记得买点西兰花。”

“好，我知道了。”母亲开心地挂了电话。

“我来这边谈个项目，正好碰到了。”裴郁在沙发上坐下，也跟她简单解释了一下，拿起茶杯后想了想，补上一句，“我没有告诉她我们分开的事。”

“嗯。”姜可望呆呆的，她也确实不想让母亲立刻知道这事，“抱歉，给你添麻烦了。”先前就不应该在过生日的时候贸然向他许下陪自己回家看妈妈的心愿，裴郁又为什么就由着她胡闹，配合她完成了愿望呢？以他们之间的关系，裴郁本来没有义务在她的父母面前扮演好男友的角色。

现在两人分了手，他就更没有这个义务了。

裴郁只是笑了笑，什么也没说。猫蹲在他背后，一只前爪搭在他肩上，他伸手摸了两把，不知道在想些什么。再见面的气氛很让人无所适从，姜可望不勉强跟他客气，提着行李箱进了卧室，留他一个人在客厅，等母亲回来。

母亲不是一个人回来的，她身后跟着王特助，后者手里大包小包，看样子是被裴郁派去帮忙提东西的。见到姜可望，两个人都很意外，母亲喜出望外地嗔怪道："这丫头，回来怎么也不吭声啊？"

"我们一块来的，本来想给你个惊喜，"姜可望面不改色地挽过妈妈的手，"没想到让你先逮到裴郁了。"

王特助感到很惊奇，暗暗往裴郁那边看了一眼，见他不动声色地转着手里的杯子。母女俩说说笑笑，一起进了厨房，姜可望挽起袖子，打算帮着打下手。没一会儿，王特助就一溜烟跟进来："姜小姐，您到外面玩去吧，我来。"

"这怎么行，你是客人。"姜可望当然受不起，要推辞。

他笑了一声："您说的哪里话，这里没有客人，裴先生是一家人，而我是替他做事的。"说完，他揶揄道："姜小姐别逞能，您也帮不上什么忙。"说得姜可望脸上红一阵白一阵，她确实干不来厨房的活，最多帮忙洗洗菜。她从小被母亲宠着，没有挨过灶台。

刚跟裴郁在一起的时候，她曾带他去自己的小公寓过夜，清晨醒来躺在裴郁的怀里，他捻着她的头发说："我饿了。"

"我也饿了。"她说完这句话后，便跟他大眼瞪小眼地互看了一会儿。

裴郁坐起来，表情有点迷茫，可以想象，他对于她的这个回答应该是不满意的。后来，姜可望下了床，去冰箱里翻出了最后的两袋方便面，唯一有点安慰的是，还有两根火腿肠。她煮好了面，分别装进两只面碗里，想了想，将两根火腿肠都放进了给裴郁的那只碗，然后端到桌上。

面煮得有点过，已经不筋道了，水糊糊、软绵绵的。这对于吃惯了好东西的裴郁来说，实在不是满意的一餐。裴氏是做餐饮起家的，清早起来吃煮坏的泡面，对他而言是比较难忘的回忆了吧。裴郁却给了她面子，沉默地吃，看到她碗里素得很，又把火腿肠都夹给了她。吃完那顿泡面，他就让她收拾了东西，搬去自己的别墅。

对于自己女儿的厨艺水准，做母亲的当然最清楚，听了王特助的话，姜母也哈哈笑道："可望，你去陪裴郁聊聊天，别让他一个人闷着了。"

姜可望被赶出厨房，只能回到客厅，裴郁仍然坐在沙发上，那只肥猫不知什么时候又钻进了他怀里，可劲地撒着娇，她走过去，把它赶跑。

"给。"她把茶几下的一只粘毛用的滚筒拿出来，递给他，怕他没发现，又指指自己的衣襟，"这里。"裴郁低下头看，西装上粘着几处浅色的毛发，那只猫没少在他身上蹭。

"我帮你吧。"姜可望看见他衣领后也有，又从他手里要回滚筒，低着头绕到沙发后面。裴郁很白，耳朵到脖子的那块皮肤尤为干净，简单的线条随意勾勒，就是优雅与慵懒。

即使已经分手，他对她仍有着巨大的吸引力。她烧红了脸，一面小心地粘掉他身上的猫毛，一面问他："你们什么时候走？"

"明天。"裴郁说。

"嗯，那我跟我妈说，你只是顺便送我回家，还有急事要办。"

“好。”

就这样，两人对好了口供。

“谢谢你，裴郁。”姜可望没想到他还会愿意在她母亲面前陪她演这一出。她的家庭是失败的家庭，父亲北上打工，发达后，在那边有了新家。这些年母亲为她熬了下来，只期盼她能幸福就好，如果知道她和裴郁分手了，一定会很伤心。

裴郁刚要说话，那只猫又一次蹿回来，跳上他的腿。姜可望眼看着他刚清理过的衣服上又粘了几根猫毛，不由得“哎”了一声。

“不碍事。”她再要去粘，他却轻轻地抚摸着猫的脑袋，开口道，“出门再处理。”

姜可望便退到一边，找了把椅子坐下。她心里莫名浮起一丝妒忌，其实对于裴郁而言，以前的她跟这只无赖的肥猫一模一样。

吃饭的时候，母亲还是看出了端倪，瞅着各吃各的两个人，说：“可望，给裴郁夹菜呀，裴郁，你多吃点。”

姜可望手里的筷子顿住，倒是裴郁替她解了围：“可望最近比较辛苦，让她自己吃吧。”说着，他夹了几颗虾仁到她碗里。她低头看看碗，也给他夹了块山药。

饭后，姜可望去厨房帮着洗碗，母亲还是有点不放心地问：“我怎么觉得这趟回来，你们生疏了不少，没吵架吧？”

“没吵。”姜可望漫不经心地拧开水龙头，水池里哗啦啦地响。

“是吗？我看裴郁这个人很不错，可望，你可不要使小性子，好好珍惜。”母亲又是这句话，听得她耳朵都快起茧子了。她不耐烦地道：“好着呢，我们很好。”话音刚落，厨房门被敲了两下，是王特助。

“阿姨，我们还有点事，就先走啦，谢谢您的招待。”

“这就走了？”姜母在围裙上擦了擦手，追出去再三挽留，最终遗憾地把裴郁和王特助送出了门，“可望，你下去送送。”姜可望应着跟出去。他们的车就在楼下，送下楼，王特助先上了车，从停车位里把车倒出来。

“下次再遇到我妈，不用理她了。”她站在裴郁身边，心里有些过意不去，“不过，应该没有下次……”她得开始考虑，什么时候让母亲知道事实，用什么样的方法告诉她，才不会让她担心。

裴郁没表态，用一种她没见过的目光看着她：“可望，你过来。”姜可望朝他挪了一步，接着就被他拥入怀中，透过车前的挡风玻璃，她看见握着方向盘的王特助明显一愣。

裴郁的吻贴着她头发摩挲，温柔而缱绻。她沉溺其中的时候仰起了脸，原来是母亲在楼上开着窗目送着他们，瞧见这个亲密动作，顿时露出了欣慰的笑容。

“我先走了。”他的嘴唇附在她的耳畔，轻轻地说。

“先走了”，没有直接说再见，仿佛就不是告别。姜可望上楼的时候，好不容易忍住了，才没有回头再看一眼。母亲看到他们那样，自然是放了心，亲热地缠着她说了好多话，才放她回了房间。她要写毕业论文，大学落下不少课，不知道能不能顺利毕业。

大学的这几年没有好好读书，挂了不少科，再过些天，她还要去学校清考。她学习不好，起初裴郁是操了心的，辅导过她几次，然而每次教她那些单词或者公式时，教着教着，两个人总会向着奇怪的方向发展，这一度成为他们之间的某种情趣。是为着这点乐趣吗？她的成绩就一直没有好过。

她在家里写了几天论文，米拉沉不住气，买了机票飞了过来：“我的姑奶奶，周导还在等着见你呢，你这心要散到什么时候啊？”

姜可望拿着贝壳梳慢条斯理地给猫梳毛，这样它的毛发就不会掉得家里到处都是，她说："论文还没写完，让他等着吧。"

于她而言，周导扔来的橄榄枝跟那幢别墅和那些股份毫无区别。她不想要裴郁的任何补偿，他欠着她，就会一直想着她。姜可望无所谓的态度令人抓狂，米拉崩溃地道："论文我找人帮你写，赶紧跟我回纪城好不好？"

她不吭声，好像米拉说的那些话与她无关一样。米拉头疼不已，亏她以前还老是夸姜可望让人省心，这最让人省心的人突然矫情起来，真是让人无从下手，因为根本摸不清她在想什么。

"你的节目播出两期了，你看了吗？"米拉说的是她两周前录完的那个真人秀，那是个旅游综艺，他们一群艺人在北欧穷游了一个月。见她不吱声，米拉又说："收视率破二了，大家都很喜欢你，你现在应该做的是趁热打铁，赶紧刷一波存在感，说不定就红了！"

"嗯。"姜可望还是心不在焉的，米拉气得想揍她。

"我过几天就回去。"姜可望的话忽然让人有了希望。

米拉的心里刚生出一点欣慰，还以为她想通了，她接下来的一句话又让米拉的火气上来了："我得回学校清考。"

在娱乐圈混得开的人都有一颗钢铁心脏，米拉忍着脾气，问："清考几天啊？"

"三天，我挂的科挺多。"她拿手机点了一阵，米拉便收到了新信息，"帮我借一下复习资料，这是书单。"

米拉气冲冲地离开了姜可望的家。

米拉走后，姜可望慢慢放下梳子，放走了猫，回房间继续写她的论文。五月的杭城已经进入了初夏，阳光照着桌台，她恍惚想起自己高考之前的日子。那时，她总是坐在这里做理综习题，想着有一天要去纪城读大学。难以想象，大学里挂科挂到被学校要求留级的姜可望高中的时候是个学霸。

“你既然考上了这所学校，说明是很聪明的，为什么不好好学？”裴郁找人摆平了留级的事，不解地问她。

“你不喜欢这个专业？我可以联系人帮你转系。”他又问。

那阵子姜可望还没进娱乐圈，他常常担心地道：“你有没有想过你的将来，毕业以后你可以做什么工作？你的理想呢，打算将来做什么？”

姜可望只是傻傻地笑，裴郁的担忧让她不是很能理解，他是谁，为什么要考虑她的未来？他越界了，姜可望却慢慢发现，她很喜欢这样。好像她就在他的未来里，他要为她的后半辈子负责一样。他那样真的很像一个长辈。

姜可望在梦里笑得很开心，蓦然惊醒，才发现自己趴在书桌上睡着了，一条胳膊被脑袋枕得发麻。她茫然地揉揉眼睛，听到桌上的手机“叮咚”一声，米拉发来了信息。一张照片铺满了屏幕，像素不高，是被人匆匆抓拍下来的，背景是昏暗的停车场。

人物是一对模样登对的男女，手挽着手，姿势亲密。

“女的你认识吧，就是演《昼夜》的那个吴珊妮，年纪比你还小，你看看，她挽着的这男的是谁？”米拉说。

男的只有一个侧脸，别人可能看不出是裴郁，但跟他相处了三年的姜可望光凭下颌线的弧度就可以认出来。她冷静地问：“这是哪儿来的照片？”

“娱记刚爆出来的啊，就是这几天的照片，吴珊妮长得那么清纯，还说自己没谈过恋爱，现在网上都讨论疯了！”一字一句，敲在人的心上。姜可望刚醒，放下手机还有点眩晕，她走出房间，门外正响起钥匙转动的声音，是母亲回来了。

“你外婆给我拿了好多新鲜的竹笋，晚上做给你吃。”母亲提着个编织袋，笑吟吟地对她说。

“妈。”姜可望走过去，帮她提过袋子，然后抱住了她。

“怎么了？”对于她突如其来的亲昵，母亲有些不习惯，轻拍着她的背。

“我明天回纪城。”姜可望彻底从梦里醒了过来。这些天她是魔怔了，一直逃避现实，假装分手对她来说没有任何影响。裴郁的温柔也欺骗了她，他并不是非她不可，这么快他身边的空缺就有人补了位。

坐在回纪城的飞机上，米拉总算松了口气，安慰着她说：“可望，你别难过，这个时代也不流行嫁豪门了，现在当明星比做企业更赚钱，而且钱是你自己赚的，花起来更硬气。我们好好努力，我把你捧上超一线！”

“谢谢你，米拉姐。”姜可望拍了拍她的手背，“我没事。”

她们回到纪城，没能跟周思凡导演见上面，对方只是在纪城暂住一阵子，没等到姜可望就先回了港岛，直接留下了签约合同。米拉还担心她不愿意接这部戏：“你千万别逞强，裴郁送你这个资源是应该的，毕竟你跟了他三年，不拿白不拿。”

话音还没落，姜可望已经把字签好，落下了印章。米拉笑了，高兴地抱着她猛亲了一大口：“这样才对。”

姜可望低头不语，她从来不知道什么是对的。

电影是九月份开机，米拉跟对方沟通了一系列事宜，喜滋滋地拉着姜可望告辞，正琢磨着这中间空缺的几个月行程应该安排点什么时，就有个电话打了进来。

“您怎么想起我来了？”米拉眉飞色舞，姜可望在旁边听了几句，好像是关于她的，只见米拉的眼睛越来越亮，最后在一连串的“谢谢、谢谢”中挂了电话。

“你猜刚刚是什么人给我打的电话？”不等姜可望猜，米拉自己就迫不及待地说了出来，“《我们初恋了》的导演向我问你的档期！”

“嗯？这是电影吗？”很久不看电视的姜可望对这个没什么概念。

“这是去年最火的恋爱真人秀啊！”米拉兴冲冲地说，“那个导演看了你的上期节目，跟我说你综艺感特别好，想邀请你参加这一季的录制。”

“恋爱真人秀啊……”姜可望还是没什么概念，凭着猜测想，大概是谈恋爱给观众看？

米拉以为她是有什么顾忌，便劝说道：“这种节目很圈粉的，我早就想给你接了，但是那个时候裴郁肯定不同意。现在不一样，你单身啦，这节目时间卡得也好，下个月月初就开拍，三个月拍完，你正好去港岛拍电影。可望，这是个很好的机会。”

“米拉姐，你来决定吧。”听完她的话，姜可望淡淡地道。接什么样的资源都好，现在她只想让自己忙碌起来，不再像从前那样惶惶度日。

双方都有意向，档期又合适，米拉去谈好片酬，很快就签了约，跟节目组的导演拉了工作群。工作人员热情地招呼：“欢迎姜小姐加入《我们初恋了》第三季的录制。这里有几份资料，请各位接收一下，大致了解一下接下来的活动流程，有不明白的地方可以随时问……”后面还有一长串文字，姜可望没细看，目光定格在消息后的文件名上。

她转头用疑惑的眼神望向米拉。

“哦，忘了告诉你，”米拉摸了摸鼻子，“我们的第一站是港岛。”

第二章

新的开始

姜可望没有去过港岛，只知道那是裴郁长大的城市，除此之外，她对港岛一无所知。对于这个地方，裴郁向来缄口不提，他每个月都返港，没有一次带上过她。于是在她眼里，它总带着一种神秘的色彩，仿佛埋着他不为人知的秘密。想到即将要踏上那片土地，她总觉得冒犯了他的禁忌。

不过，能有什么禁忌呢，需要瞒着她的，除了他在那边有家室，想不出别的可能。

五月的最后一天，学校的导师终于在她的名字后面打了个钩，说："好了，姜可望同学，恭喜你毕业。"

姜可望长长地舒了一口气，她原本并不奢望能顺利毕业，已经做好了延毕的准备，最后一个月只是尽力去弥补过去四年的荒废。她谢过导师，对方无奈地笑笑："不客气，这是你自己的能力，希望你以后不要再把它用在抱佛脚上。"

她不好意思地给导师鞠了一躬，次日便登上去港岛的航班。

六月的天气已彻底入夏，出了机场，扑面而来的是热烈的阳光。这一季的节目特意选在夏天录制，打的是“热恋”的主题，友情提示了艺人出镜最好不要上太浓的妆，以免在高温下花得惨不忍睹。

姜可望只扫了点眉粉，连小杂毛都没修，逆着光，她的眉毛毛茸茸的，嘴唇是本来的唇色，因为高温呈现自然的桃红，在人群中仍然有种夺目的惊艳。前来接机的工作人员见惯了艺人，也不由得惊讶地问：“姜小姐哪里人，皮肤这么好？”

其实，她皮肤不算顶好，胜在年轻。裴郁的皮肤才是有悖于自然规律，也许是因为港人爱煲汤？他已经三十岁，一张脸看上去还是通透无瑕，如果非要挑出一点瑕疵，大概只有右脸颊上的那颗浅棕色的痣。

不过在姜可望眼里，那可不算瑕疵，反倒让他的脸生动起来，有了故事。

坐在车里，拍摄已经在进行，还没见到男搭档，导播先帮助她进入氛围，提了不少关于恋爱的问题，然后拿出一打照片，说：“这些人中会有一个是你的男朋友，你最希望是谁？”

姜可望接过来，一张一张翻看，节目组为了制造效果，让他们假装对自己搭档的身份不知情。其实，在来之前，她就已经知道，这次合作的搭档是当红的流量男星许昊臻。

许昊臻是个颇受争议的艺人，在当前小鲜肉普遍塑造好男友人设的风潮下，唯独他桀骜不驯、特立独行，频频爆出负面新闻。但仗着过硬的业务能力和人气，他从来不缺好资源。

人人口中的黑红，大概说的就是他。米拉一开始听说要合作的人是许昊臻，还很不高兴，倒是姜可望如释重负，起码这个人跟裴郁是截然相反的两种类型。

“我希望是他。”姜可望挑出许昊臻的照片，笑了笑。节目组给他们设定的台本是乖乖女和叛逆少年之间的相互吸引，从这一刻开始，她就演上了。

在酒店休息了一晚，第二天清晨，姜可望按时起了床，迎来了第一天的录制。节目组安排许昊臻来接她，她走出酒店的玻璃门，就见路边停了一辆摩托车，一个个子高高的年轻男孩从车上跨下来，走到她面前。

“你好，我叫许昊臻。”许昊臻真人比照片上好看，跟裴郁不是同一个类型的好看，他有四分之一的葡萄牙血统，头骨偏窄，鼻子挺直，眼睛是浅浅的琥珀色。姜可望也向他问了好，摄像机跟着他们，他带着她走到摩托车旁，递给她一个头盔。

节目组别出心裁，初次见面，安排他骑摩托车载她去录制现场。

她没有戴过头盔，拿在手里研究了一会儿。许昊臻已经戴好头盔跨上了车，回头一看，把她的头盔要回去，轻轻卡在她的脑袋上。在他低头小心地帮她系上搭扣的时候，她忽然感到一丝不自在，往旁边让了让，他便抬头问：“怎么了？”

姜可望摇摇头，别扭过后想起来这只是在录节目，便继续让他扣。摄影师没放过这个机会，完完整整地录下了这一幕。许昊臻扭头看看，说了句：“上车。”

他话不多，跟媒体渲染下的那个被妖魔化的形象反差很大。姜可望坐上后座，他回头推开她头盔上的挡风玻璃，说了声：“你扶好我的肩膀。”然后，他又替她合上。姜可望的手刚搭稳他的肩，摩托车“嗖”的一声就载着她蹿了出去。

摩托车的引擎声炸得整条街都是巨响，呼啸的风擦着姜可望的身侧掠过，摄影车被远远地甩在后面，连个影子都追不上。她眼看着许昊臻载着自己各种超车加塞，引得路上喇叭四起，才反应过来，他这是在飙车。心脏不受控制地剧烈跳动，姜可望却丝毫不紧张，只是疑惑，这样还能正常拍摄吗？

当然不能。许昊臻一路把车飙到了下一个拍摄场地，等在那边的工作人员早已接到了摄像组的电话，哭笑不得地说：“许先生，您这是干什么？完全没拍到啊。”

米拉急匆匆地把姜可望扶下来：“可望，没事吧？”姜可望摇摇头，紧接着手被米拉一捏，只听她道：“你的脉搏跳得好快！”

这里似乎是港岛的富人区，据说这幢豪宅是节目组制作人向朋友借来用的。她走进后花园，穿着黑衣白裙的菲佣时不时来回走过，好像在准备房子主人的晚餐，她看得出了神，东南亚人都长得很像，这些女孩跟娜娜可真像。

“不是你们说要拍飙车的镜头吗？”许昊臻耸耸肩，下了车，摘下头盔，露出一张无辜又英俊的脸。

“是要拍，但那是摆拍，没真让你飙车！”他的经纪人也很无奈，转头一个劲地向姜可望道歉，“姜小姐，您没被吓着吧？真对不起。”

姜可望倒是笑了，笑得厉害，让人觉得她可能是被吓傻了。她回答说：“很有意思啊。”

听到她这么说，许昊臻立刻来了劲，接话道：“对吧，是不是很刺激？回头我再送你回酒店。”

“你给我打住！”他经纪人一巴掌拍在他背上，然后把他拉到一边训话去了。

米拉也戳着姜可望的肩膀埋怨她：“你看你，还逞能。”

姜可望不是逞能，米拉不知道她的黑历史，刚上大学那会儿，她整天跟学校里的那群富二代混在一起，吃喝玩乐，荒废学业。这些人日子过得太安稳便不自在，总要找点刺激，飙车是家常便饭。他们爱玩车，她也要跟着玩，便去找爸爸开口要豪车。姜建国一口拒绝，然后把自己不用的大众车钥匙扔给她，说：“你先开着，等手熟了再给你买新的。”

她便开着一辆大众混在一群奔驰宝马里，也不觉得自卑，开得挺开心。虽然车破技术烂，但胜在有一张漂亮的脸蛋和一颗玩得开的心，那些熊孩子都喜欢带她玩。

夜路走多了总会遇到鬼，姜可望还没开心多久，就在一次出去玩的路上追尾了一辆兰博基尼的车屁股。那辆兰博基尼的主人，就是裴郁。

当然，姜可望自己从来不觉得那是一场事故，这属于浪漫的邂逅，是小说里才有的桥段，尽管裴郁从车上下来后，面无表情地问她：“小姐，你在考驾照的时候没有学过交通规则吗？”

“你以后就别开车了。”在一起后，裴郁没收了她的驾照。

裴郁管她很严格，之后她就再没摸过方向盘，他给她配了司机，技术娴熟、严格遵守交规的那种。他自己也不开车，偶尔几次司机不在岗，只有他们两个，他宁愿叫代驾。

算一算，姜可望已经三年没有体验过飙车的乐趣了，许昊臻让她感到挺亲切，很像她大一时的那群狐朋狗友。大概是惺惺相惜，接下来的拍摄，他们很快就熟了。

一天的拍摄结束，工作人员做着收尾工作，米拉去跟导播谈了会儿事，姜可望闲来无聊，便在房子里转了转。

“你在看什么？”一道沙哑的声音在她身后响起。姜可望回头，没看到人，左右看看，并没有人跟她说话。

“你在找什么？”那个声音再度响起。她循着声音传来的方向再找，还是什么都没看见，愣了半天。

忽然，有人“噔噔噔”地走过来，姜可望转身，看见一个穿着水手服的小女孩，背着书包，看上去是刚刚放学回家。小女孩身材娇小，看上去年龄不大，不过十一二岁的样子。

“渺渺！”又是那个声音在说话。姜可望这回总算发现了，是只灰白色的鸟，站在枝叶繁茂的树梢上，不仔细看，根本看不到。

“这……是你养的鹦鹉吗？”姜可望问。小女孩走过去扬了扬手，那只鸟便飞到她的肩头站着。

“这是灰鹦鹉，它很聪明的，智商相当于五岁的小孩。”女孩的声音很冷静，没有这个年龄的孩子普遍有的嗲声嗲气，她说的不是粤语，而是字正腔圆的普通话，大概不是港岛本地人。她拿起树下的笼子，把鹦鹉放进去，然后抱着笼子，“噔噔噔”地上了楼。不知怎么回事，一向不喜欢关心陌生人的姜可望对那个孩子十分感兴趣，她长得很像一个人。

“渺渺是你的名字吗？”姜可望问。回答她的只有一个冷漠的背影，那孩子转眼就消失在楼梯尽头，她还没缓过神，另一个声音就叫住了她：“可望？”

姜可望听着这声音，看见了他的脸，受惊地后退了好几步，说：“你怎么在这里？”记得在纪城时，他每次回家，都会习惯性地先解下领带，此刻，他的衬衣领口松垮着，不经意地露出好看的锁骨。

裴郁的表情看起来比她还要迷茫：“这里是我家。”

姜可望慢慢地抬起头，目光越过他的头顶，投向他身后的楼梯，这里是他的家。那个女孩的皮鞋的小方跟敲击地板的声音，还萦绕在她的脑海中。裴郁顺着她的目光回头看了看，什么也没看见，他又看向她，问："你是来录节目的？"

他话音刚落，那边的许昊臻就喊了一嗓子："小可望！"

他们一同看过去，那个神采飞扬的少年站在远处抱着头盔朝她挥了挥，笑容足以让这个黄昏变成清晨。她就像得了救，没回答裴郁的问题，就朝着他奔了过去。

"他们非说要再拍一次我载你，烦死了，走吧。这回我骑慢点，你别怕。"许昊臻的语气里有点抱怨，但是弯腰帮她戴上头盔的动作很耐心。

"没关系啊，拍完你可以再像早上那样把我载回酒店。"姜可望的脸被头盔遮住大半，露着一双眼睛，朝他弯弯笑。

他也乐了，说："你真不怕啊？"许昊臻很自然地搂过她的肩膀往外走，这一切都落在裴郁的眼里。她恍惚地迈着步子，不知道他有没有在看，想了想，反手搭住了那只垂在她肩头的手。

回到酒店房间，刚洗完澡，米拉就来敲她的门。

"我这糊涂脑子，那房子怎么是裴郁的啊？看到他把我吓了一跳。"米拉很抱歉地承认错误，"怪我怪我，事先没搞清楚。"

"不怪你。"姜可望抱着膝盖坐在沙发上，背上散落着半干的长发，香味循了潮湿的水汽，若有若无地飘散在空气中，"你要是连这种鸡毛蒜皮的事也要搞清楚，那就忙不过来了。"谁又会闲着没事，去查拍摄用的场地是从谁那里借的呢？

米拉叹了口气，想到另一件事，说："他们说制片人张总跟裴郁是朋友，那这个节目邀请我们，会不会也是……"

"管他呢，合同都签了。"姜可望淡淡地打断，她不想听米拉说出来，连这个资源也是裴郁给的，他朋友可真多。他就这么迫不及待地想要解决掉她这个"后患"吗？

“好、好，你别多想。”米拉安慰着她，又跟她说了好些话。拍摄了一天，她们都很累，米拉忙前忙后，一直在做每个环节的协调，不一会儿，眼皮子就在打架。她窝在大大的单人沙发里，蜷成一团，打着哈欠道：“可望，我眯会儿，困得受不了。”

姜可望眼看着她闭上了眼睛，忽然幽幽地问了一句：“你看到他家里的那个小女孩了没？”

“谁？什么小女孩？”米拉含糊地回应着，没什么印象，她太疲倦，很快就发出了轻微的鼾声。姜可望依然保持着抱膝的姿势，下巴耷拉着，听着她均匀的鼾声，独自发了很久的呆。

“米拉姐，你知道我为什么下决心跟裴郁分手吗？”米拉睡着了，姜可望是在对着空气自言自语。

“因为，那次去北欧，整整一个月，他没有给我打过一个电话。后来，我打给他，是一个女孩子接的。我听见她去找裴郁接电话，然后听见她叫‘爸爸’。”她所有关于裴郁的美好记忆，在这声“爸爸”面前都像是假的，更随着她亲眼看到那孩子的模样被彻底打碎，她一直在自欺欺人。

米拉睡得很沉，姜可望去找了条毯子替她盖上，然后去调整了空调的温度。

次日清早，来接她们的是节目组的专车，米拉核对行程的间隙，无意中瞄了眼窗外，觉得路线不对，便询问节目组的人：“今天不去昨天那个地方拍吗？”

“计划有变，房子的主人那边不知道有什么变故，给我们换了个地方，说是面积更大。”那人感慨道，“那位房主的手笔真不小，在港岛这种地方，一百平方米的公寓就算豪宅了，我们找了好久都没有找到合适的独栋别墅，他一套套直接借给我们，租金都不收。”

米拉斜眼瞥姜可望，她闭眼靠着座椅补眠，似乎什么也没听到。见缝插针地睡觉，是所有艺人的必备技能。

新的场地确实比昨天的更豪华。院子里宽阔的露天游泳池碧波荡漾，拍摄间隙，工作人员一个一个戴着墨镜，惬意地躺在水池边的躺椅上享受阳光。姜可望怕晒，走上二楼的阳台，乘着阴凉朝远方眺望。这里视野开阔，瓦蓝的天空上飘着大块雪白的云团。她望着天，楼下驶入院门的黑色轿车把她的视线引了过去。

见到裴郁从车上下来，她没有多诧异，这里本来就是他的地盘。他一来，就吸引了一群人的视线，总导演颠颠儿地迎过去，赔着笑脸在他身边问候着。男人身高腿长，又穿着整齐熨帖的西装，站在一群个头普遍不高的工作人员中，显得分外打眼。她收回目光，坐在原地继续享受一个人的清静，没留意到有人上楼的脚步声。

等那串脚步声到了门外，她已经来不及溜出去，只能匆忙躲到窗帘后。裴郁走进房间，随手拉开一旁柜子的抽屉，拿出一样东西，她悄悄探出头去看，果然是他。

这个房间就是普通的起居室，没有什么贵重的物品，所以是对他们开放拍摄的。裴郁没有多作停留，关上抽屉就又出了门。姜可望屏着呼吸，轻手轻脚地跟在他后面，也走到门外。

姜可望还是粗心，这幢房子与纪城的那幢很像，二者是镜面格局。她出去的时候习惯向右，便弄错了方向，走向了走廊的另一侧。在她反应过来之前，不知从哪里冒出一个穿着工作服的年长男人，伸手拦住她，嘴里“叽叽咕咕”地说着粤语。

她一个字也听不懂：“抱歉？”

听到姜可望说的是普通话，对方想了想，才结结巴巴地说起蹩脚的国语：“您不能再往前走了，私人区域。”

她这才明白过来，回头看一眼，那边才是她来时的路。她刚要道歉折返，男人背后的房间里传来一道熟悉的声音："凯文，你让她进来。"门是虚掩着的，裴郁的声音清晰无比。那人立刻推开门让到一边，摆出个"请"的手势。

"不，不用了，我还要下去录节目呢。"姜可望连往里面看一眼的勇气也没有，落荒而逃。

"你去哪儿了？"老远就瞧见许昊臻左顾右盼，姜可望走到他身边，他才停止搜寻，手往她头上一盖，"都在等你。"

她低着头没太大的反应，知道自己的心在狂跳，但不是因为他这个动作。她说："对不起，在上面不小心睡着了。"

"没事，走吧。"当然不会有人怪她，许昊臻把卡在头顶的墨镜拉到鼻梁，"嗯？小可望，你的墨镜呢？"

姜可望摸摸衣襟，她习惯别在这个地方，低头一看，却什么也没有。

"会不会是睡觉的时候掉了，去楼上看看？"许昊臻提醒她。

她毫无印象，但想到还在楼上的那个人，脚步实在迈不动："算了，拍完再找吧。"

"又不耽误这点时间，外面太阳那么大，你不戴墨镜怎么行。"自从成了"车友"，许昊臻就对她仗义得不得了，说着就走，"没事，我上去帮你找。"

"别……"姜可望一把拉住他，匆匆跑到了他前面，"我自己去。"

她硬着头皮上了楼，走过拐角，再往上迈了几步，本能地停了下来，缓缓仰起了脸。裴郁就站在最上面的那一阶，居高临下地看着她。

"是你的吗？"一只手递下来，他拿着的正是她无意中不知落在哪里的墨镜。还能是哪里，多半就是起居室。她想起只有那个房间里有柔软的长毛地毯，坚硬的鞋底踩上去，一点声音也没有。墨镜掉在那里，她没察觉，而他进来拿东西的时候就发现了。

“是我的，谢谢。”姜可望避免着与他视线交汇，只是看着自己的墨镜，伸手接过。她捏住一端，要拿回来，他的手却没有松。她一愣，只能抬眼去看他，试图从他眼神里确认他的用意，可惜她看不懂。

裴郁紧锁着眉头，用一种颇为不耐烦的语气叫她的名字：“姜可望，你是不是故意的？”

“你是故意的吗？”这句话王特助也问过姜可望，就在她追尾裴郁的兰博基尼后。

善后工作是王特助全程处理的，裴郁在报警过后，就被备用的专车接走，后来再没露过面。整个过程中，交警和修理店的定损员看起来始终憋着笑，段子看多了，她这样的女孩子“不小心”撞了一辆豪车，动机实在是可疑。姜可望挠着头跟王特助签下了她全责的事故责任书，等交警走后，他冷不丁地问了她一句：“你是故意的吗？”

“不是。”姜可望无辜得直摇头，她记得王特助警觉的眼神在她脸上扫来扫去。可是，她确实不是故意的，也没捞到任何好处。裴郁从车上下来，只是严厉地给她上了一堂教育课，就把她扔给了助理。她不知道他叫什么名字，也没拿到他的联系方式，甚至不知道他笑起来是什么样的。

她对兰博基尼完全无感，撞车后看见车后坐着的年轻男人，第一反应原本是：年纪轻轻开这么好的车，多半也是个纨绔子弟吧，跟他们这群人没什么不同。当裴郁从那辆车上款款走下来时，姜可望感觉眼前一亮，周遭的一切都失去了颜色。

他穿着材质上乘的大衣，戴着浅灰色的羊绒围巾，整个人清清爽爽的，皮肤略有点苍白，看上去很干燥。干燥是个什么词呢？姜可望在脑海里搜寻了半天，哦，是干净。那是在纨绔子弟身上找不到的气质。

再加上，他当时不知道在忧愁着什么，眼睛里始终带着淡淡的忧郁，那气质更让人着迷了。

但后面的剧情就比较让人失望了，干净的忧郁男人态度冰冷，教育过她之后就扬长而去。她跟着王特助去4S店刷爆了信用卡，引得姜建国打电话过来：“我给你的副卡是不是被盗刷了？”

那辆兰博基尼被撞得有点惨，定损八十万。有意思的是，姜建国没给破旧的大众买商业保险，这八十万几乎得由他全额埋单。姜建国赔了钱，非但没有责骂她，还带她去吃了一顿大餐，笑嘻嘻地说：“挺能耐啊，撞了这么好的车。”以至于有一段时间，她心理病态地渴望着什么时候能再撞一辆豪车就好了。对裴郁不知所起的好感，大概也有一部分就是这浑蛋爸爸纵容来的。

现在，裴郁又问她：“你是不是故意的？”

姜可望一脸茫然：“故意什么？”

他语气不好，眼神也是凉的，打量着她，如同审视。她被他盯得发毛，忽然反应过来。他是在问，她是不是故意丢下墨镜，引起他的注意。或者，他有更深层的意思。是她提的分手，也是她不远千里来到他的眼皮子底下，演恋爱真人秀给他看，可不是故意的吗？

她只能摇头，然而这个动作不具备说服力，他不仅没松手，还朝前走一步，跨下了一级台阶。两个人的距离一下子拉近，她的面前就是他的胸膛，以及铺天盖地的压迫感。

“我不是。”姜可望不知该怎么为自己辩解了，她感到无力的同时也感到很生气。她是问心无愧的，倒是他，对她又是欺骗又是虚情假意，现在还来倒打一耙，反问她的用意。

“你还给我。”她恼怒地提高了音量，从他手里用力一抽。趁他没有防备，她抢回自己的墨镜，转身匆匆地往楼下跑。裴郁没有追下来，倒是她因为太紧张，在跨下最后一步的时候一个没留神，脚下打了个趔趄，差点摔了一跤。

“哎，慢点！”正等着她的许昊臻看到这一幕，迈开步子跑了过来，瞧她扶稳了楼梯扶手，才松了口气，“没摔着吧？”

“没。”姜可望站定，调整了呼吸，朝他扬了扬手里的墨镜，“找到了。”

“那我们走。”许昊臻笑笑，无意中一抬头，看见一个男人从楼梯的拐角处走了出来，静静地看着他们。裴郁的眉骨很高，眼眶间落着轮廓的影子，那让他的脸看起来多了一丝阴霾。许昊臻敛了笑容，再去看姜可望，她已经戴好了墨镜，他看不清她的眼神，只感觉臂弯被人一挽，就听她道：“走。”

重回镜头前，姜可望努力把裴郁抛到脑后，一下午都强打着精神认真拍摄。跟许昊臻合作是件轻松的事，他进入状态很快，会顺便带着她一块入戏。据说他们是这季节目的几对假想情侣里最有默契的一对。两个人在镜头下玩得累了，一起在太阳伞下的折叠椅上躺着休息，他朝她拍拍自己的肩，示意她可以随便靠。

她扭过头，只是看着他笑，节目需要她表现出适当的羞涩。她不动，他也没介意，自己凑了过来，附在她耳边，悄悄说了句话。姜可望表情一僵。

不远处，摄像组的人纷纷踮起了脚，互相交换了眼神：“在说什么？脸都红了。”

导播拿起对讲机，指挥现场收音：“话筒再放低点。”

姜可望还没回过神，仰着脸就看见头顶上的收音器往下落了不少，似乎极力想听一听刚才许昊臻对她耳语了什么。他说的是：“刚才那个人是不是对你有想法？昨天我也看到他向你搭讪了。”

众目睽睽之下，姜可望不明白他为什么胆子这么大，跟自己说这个。她一时没说话，不好轻易回答，担心让脑袋上的话筒录进去。许昊臻却又贴着她的耳朵，更小声地说了一句："我想提醒你，不要搭理他，你知道吴珊妮吗？"她摇了摇头。

"她前段时间跟那个人被拍到在一起，当时闹得很大。"他说的这些，她早已从米拉那里听过，接着，他话锋一转，"但是她现在彻底没消息了，签的电影和代言也全部换了人，跟被封杀没什么区别……啊！"许昊臻的声音戛然而止，整个人一下子弹开。

姜可望还没反应过来，就感觉到一股透心凉的潮湿溅上自己的手臂，她茫然地撑起身，躲开了那股莫名其妙涌出来的水柱。两把长椅之间的缝隙下，居然有个喷泉的出水口，好端端的，自己喷出了水。水柱是朝着许昊臻的方向喷的，他没能及时躲开，被淋了一头一脸，浑身都湿透了。

"怎么了怎么了？"工作人员见状慌了神，呼啦一下围上来查看情况。两边经纪人各自安抚艺人，许昊臻立刻被拉走换衣服。米拉看到姜可望只是一侧发丝湿了几根，便指挥着化妆师给她补妆，又问她："没被吓到吧？"

姜可望眨了眨眼睛，摇摇头，完全没明白过来这是什么情况。不多时，楼上下来了个男人，就是先前拦住姜可望的那个。他是这里的管家，彬彬有礼地向工作组道歉："给各位带来困扰，非常抱歉。可能是喷泉的控制系统出了问题，已经派工人去检查维护了。"

也许是他的普通话说得不好，姜可望虽然大概听懂了意思，但怎么也想不通，为什么刚好在这个时候，唯独这个喷头就失控了。她纳闷，抬头看了看楼上的阳台，那里空无一人。管家先生这时又投出了糖衣炮弹："大家先休息一会儿，进屋吃点水果。"

听到有水果吃，外面太阳这么大，大家也乐得轻松，“哗啦啦”一大群就进屋去歇着了。她还在疑惑地四处看，有人叫了一声：“姜小姐，先进去休息一下吧，别中暑了。”

姜可望进了客厅，她没吃东西，独自找了个地方坐下。米拉过来挽着她笑：“刚才导演跟我说，你和许昊臻的互动好甜。他说刚才那个喷泉坏了也没关系，蛮戏剧性的，剪进去应该效果不错。”

“吴珊妮现在怎么样了？”姜可望没来由地冒出一句话。

“嗯？”米拉被问住，愣了半天，“她啊……我只知道她的代言被撤了。你怎么又关心起她来了？”

“没什么。”姜可望自嘲地笑笑，过了一会儿，又笑不出来了。他们拍到夜里才收工，直到离开的时候，都没见到裴郁的人影。第二天再来，他也一直没有出现。

在港岛拍摄的行程一共七天，他们磨合得快，别墅场景的素材只用了三天就拍完了。之后的时间，节目组转而跟拍他们游玩港岛的街巷。这对姜可望来说相当于重新体验了一次旅游综艺，上次去北欧就是旅游综艺，把她累得够呛。北欧是严冬，港岛是盛夏，她顶着烈日走在德辅道上的时候，感觉自己的人生已经完满了。

但港岛跟海外不同，还是有不少人能认出他们，走在路上有人侧目，停下来的时候更是会引来行人围观。尤其是许昊臻，围观的人群中大部分是冲着他来的，都是他的粉丝。他们走到哪儿，粉丝就跟到哪儿，一路跟到士丹利街。他们在陆羽茶室的二楼拍到傍晚，准备回酒店，朝窗外一看，还能看到一群人在楼下踮着脚张望。

“要不要把她们叫上来给她们签个名啊？”许昊臻问经纪人的意见。不一会儿，一群女孩子开心地跑了上来，见到自己的偶像，一个个激动得直冒星星眼。

许昊臻让人给她们买了茶，然后开始挨个签名。姜可望托着腮在一旁坐了会儿，米拉过来叫她："可望，我们先回去吧。"她便应了一声，站起来，跟许昊臻他们道了别，准备先下楼。

还没走到楼梯，她就听到了一阵脚步声。正寻思着好像在哪里听过，就见一个小小的女孩子迎面走了上来，她还没来得及看清脸，对方就绕过了她，跑向许昊臻。

姜可望一个恍惚，回头看过去。小女孩穿着水手服和小皮鞋，背着小书包，背影纤细单薄。许昊臻看见她，不由得笑着伸出手摸摸她的头："你几岁了，怎么一个人？"

女孩躲了一下，没回答他的问题，似乎是递给了他一个笔记本，让他签名。许昊臻拿着笔，悬在纸上没动："你叫什么名字？我可以给你写一句祝福的话。"

"该走啦，可望。"米拉又来催姜可望，发现她在出神，便循着她的视线朝那边看了看。小女孩站在那里，声音冷冰冰的："我叫渺渺。"顿了一下，她又道："裴渺渺。"姜可望呆了呆，听到许昊臻逗着小女孩说话："普通话说得真好，你是内地人吗？"

"我不是。"小女孩依旧很冷漠。

姜可望愣怔地收回了目光，拽了拽米拉："走吧。"

"哦。"米拉没察觉出她的异样，带着她下了楼，两个人坐进车里，她脑子里乱乱的，米拉后来又说了什么，她也没听进去。米拉叨咕了半天才发现自己是在自言自语，以为她睡着了，扭头却见她眼睛睁着，只是眸色暗淡，没什么生气。

"你的脸色怎么这么差？"一只冰凉的手摸了摸她的额头，猛地一缩，又贴上来，"你好像发烧了。"

后面的事，姜可望就不知道了，她在车后座睡着，感觉车走走停停，让她睡得很不安稳。当艺人以来也不是没生病过，普通人都有头疼脑热的时候。只是从前每次她生病，裴郁都会陪在她身边，对她格外温柔，仿佛有种愧疚的心理，因为是他让她进娱乐圈的。

她进娱乐圈不能算个偶然事件，他认识不少导演，可能跟着他，走这条路是早晚的事。她是在一次陪他出去吃饭的时候，被他的朋友注意到的。

“裴生，你女朋友这么漂亮，不考虑一下当演员吗？”那是个在港岛小有名气的文艺片导演，正愁着自己的新电影没有一个合适的新面孔来做女一号，看到姜可望，他眼睛都亮了。

裴郁只当是恭维，漫不经心地敬对方酒：“她太单纯了，进娱乐圈会摔跟斗。”

对方哈哈笑着劝他：“你给她铺好路，还担心她摔跟斗？别人都是被潜规则，到你这里，只有潜规则别人的份，而且现在当艺人好光鲜的。”姜可望在笑声中懵懂地看着他们，再一看裴郁，他若有所思，似乎得到了一点启发。在那之前不久，她才因为挂科被学校要求留级。

于是，暑假结束后，她没回学校读书，而是进了他朋友的剧组。生平第一次拍戏，她才知道当演员这么辛苦。剧组设在纪城五环，她每天早晨不到五点，就要从床上爬起来坐车去剧组化妆。没过几天，姜可望就累得不行，躺在床上装起了病。

那时裴郁刚去了外地出差，得知了消息便立刻赶了回来，看她是怎么回事。

“还难受吗？”他的手搁在她的额头上轻抚。

姜可望死撑着点点头。在他回来之前，医生替她做过了全套检查，结果显示一切正常，那医生最后也只是委婉地说她可能是心理作用，没有拆穿她在装病。医生当然提前跟裴郁沟通过了，他看着姜可望的眼神很平常，就是真的关切：“哪里难受？”

她一会儿说脑袋，一会儿又说肚子，还说自己心慌。裴郁把她身上都揉了一遍，最后将她抱在怀里，捏着她的手，亲了亲掌心。

“告诉我，”他摸摸她的脸，“你是不是不喜欢拍戏？”

姜可望眨着眼睛，点了点头。

“那你喜欢做什么？我说过，只要是你喜欢的事，我都会支持你去做。”他问她。

姜可望却沉默了，她也不知道自己喜欢什么。

“姜可望，人活在这个世界上，怎么可以没有自己的追求呢，你就放任自己每天浪费生命吗？”这样的大道理，她听来也是似懂非懂的，只知道自己现在这样，裴郁很不满意。他为什么不满意呢？她爸爸都不操心这个，每次给她钱挥霍，都像偿了债一样畅快，并且心甘情愿给一辈子。

“陈导说你是有天赋的，而且，他夸你的时候，你也很开心，不是吗？”裴郁发现自己在对牛弹琴，便换了一种方式。

她想了想，点点头。

裴郁笑笑：“要不要再坚持一下，没准你会喜欢呢？”

她还能怎样，只能继续点头。

“乖。”裴郁把她搂紧了一点，一低头，吻住她的唇。他一吻她，她就神志不清，他什么时候偷藏了那枚戒指，她不会再知道了，只感觉他的唇稍稍离开了一会儿，再吻过来的时候，她嘴里就多了一个凉凉的东西，吐在手里一看，好大一枚钻戒。

“这是给你的奖励。”裴郁咬住她的耳朵轻轻拉扯，他低哑的嗓音性感得让人发疯。

姜可望一觉醒来，满眼的白色，她躺在医院的病床上，吊着点滴。

“醒了？”米拉扶她坐起来，一副手足无措的样子，不自然地递来水杯。姜可望喝了口水，觉得她神色怪怪的，便问：“发生什么事了吗？”

“裴郁……刚才来过。”她支吾着说。

姜可望觉得意外，但也只说了一个字：“哦。”

“司机就近找到这家医院，没想到是会员制的，我打电话给节目组求助，结果裴郁来了，直接办理了住院。”米拉抓着头，不知道怎么办才好。

“没关系，他来了就来了吧。”姜可望没有力气想太多。

“可是，你刚才……”米拉忧心忡忡地说了出来，“叫了裴郁的名字。”顿了一下，她继续道：“并且，他听到了。”姜可望握着杯子的手猛然一紧。

这时，米拉的手机响了起来，是导演打电话来关心姜可望的病情，她客套地应酬着。姜可望的手指慢慢松开，把杯子放回床边的桌子上。

“可望，你好点了没有？”打完电话，米拉问她，“医生说你是忽冷忽热，发低烧。”

“已经好多了。”姜可望仰面望一眼天花板，“明天就照常拍摄吧。”

“你不用勉强，导演说，我们的进度已经很快了，多耽误一天也不碍事。”米拉说，“还有，还有……”

“还有什么？”

几天后的下午，拍完最后一组镜头后，港岛站的拍摄宣告结束。导演双手一合：“好嘞，大家回酒店稍作休整，等通知集合，今晚裴先生做东，犒劳大家这几天的辛苦。”

众人一阵欢呼，各自收拾了器材，上车回酒店。姜可望回去洗了澡，米拉在浴室外翻着行李，收拾出一条短礼服裙，她庆幸地道：“还好我想着带条裙子，果然用得上。”

姜可望擦着头发出来，往床上看了一眼：“要穿这个吗？”

“凑合穿吧。”米拉以为她是嫌不够隆重。没想到姜可望提起来掂了掂，道：“就穿拍摄那几天穿的衣服不行吗？”

“那样会不会太日常了？”米拉有些顾虑。姜可望已经随便翻出了几件别的衣服，抱在怀里闪回了浴室。她扎了个马尾，穿着件白T恤搭配背带裤就走了出来，敷衍地化了点妆。

“你这……”米拉失笑。

“只是吃个饭，又不是宴会。”姜可望从前被保护得太好了，她哪里知道“饭局”是什么意思。米拉想了想，还是随她去，就这样陪着她下了楼。地点就在裴郁的别墅里，看起来喷泉已经修好了，她们到的时候，泳池旁边流光溢彩，清凉的水花交替喷洒。

姜可望进了客厅后才知道自己有多不走心，节目组的几个女生工作时还大大咧咧，回酒店换了装，化上全妆，一个个都跟变了个人似的。米拉倒是早就做好了心理准备，毫无负担地拉着她，上前去跟饭局的主人打招呼：“裴先生。”

裴先生点点头，目光扫过米拉身边这位仿佛刚从学校里出来的孩子。米拉捅捅姜可望，后者才跟着不情不愿地喊了声：“裴先生。”

她是孩子气，他总不会跟着她一起孩子气。裴郁微微笑了笑，关心起她的健康来：“身体好点了没有？”

姜可望不出声，只是点头，最尴尬的莫过于前任之间还要应酬，她只想早点完事。要说还是裴郁的段位高，分手后依然能保持体面，相形之下，姜可望多少显得有些失礼。米拉看得出她从头到脚都是抗拒，不得不帮着说客套话：“她昨天就恢复拍摄了，得多谢裴先生安排医院呢。”

想到那天在医院，姜可望睡着的时候还叫了裴郁的名字，米拉暗暗叹息着，孽缘啊。当时裴郁的反应很让人说不上来。他原本是站在床前要看她一眼的，没防备听到自己的名字，眉头皱了皱，米拉都呆住了。

他俯下身，耳朵贴近去听，然后那孩子没让人失望地又叫了一声。裴郁直起身，回过头，看向米拉。米拉打了个激灵，结果听见他问："她是在叫我吗？"她愣了一下，反应过来后，使劲摇头。

姜可望别扭地听着米拉打圆场，后来米拉又带着她到导演和制片人面前走了一圈。姜可望也不见得就是社交低能的小孩子，遇到该搞好关系的人，她还是可以得体地说上几句话，甚至恭维得对方十分舒心。米拉拉走她后，欣慰地道："这不是说得挺好嘛。"怎么刚才在裴郁面前，就任性起来了？

"嗯。"她拿了杯苏打水，抿了一口含在嘴里，微弱的小气泡刺激着舌头。

"有句话叫作买卖不成仁义在。"米拉试图开导她，用一些不那么直白的词，"就算散了伙，大家也不用搞得那么难看呀。"

姜可望低头不语。她本来不想这样，谁不想做到分手时潇洒转身，再见面优雅从容地寒暄，她也想成为那种充满魅力的女人，好让裴念念不忘才行。可是，接连在他面前失态之后，她的心态就不由自主地倾向了破罐子破摔。

米拉念叨起来就没个完，她听得烦躁，端着苏打水往外走。米拉倒是锲而不舍，她走到哪儿，米拉就跟到哪儿，嘴里就没个消停。室外燥热，姜可望一直走到喷泉带的旁边站定，那喷泉的水柱里带着干冰，雾气萦绕在周身，刚好就成了露天的冷气。

"行了，知道了，下次不那样了。"姜可望怕了米拉，服了个软，快速喝完苏打水，把杯子递给她，“能去帮我拿点水吗？”

米拉欲言又止，想了想，接过杯子：“等我回来再接着跟你说。”

她一走，姜可望总算清静下来，瞟着她的背影渐渐消失，打算找个地方躲一躲。刚迈开步子，一个小小的身影不知从哪里蹿出来，从她面前跑过去，身后跟着几个惊慌失措的女佣：“小姐！小姐！”

姜可望看清了那孩子的脸时，已经是她绕着院子前后跑了一圈，重新出现在视野里之后的事。那些女佣左撵右撵，愣是追不上一个小孩。

“渺渺……”姜可望不觉低低地喃喃了一声。下一秒，那个小小的身体就从她身边轻巧地擦过，不小心带得她一转，她一下子失去平衡，朝着旁边的泳池栽下去。

“扑通！”巨大的水花激起，姜可望呆呆地钻出水面，几个人都愣了，放弃了追赶，急忙围过来拉她上岸。泳池不深，她甚至没有呛到水，只是浑身湿透，头发贴着脸，这辈子都没这么狼狈过。好死不死，裴郁刚好从门后走出来，一眼就看见她这副落汤鸡的样子。

“裴先生。”几个女佣刚追到了小女孩，把她架回来送到裴郁面前，他的目光一下子被截走了。

“爸爸，爸爸……”那孩子不安分地扭动着，用稚嫩的声音向他讨着饶，眼里闪着可怜兮兮的光芒，跟姜可望前两次见到的冷漠孩童仿佛不是同一个人。裴郁眉头一皱，摆了摆手，一个女佣便上前去，低声劝着牵过了她，不知带向了什么地方。

姜可望目睹了这一切，脑海里只有昏昏沉沉的轰鸣，回过神时，裴郁已经大步流星地朝她走来，脱下西装披在她身上，然后扶着她就走。刚拿了水的米拉走到门口，只看到一对背影，她站在原地张了张嘴，追出去两步，最终还是作罢。

裴郁扶着姜可望绕过满是客人的大厅，走上楼梯的时候，低声提醒了一句：“注意脚下。”她的脚步轻飘飘的，整个人沉浸在一种迷惘的情绪里，反复回想着刚才的那一幕。她被带到楼上的客房，站在浴室里，裴郁从架子上拿了浴巾，帮她擦头发。

“要洗一洗吗？”裴郁摸到她发丝冰凉，担心她又生病，半天没得到回应，他才抬起头，从镜子里看她。她也在看她自己，目光低垂着，落在自己的胸口上，半透明的白T恤紧贴着身体，那画面简直活色生香。

“裴先生，你先出去吧。”姜可望平静地提醒着他的逾越。

赶走了裴郁，她锁了门，独自站在浴室里，脱下湿淋淋的衣服，把自己打理好。吹风机的声音在浴室里响了很久，她弄干了衣服，重新梳了头发，开门出去，才发现裴郁没走，就坐在客房的沙发上。姜可望装作没看到他，沿着墙根往外走，刚打开门，就听见他叫自己：“可望，可以谈一谈吗？”

她不知道他们之间有什么可谈的，于是不痛不痒地道：“改天吧。”说完，她便下楼去找米拉。米拉早就炸了，正等得焦躁，看见她从楼上下来，上前一把拉住她：“这是怎么了？”

姜可望只是把落水的事情简单一说，没提那个撞她的小孩子。米拉长吁短叹了半天，只能自我安慰道：“算了算了，以后应该也不会再见面了。”

“不会跟谁见面？”

许昊臻凭空冒出来，把米拉吓了一跳，她庆幸自己刚才没把话说开，旁人听了最多半懂不懂。

“昊臻，你怎么走路没声音啊？”米拉嗔怪道，随便编了个借口把话题岔开。她想，他来了也好，姜可望跟他走得近，总好过跟裴郁再纠缠不清。

米拉对两人道："你们聊，我去那边跟他们说点事。"

"小可望，"米拉走后，许昊臻问她，"刚才怎么一直没看到你人？"

"掉水里了。"姜可望把刚才跟米拉说的话大致重复了一遍，"在楼上吹了半天。"

"真的假的？"许昊臻扭头看看，果然她的发梢还没全干，"没事吧？"

她笑了笑，回答说："没事。"

"哎……"许昊臻左右看看，压低声音神秘兮兮地说，"那你刚才在楼上有没有看见一个小孩？"

姜可望看着他，摇摇头。

"没有吗？"许昊臻想了想，低声告诉她，"我可能发现了裴郁的秘密！"

"什么秘密？"姜可望问。

"先前你不在的时候，突然跑出来一个小女孩，我们所有人都看见了，裴郁跟王导解释说那是他的外甥。"

姜可望听着他说话，心里不由得产生了一线迷茫，喃喃道："外甥？"

许昊臻立刻摇头："不对，还记得我们去陆羽茶室那天吗？那个小孩找我签过名，她说她叫裴渺渺，外甥怎么会跟舅舅同姓呢？而且，裴郁很忌讳我们看到她的样子，立刻让人把她带走了，自己的外甥干吗藏着掖着？"

姜可望听得心情起起落落，想到那两声俏生生的"爸爸"，她失笑道："你的意思是，她是私生女？"

"嘘——"许昊臻一只手捂在她唇上，面色微红地道，"你小声一点。"

谁知他这个动作反而引起了不远处那几个导演的注意，其中一个调笑起来："我就说这一对是这一季最合拍的，戏里戏外没什么区别。"

"昊臻，你跟小可望说什么悄悄话呢？"又一个导演问，在场的人顿时哄堂大笑。导演带头开玩笑，一群工作人员也瞎起哄，整齐地鼓着掌："在一起！在一起！"

裴郁就是在这时候下楼的，他一步一步走过来，目光越过嘈杂的人群，落在姜可望的脸上。导演看见他，对大家做了个"收声"的动作，大厅里这才安静下来。

饭局逐渐到了尾声，客人们陆陆续续向裴郁告辞。米拉酝酿了客套话，瞅着机会，拉着姜可望走到裴郁身边："裴先生，多谢招待，明早还要赶飞机，我们就先走了哈。"米拉看一眼姜可望，她便垂下睫毛："裴先生，再见。"

裴郁静默了一阵，说："嗯。"然后，他目送着她们上车。

热闹过后，偌大的房子恢复了空旷，泳池旁的喷泉孤独地跳跃着。裴郁走上楼，开了阳台的灯，拉过一把椅子坐下，看着远去的车流。他就这样看了很久，不知不觉间，一个小小的身影从他身后走过来，搬了把椅子坐在他身边，陪着他一起看。

她的声音软软的，很动听："对不起，我知道错了，我只是很想参加这个派对……"

"渺渺，"裴郁打断了她的话，眼底流淌着复杂的情绪，他的声音如夜色般微凉，"你为什么叫我爸爸？"

有一句话叫情场失意，职场得意。姜可望这边录着《我们初恋了》，她的上一部真人秀《花吃了那少年》悄然拿下了收视冠军。说起来，这应该是嘉宾阵容讨巧的功劳，又是港片女神，又是才女导演的，还有个招黑体质的一线小花，汇聚了各种看点。

姜可望这样的小透明跟着这些嘉宾实在很占便宜，她在里面不参与任何一方吵架，只是淡淡地当和事佬。

节目播出几期后，她成功在观众面前刷满了好感度。回纪城的飞机还没起飞，米拉就接到了一个又一个合作邀约，手里的字还没打完，就有电话打进来，问姜可望最近有没有档期。

原本打算趁真人秀录制告一段落，回去休息几天，这会儿机场的椅子还没坐热，米拉就改签了机票，带着姜可望开始了全国各地的奔波。等姜可望赶完了五花八门的通告，《我们初恋了》的第二站又开始录制了。她们只能马不停蹄地飞到云南，在一个偏僻的小寨里拍了一周，之后才歇了口气。

“辛苦了、辛苦了，辛苦就对了，明白吗？”米拉笑着安抚她，“这就是要红了的感觉。”

米拉以前也是带过当红艺人的，因为那艺人生子隐退，才转而来带姜可望。

姜可望在娱乐圈里的路一直走得很随缘，有戏就拍，拍完歇歇，再看看有没有别的戏拍。以前有裴郁照顾着，她不用争也不用抢，从来没什么紧迫感，米拉为她工作，总觉得自己是在养老。现在没了裴郁，一切得靠她们自己，也是姜可望运气好，这么多机会主动送上门。

回了纪城还是没完，《花吃了那少年》最后一期播完，收视大丰收，节目组特意办了个庆功宴，把他们这群嘉宾请到一起叙叙旧。姜可望是在飞机上化好了妆，下飞机后直接去赴宴的。

“可望来啦！”大家看到她都很亲切，因为录节目的时候，数她脾气最好，从来不抱怨，总能照顾到队友的情绪。他们也知道她最近势头不错，纷纷来恭喜她。巧的是，包间里的电视上播放的就是她的节目。

“这不是可望吗？哇，是《我们初恋了》，什么时候录的？”

“应该是刚开始录，这是第一期吧，今天好像是首播。”众人你一言我一语地讨论着。

姜可望挠挠头，这些天累坏了，她都忘了今天首播的事：“啊，对，这个月初开始录的。”

本来以为提几句就过去了，没想到这些人居然还有滋有味地看了一会儿。姜可望自己都没看过剪辑完的成片，与这么多人一起观看自己谈恋爱，总觉得哪里怪怪的。

“哇，好甜！”电视上播到许昊臻为她扣头盔的画面，大家发出一阵赞叹。等画面切到下一对假想情侣的时候，他们又失望地发出嘘声：“这对不甜。”简直给足了姜可望面子。她赶紧顺势举起杯子：“大家别光顾着看，喝酒。”

桌上觥筹交错，姜可望偷偷换了台。好在她从来不是热场体质，大家关心了她没多久，就把注意力放在了在场其他几个活跃分子身上。

“可望。”姜可望闷头吃水果的时候，身边的阮棠摇了摇她的胳膊。她回头：“嗯？”

阮棠是姜可望录制《花吃了那少年》时的室友，在北欧行的路上，她们同住了一个月，相处得还不错。姜可望印象最深的就是，这个女孩总是半夜溜出去，被她的男朋友偷偷接走。

那时的姜可望觉得很新奇，她第一次知道，原来地下恋情可以这样谈。这样的新奇在一两次过后，就被深深的羡慕取代了。原来，裴郁不给她打电话，不来看她，不是因为担心被发现，也不是囿于节目组的规定，只是因为不愿意。

阮棠凑近她的耳朵悄悄问：“我记得你是有男朋友的，他能同意你录这种节目？”

对于裴郁的存在，姜可望是在一种压抑得难受的情况下告诉阮棠的。那段时间，她正在考虑她与裴郁还有没有继续下去的必要。尤其是，在有了参照之后，她就越发地想找到一个解脱的出口。她摇摇头，又摇了摇，然后说："分手了。"

"哎？"阮棠微怔，"为什么啊？"

姜可望搂过阮棠的肩膀，靠在她身上："不提了。"也许，继续欺骗自己，她现在还是可以跟裴郁好好地在一起。姜可望已经骗了自己太久，一开始裴郁跟她签合约，她还真当是要跟他正经谈恋爱。其实，他对她只不过是始于小小的愧疚吧。

他们第二次见面，是在她赔了他修理费的两个月后。那天晚上，姜可望生平第一次去夜店玩。自告奋勇帮她化妆的女同学下手太重，又不得章法，给她贴了夸张的假睫毛，又给她穿了件很俗艳的裙子，导致她一个人去洗手间的时候，被一个醉鬼当成了包房公主，纠缠了半天。

"是你。"裴郁帮她打发了那个醉鬼，从惨不忍睹的妆容下认出了她的脸，微微惊讶地道。姜可望也很惊讶，呆若木鸡地站在原地，由他上下打量，他问："你在这里工作吗？"

姜可望摇头，他不信，若有所思地问她："该不是因为赔了车钱吧？"

她一愣，知道他是误会了，愣过之后为着他清奇的思路笑起来。想一想，花季少女不慎撞到豪车，为偿债在夜店打工，好一个社会新闻。这样想着，她笑得越发厉害。裴郁皱着眉头，给了她一张名片："如果有什么困难，你可以给我打电话。"

那张名片，她好好地收了起来，藏在钱包里。上课无聊的时候，她就翻出来看看，用手指摸着上面烫金的字体，原来他是叫这个名字。

小姐妹知道了她的心思，很不以为意：“嘁，都给了你名片，你还在这儿傻等着，不采取行动吗？”

“怎么采取行动？”

“看我的。”

小姐妹拿过她的手机，飞快地照着名片输入他的手机号码，然后编辑了一条短信：“先生，需要全套服务吗？”

“哎！你干吗？”姜可望急忙制止，小姐妹已经手疾眼快地点了发送，屏幕上显示发送成功。

“你要死啊。”姜可望哭笑不得地想打人。她们的动静惊动了台上的老师，老师怒道：“后排那两个女生，请你们出去！”

她们悻悻地从座位上站起来，走出门外，站在那儿面面相觑。被赶出教室没让姜可望感到窘迫，她低头抓起手机，火急火燎地研究短信怎么撤回。然而已经晚了，屏幕上浮起了裴郁的来电提示，吓得她差点把手机扔出去。

“快接快接。”小姐妹比她还着急。她们“噔噔噔”地跑上楼，顶楼的教室没有人上课，她哆嗦着接了电话：“喂？”

裴郁说：“姜可望，是你？”

“不不，不是我。”姜可望急忙否认，“不是我……”她忽然反应过来他只是在确认她是谁，说：“哦，是我。”

裴郁听得一头雾水：“你在说什么？”

她语无伦次地解释：“短信不是我发的……我朋友在开玩笑。”

“你在哪里？”裴郁来接姜可望，他换了车，白色迈巴赫，很好看的车。她跟他并肩坐在后座，一路上，她紧张得手心直冒汗。

他还是误会了：“我助理说，你那辆车没有车险，赔偿的费用是你自己负担的。”

“我有钱，是我爸爸给的钱。”她小声地道。

他像是没听到一样，问她：“你给我发的短信，是什么意思？”

“是开玩笑……”她弱弱地否认。很明显，裴郁对她这个回答不甚满意，他大老远过来接她，可并非出于闲情逸致。他皱了一下眉头：“那么你现在在做什么？”

姜可望语塞，她的地址是她告诉他的，这车也是她上的。沉默过后，裴郁问她：“还在那家店工作吗？”

“没有。”姜可望使劲摇头，不知道他要怎样才会信，“真的，真没有。”

“以后都别去了。”他说。

“你不相信我吗？”姜可望郁闷地抬起头，她真是有口说不清，正纠结着该怎么解释，脑海里突然灵光一现，她把脑袋凑到裴郁跟前，“你刚才的话是什么意思呀？”

裴郁看着她的眼睛，不经意地笑了笑。后来，他们签了合约。

姜可望喝了点酒，总忍不住想起往事，尤其是这一幕，深深地刻在她的脑海里，怎么也摘不去。不知道忘掉裴郁，还要花多长的时间。她无端地觉得脆弱，担心这辈子都没了希望。

庆功宴进行到很晚，大家热情高涨，喝了一轮以后转战楼上的KTV，闹到后半夜才消停。姜可望被司机送回家，顺着黑漆漆的楼梯走上去，高跟鞋轻轻地敲在台阶上，声控灯一盏一盏地亮起。

她走到家门前，从包里翻出钥匙，没注意到门缝下透着光，开了门才发现屋子里是亮堂的。

姜可望往前走了几步，从玄关走进客厅，然后眨了一下眼睛。她记得自己没有喝多，只是微醺，应该不至于出现幻觉。而重新睁开眼后，那个人依然坐在那里，定定地看着她：“你回来了。”

第三章

他的挽留

裴郁背着光，一双眼睛隐没在眉骨的阴影下，让人捕捉不到他眼底的情绪。他的五官像教科书里的雕塑，留白是留白，阴影是阴影，转折点干净利落，轮廓很分明。西装很适合他，无论出现在哪里，他总是一副衣冠楚楚、看起来生活很优渥的样子。

“过来，姜可望。”他朝她招了招手，修长有力的手指往回勾的动作轻佻而慵懒。姜可望朝他走过去，长长的链条包提在手里轻晃，敲着她的小腿。走到他面前后，她摊开一只手掌。

“把我的钥匙还给我。”清脆的声音响在狭小的空间里。不知道有什么好笑的，他微微勾起了嘴角。看见这笑容的一瞬间，她竟有点慌。

“你笑什么？”姜可望感到恼火，提高声音重复了一遍，“钥匙给我。”

裴郁心平气和地问她：“你喝了多少，又抽了烟？”这种时候，他又是出于什么样的立场，在这里大言不惭地问她这样的话呢？

姜可望皱起眉头："裴郁，你到底想干什么？"

听到她的话，他的脸色变得略微阴沉，垂着眸子重复了一遍："我想干什么？"

"我也想问问你，你想干什么，姜可望？"裴郁抬眼，灼灼的目光烧着她的脸，"分手的游戏玩够了没有？"

"游戏？"一瞬间，血液都往脑子里涌，她气得瞪着眼睛，连眨都不会眨了。他怎么会认为这是游戏？

"我已经没有耐心陪你玩了。"裴郁说，"你说你要想想以后的路该怎么走，说要靠自己，我就给了你这个机会。"

他站起身，与她面对面站着，逼视着她道："我承认，这段时间你确实表现得很好，你已经证明了自己可以，还不够吗，要玩到什么时候？"他一只手搭在她的肩膀上，拇指轻轻摩挲着，放柔了声线："适可而止，现在就跟我回家。"

他的每一句话都让她有种掉眼泪的冲动，她极力隐忍着，用力挣开他，后退了一步说："我跟你分手，是认真的。"想不到他还有来挽留她的一天，可是她好不容易才下定的决心，她从来没想过回头。

听到这样的话，他已经不能维持表面的翩翩风度，哂笑了一声。

"翅膀硬了是不是？"他的声音里带了一丝寒意，"你觉得，我会真的同意分手？"

"我们之间是协议到期，不续约这种事，只要其中一个人提出就可以。"姜可望看着自己的脚尖，"裴先生，别再这样跟我说话，我不是你的员工。"

他还是那样，淡淡地说："表现得很好。"

他以为他是谁，有什么资格来评判她的一言一行？

裴郁不耐烦地叹了一口气，胸腔起伏过后，恢复了平和："告诉我，要分手的真正原因。”

“我说过了，我想为以后考虑。”姜可望顿了一下，艰难地问出来，“难道你还打算管我一辈子吗？”

那一刻，他好像被问蒙了，陷入了沉默。姜可望也不免感到好笑，面对这种问题，他果然还是会犹豫。正当她想着干脆自己离开的时候，他轻声开了口：“我记得，类似的问题你问过我，我也回答过。”

她怔了怔，确实有这回事。那还是两人刚在一起的时候，她曾问他：“三年过了，我们就要分开吗？”

“未必，如果你愿意，就一直这样下去也没什么不好。”裴郁是这样回答的。

“一直是多久？”

“想多久就多久。”

“可以永远在一起呀？”她开心地抱住了他的脖子。那时的姜可望觉得，他们这样其实和普通的恋爱没什么区别。她也会时不时地憧憬，说不定有一天他就会向自己求婚。然而等着等着，三年过去了，她才知道自己的想法有多幼稚可笑。

姜可望用力地抿了抿唇，依旧低着头：“我只是、只是说说，你别担心。”

他气恼地问：“我为什么担心？你觉得我也只是说说？”

他看起来是真的生气了，她心里生出了一些困惑，不解地盯着他。到底是哪一个地方出了错，为什么她的记忆和认知跟他此刻的话出现了这么大的偏差？见她目光中有了动摇，他上前一步，又问她：“这就是你要分手的全部理由吗？”

她沉默。

“你瞒了什么，我不知道，我只能慢慢猜。有件事我要向你解释清楚，你可以选择信或不信。”裴郁说。

她不为所动，倔强地站在那儿。

“我没有结过婚，那个孩子是我姐姐的女儿。”

听到这句话，姜可望愣了一下，但也只是一下，随即她又慢慢地垂下了眸子：“你不需要跟我说这个，已经和我没关系了。”

“怎么没关系？如果让你误会你介入过别人的家庭，我想你以后都不会开心的吧。”裴郁捕捉到她的小动作，继续道，“那孩子的事，以后我会慢慢跟你说清楚，以前没告诉你，是我考虑得不够周全。”

姜可望默默地握紧了拳头，一声不吭。他也不再说话，静静地望着她的脸，似乎在等待她的反应。屋外的门锁在这时忽然有了动静，是钥匙插入的声响，姜可望一个激灵回过神，与裴郁对视了一眼。这个时候，会是谁？

他抚了抚她的肩膀，示意她别怕，然后朝门的方向走去，门在这个时候开了，一个灰头土脸的中年男人从外面闪进来。

“爸爸？”姜可望见到姜建国，倒吸了一口凉气。他怎么深更半夜地跑来这里，眼下的情况已经很乱了，多了一个姜建国，只会更乱。

“可望，裴总？”姜建国看到他们，也很惊讶，“你们怎么在这儿？我还以为房子空着呢。”他见到女儿，颓唐的神色忽然放出了光，绕过裴郁就跑到姜可望面前：“可望，你救救爸爸。”

“你怎么了？”姜可望疲惫地按了按太阳穴，她记得姜建国眼里的这种狡猾的精光。

最开始知道她跟裴郁的事的时候，他就曾用这种眼神讨好地跟她说：“你这男朋友找得不错，他认识不少投资人对吗，有机会能不能让他帮我引荐一下？”

“你要是敢去找他，我就跟你断绝关系，你是不是想让我去死？”

姜可望什么难听话都说尽了，才让他暂且打消了念头。

其实，姜可望从来没打算让姜建国知道裴郁的存在，他们是无意中被他撞见的。当时她还没当艺人，不需要顾虑娱记的偷拍，裴郁经常会带她去各种高级餐厅吃饭。就是那么偶然的一次，他们从餐厅里出来，与前来应酬的姜建国打了个照面。

被发现的姜可望内心紧张不已，倒是裴郁知道了对方的身份后，把他请到一旁，很认真地单独聊了会儿天。他们说了什么，姜可望不得而知。只记得那会儿裴郁的表情很平淡，就像家常聊天的样子，她爸爸反而像个做错事的小孩，局促不安，连连点头，跟挨了训似的。

裴郁一直有一种这样的气场，明明大多数时候他都表现得平易近人，但总是无端带给人压力，气势上无形中就高人一头。

现在，姜建国双眼通红，不断地偷看着裴郁，嗫嚅着："公司的资金链断了，我来是看看这个房子是不是能卖掉，可是，钱还不够，贷款就要到期了……公司就快没了。"

姜可望没想到他能当着裴郁的面说这个，她一个刚自立门户的小演员能有多少钱，姜建国说这些，不过是说给裴郁听的。

裴郁当然也明白，走过来叫了他："姜叔叔，您需要多少钱？"

"裴总，这……我这……"姜建国也吃不准他愿意拿出多少，哆嗦着嘴唇想着该说一个什么样的数字。姜可望立即打断了他："爸爸！"

"他帮不了你，我已经跟他分手了。"她狠狠地掐灭了姜建国的小心思。姜建国闻言呆住了，反应过来后，还是一副很不愿意相信的样子，强笑着道："可望，你是不是在跟爸爸开玩笑？好好的，分什么手？裴总对你多好啊。"

"我没开玩笑，这房子你要卖就卖，"姜可望把他从裴郁面前拉开，"还差多少你告诉我，我来想办法。"

“好，好……”姜建国应着，眼睛却依然朝着裴郁身上瞟，抱着些不切实际的希望。

裴郁走到一旁，从电视柜上拿了纸笔，撕下一张字条写下一串号码，然后递过来：“姜叔叔，明早您打这个电话，有什么需要跟我的助理说。”

姜可望冷冷地看着姜建国一副跃跃欲试想要接过的样子，一把打开他伸过去接的手：“你们把我当什么了？”她抢过裴郁手里的字条紧紧攥住，看一眼自己的父亲，十分失望，叹着气转向了裴郁：“你不要帮他。如果你帮了他，那我们就真的分手。”

这句话远比什么都管用。裴郁完全没犹豫，手伸向她：“好，那你跟我回家。”

她离开的时候，看也没看姜建国的眼神。车在小区门外等着，黑夜中车灯一闪一闪的，像是眨动的眼睛。司机脸上没有倦色，见到她，久违了似的，笑容可掬地点点头。裴郁护着她上车，然后从另一侧坐进来，想握住她的手，她硬生生地抽走了。裴郁低头看看空空的掌心，问她：“你要自己帮他吗？你准备怎么帮？”

“我帮不了，也没准备帮，刚才是骗他的。”姜可望坐得离他很远，双手环抱着自己，那是防备的姿态，“他活该破产。”

“可望？”裴郁被她冰凉的眼神怵了一下，语气中带着点劝诫的意味。

毕竟那是她的父亲。她来纪城就是为了父亲，勤勤恳恳地读书考大学也是因为想念他，想每天都可以见到他。那会儿她不知道他有这么坏。

她当然不会有机会知道，他一年只回杭城一次，还不是在年节的时候，现在想来，应该是瞒着纪城的家人，偷偷来看她的。是的，纪城的家人才是家人。他在那边生了个儿子，又拖了几年，就跟她母亲离了婚，从此他就是别人的爸爸。母亲很傻，帮他瞒着她，让她蒙在鼓里，没心没肺地爱着父亲，仍然以为自己是个被爱的孩子。

收到录取通知书的那天，姜可望成了这个世界上最幸福的女儿。她收拾了行李，不明白为什么母亲怎么都不愿意陪她去姜建国那里过暑假。直到在机场的出站口被姜建国接到时，她都处于一种快乐得找不到北的状态。接着，快乐变成了噩梦，她去了他的家，没有惊喜，只有惊吓，一个白白净净的男孩子来开了门，个子高她一头，羞涩地叫她姐姐。

好温顺的男孩子，是个很懂礼貌的孩子，一看就是在蜜罐里泡大的，姜建国教他，一定花了很多心思、很多时间。一想到是这样，姜可望就对他十分厌恶。

“他活该啊。”姜可望又说了一遍，语气比刚才还要恶狠狠。裴郁揽过她时，还能感受到她身体发着抖，他握住她的胳膊，稍微用了点力，好让她静一静：“我明白了。”

她从来没在裴郁面前表现过这样的一面，即使刚在一起，裴郁偶尔嫌她顽劣的时候，也会质疑：“你这样，家人不管吗？”

她每次都是嘻嘻哈哈地蒙混过去。她一直向往着山顶，爬上来才发现，山顶早就没有了。可是，怎么去恨一座山顶呢？她荒废学业，自甘堕落，不知道是在惩罚谁。

直到遇到裴郁，他才把她从泥潭里拖了出来。

车过街角，在路口转弯，姜可望的重心渐渐倾斜，裴郁顺势把她往怀里带了带，把她的脑袋按在自己的肩上。她侧了侧头，对上他的目光：“送我去米拉那儿。”

他仔细观察着她的每一个表情：“你刚才也是在骗我？”姜可望

那句话有些讨巧，她说如果他帮了，就真的分手，可是又不代表着不帮就可以不分手。她现在很想抵赖掉，可是，面对着裴郁那双明镜似的眼睛，她只有躲闪："我明天要早起，有什么事等以后再说。"

"以后是以后的事。"他又怎么会被这样打发，摇摇头就否了她的念想，"你明天要去哪里，我来安排。"

最终她还是跟着他回了家。天快要亮了，所有的人都在睡觉，房子里很黑，他走在前面，一盏一盏开了灯。姜可望进浴室洗澡，发现自己的东西都还在，什么也没有变，他就是笃定她还会回来。好像没有他，她就不行。

她把妆卸干净，花洒喷出的热水蒸得浴室雾蒙蒙的一片，她在玻璃门上擦出一块明亮的地方，那雾气很快又覆盖上去，像是下着大雪。

姜可望出了浴室，裴郁正好上楼来。

"吃点东西。"他手里端着盏燕窝，看起来是刚在下面煮的，炖燕窝不是件烦琐的事情。只是，干燕盏要提前几个小时泡发。他去找她之前，就让人准备好了。

她走过去接过燕窝，就坐在沙发上捧着吃，他过来坐在她身边。淡淡的蛋腥味在舌尖散开，她吃得很慢，没吃几口就放下勺子，将碗搁在茶几上。他也不说她什么，捧过她的脸，手指擦拭了她嘴角的残余，问她："明天几点？"问错了，是今天才对。

"五点起床。"姜可望说。她要去拍摄杂志封面，还要接受一个小小的采访，近来时尚圈频频向她示好。她只顾着回答他的话，没注意到他直勾勾地盯着自己的嘴唇，那是个又湿润又柔软的地方。他捏着她的下巴，把她拉向自己。

这是裴郁想念了很久的味道，他吻得很缠绵，姜可望起初没防备，抗拒了片刻，才慢慢变得安分，与他痴缠。她感觉到他胸腔的起伏，他咬疼了她，惹得她轻轻叫了一声，才停下来用手指摩挲着她的脸颊，声音暗哑地说：“姜可望，以后别再抽烟了，跟你说真的。”

裴郁对烟味很敏感。或者说，在关于她的很多事情上，他都严格得过分。他不让她抽烟，不让她喝酒，令人费解的是，连方向盘也不让她碰，其实她是可以好好开车的。姜可望正感到不满，唇上又是一痛，他用力地吮了她。

她想了起来，就是她提出分手的那天，这种种仿佛重演了一遍，他像是要把没做完的事做完。她脸颊泛红，抱住他的脑袋，眼睫毛低垂下去，声音也小了很多：“我……没有多少时间。”很迂回的默许。

跟他回家，她就应该有这种心理准备。不知道怎么回事，她这会儿就像第一次那样紧张。第一次被他带来这里时，也是坐在这张沙发上，他摸着她的脸看了她一会儿，然后解下了自己的腕表。

“嗯？怎么了？”不谙世事的女孩子望着他傻笑。

他说：“会弄伤你的。”等她明白过来他话里的含义，耳根子都烫了起来。他们接了吻，他发现她根本不会接吻，只知道像小猫一样舔他的下唇，不由得心生疑惑：“你真的成年了吗？”

“我带了身份证，给你看看？”姜可望生怕他会反悔，刚一骨碌爬起身，就被他拉了回来。他道：“不用了。”她淹没在海洋般的温柔里，再也逃不出去。

回忆如潮水般退去，裴郁却迟迟没有进一步行动。她睁开眼睛，见他起了身，把她从沙发上抱了起来。床很软，她躺下后有种久违的亲切感，裴郁随后在她身边躺下，然后拥住了她：“睡会儿吧，五点我叫你。”他的手依然很烫，但放在她身上就像找到了归属，变得安稳。

清晨，米拉在杂志社楼下看见裴郁的车时，脑袋宕机了一秒，接着就见姜可望从车上走下来。她推开车门的那个瞬间，身后裴郁的身影一晃而过，惊得米拉差点扔了手里的早餐。这个画面仿佛让一切回到了从前。

车把人送到，信号灯如呼吸般一明一灭，车轮便缓缓地转动着朝前驶离。姜可望脸上的表情很平常，跟从前那些被裴郁的迈巴赫送来的每个早晨没什么不同。车一开走，米拉就拉过她，压低了声音，但掩饰不住咬牙切齿："你在做什么？"

姜可望低头戴上墨镜，凌晨的时候，她只睡了不到两个小时，现在脑袋很晕，米拉的追问搅得她思绪昏昏沉沉的。

"姜可望！"米拉火急火燎地跟进电梯，继续审问她，一时间，她连该按哪个楼层按钮都想不起来了。

"我没打算回头。"姜可望伸手按了按钮，告诉她，"放心好了。"

米拉已经准备了一大堆大道理，听她说了这么一句话，不禁呆了呆："那你为什么……"

"昨晚他找到我那儿去了，他有钥匙。"姜可望背靠着电梯的扶手，她感觉身体很虚，腰部往下都像是断的。

"然后呢？"米拉瞪圆了眼。

"米拉姐，你知道的，我拿他实在没办法。"她说的是实话，也是示弱，看着米拉立刻露出担忧的眼神，她笑了笑，"不过还好，我会骗他。"他以为，她真的要回到他身边了。

电梯"叮"的一声打开，米拉目瞪口呆地看着这个她带了两年多的艺人突然变得很陌生。

"帮我找个新的住处吧。"姜可望说完这句话，先一步走出去。新住处要找，其他可能发生的情况也要考虑到。

妆化得差不多时，姜可望问起来："这边结束以后，今天还有什么事吗？"

“没什么了，本来打算下午弄完了就让你回家休息，明早飞去上海。”米拉挠着头道，“如果你那边不方便住的话，我等下在靠近机场的地方给你订个酒店吧……”

“为什么今晚不飞？”

“你要今晚飞？我是担心你身体吃不消。”米拉摸摸鼻子。姜可望没吭声，化妆师画到了唇妆，她微张着嘴，不好动。米拉倒是懂了她的意思：“行吧，我一会儿改签去。”

米拉透过镜子看她，化好了妆，她的状态看起来好多了。黑眼圈被遮得很好，只是她不笑，显得有些憔悴。

“嗡嗡……”腿上的手提包里有东西振动，米拉拉开拉链，从里面拿出手机，“你有电话。”

姜可望接过来看了看号码，直接挂断了，还回去。

“呃……”米拉拿在手里又看看，号码很陌生，可能是裴郁的某个她不知道的号码，不接也好，她放回包里。对方倒是锲而不舍，直到姜可望的整套造型做完，还在往她的手机上打。米拉设了黑名单，不一会儿，一个新的号码又打了进来。

“拿来吧，我接一下。”已经站在镁光灯下的姜可望伸过来一只手。

“爸爸，”姜可望转过身，背对着镜头接了电话，“我还在工作。”摄影棚里播放着节奏明快的摇滚乐，她声音不大，隐没在音乐里。灯光下，她的背影镀着一层光晕，交叉的细绑带下的肩胛孱弱而弧度优雅，像极了艺术品。见惯了模特的摄影师看着这个画面，还是不免有些呆愣。

“可望……”终于打通，姜建国如释重负，“我不耽误你时间，我就……你帮帮爸爸……”音乐声嘈杂，他的声音听起来断断续续的。

“缺多少？”她打断他的话。他就像终于抓到了一根救命稻草，颤抖着声音道："三、三千万。"

"知道了，你等我拍完。"姜可望不由分说地把电话挂断了，然后关了机，交到米拉手上。

"不是裴郁呀？"米拉不明情况，做着口型问她。她沉着脸，想了想："你有空去办一张新的电话卡。"

"哦……好……"米拉后退了好几步，回过神时，姜可望已经转过了身，面朝着摄影师的镜头。几乎是眨眼间，她就摆好了姿势，切换成精神最饱满的状态，笑容在她脸上绽放，眼前的画面顿时生动起来。快门按下的声音"咔嚓""咔嚓"地响，伴着音乐的鼓点，响彻了影棚。

"笑，笑起来，对对对，笑容幅度再大点，再换个感觉，完美！"摄影师浮夸的赞叹声传进米拉耳里，她恍然发现，大概她从来没有真正认识过这个女孩子。

去机场的路上，姜可望将新的电话卡插入手机，然后滑着屏幕，翻了翻通讯录，给母亲打了个电话："我换了号码，跟您说一声。"

"噢，好，怎么换号码啦？"母亲接到她的电话很开心，跟她说，"我看了你的节目，好看，很好看。"

"好看吗？那就好。"姜可望笑笑。

"你几个阿姨都在看，都夸你漂亮。不过，你在节目里谈恋爱，裴郁不介意呀？"

"节目里都是假的，就像拍戏一样。"她安抚了母亲，又拉了几句家常，才挂了电话。米拉这边刚好收到了《我们初恋了》第一期的收视报告。

"收视率 1.1……这个数据还可以。"米拉说给姜可望听，"网播量嘛……除去我们自己买的那点数据，嗯，不错。"第一期播出后，姜可望和许昊臻这对搭档就受到了极大的欢迎，这是预料之中的事。不那么乖的乖乖女与偶尔会变得温顺的叛逆少年碰撞在一起，产生的化学反应比想象中还要奇妙。

“看不出姜可望还有这一面……”

“《花吃了那少年》里就看出来了，小姐姐就是看着柔弱，其实内心很强大的，累成那样都没黑过脸，情商很高了。”

“我感觉许昊臻各种扮酷，姜可望就是一副很宠溺的‘嗯，我就静静地看着你表演’的样子。”

“哈哈哈哈，昊臻弟弟在姜可望面前好像一只大狗狗啊。”

“爆个料，姜可望在谈周思凡的《如烟》，基本上定了。”米拉翻着评论，正好看到这一条，巧得很，周思凡的公司就打了电话过来，跟她商量去定妆的时间。

“您稍等，我看看最近的行程。”米拉用肩膀托住手机，从包里翻出日程本，从写得满满的格子里找可以挪出来的时间。

那边又说：“周先生说还没见过姜小姐本人，想邀请她来港岛做做客，聊一聊，不知道您这边方不方便安排？”

“方便方便，”米拉简直求之不得，“这有什么不方便的？”

正在闭目养神的姜可望听到她兴奋的声音，睁眼瞥了她一下，随即又慢慢闭上，继续打瞌睡。

距离上次去港岛还不到一个月，这么快，她们就又回到这个地方。周大导演对待姜可望这个名不见经传的小演员很有诚意，派了专车来接机，直接接到自己府上。他是同太太一起接待的她们，姜可望见到他本人，觉得跟荧幕上那个雷厉风行的导演不太一样。他年过半百，头发已经白了，笑起来有点腼腆。

这幢房子看起来有些年头，典雅又古朴，桌子上用来照明的灯都是青花瓷，让姜可望想起了旧上海的老电影。据说这里是民国时代的某个军阀的公馆，今年刚修缮完成，电影《如烟》的几处场景会在这里拍摄。

“可望，你们随便坐，还有一个朋友要来，我出去迎接一下。”周思凡携着夫人走出门外。米拉不免犯起了嘀咕，偷偷跟姜可望耳语：“这周导也太客气了，怎么请我们还要找陪客啊？就算是看在裴郁的面子上找我们合作，也不用……”她说到一半，心里“咯噔”一下，好像明白了什么。

裴郁在姜可望对面坐下的时候，周思凡笑容可掬地道：“都是朋友，应该不用我介绍了。”

“周导有心。”姜可望眼角的余光能察觉到裴郁朝自己看了一眼。他见到她，比她见到他要平静，大概因为这一切都在他的掌控之中。姜可望起身去洗手间后，没多久，他就跟了过来。

“你换了号码。”镜子里，他的脸上没有多少愠色，看起来只是在说一个普通的陈述句。姜可望洗着手，想着自己应该怎么回答他，换号码要躲的也不是他。不过，她没想到，他最先计较的是这个。

裴郁走近她，在她身后咫尺之遥的地方站着，低垂的目光停留在她的肩膀上。没有肢体接触，光是这个眼神，就足够暧昧。他睫毛太长，垂下去的时候，总给人一种深情款款的感觉。

“我知道，我们之间的问题有很多，我会一个个解决。”他的声音冷静且克制，“可望，逃避不能解决问题，也没有意义。而且……”

“你跑不掉。”他说完，从口袋里拿出一样东西，放在洗手台的置物架上，然后就转身离开了。

“哗啦啦”的水声停止，姜可望抽出纸巾擦干了手，把他留下的东西拾起来看，是一张音乐会的门票，时间就是今天晚上八点。听音乐会不是裴郁的爱好，姜可望进娱乐圈以后，也很少去这种公共场合，不知道他为什么突然有这个闲情逸致，请她去听音乐会。

门票眼看着就要被丢进垃圾桶，姜可望又将手收了回来，仔仔细细地看了一遍。最终没扔，她叠好了，放进包里，拿出粉盒补妆。

回到客厅的时候，周思凡正跟裴郁聊得开心，看见她就说："可望，晚上有场音乐会，你也一起去吧。"

"哎？好。"她有点意外，但还是应了下来。

"是春之祭乐团的呢，"周思凡笑道，"这个乐团的票一向抢手，沾了裴郁的光，我们才有机会去听一听。"

"这样啊，那要多谢裴先生了。"姜可望微微一笑。裴郁多半是故意的，他明明不用先给她那张票，直接带他们一起去音乐会就可以。他是不是早就猜到，她很可能会把票扔掉？如果刚才她真的扔掉了票，那么她现在就得回去翻垃圾桶了。他可真是吃不得一点亏。

去听音乐会需要穿正装，晚饭后，姜可望回到了客房，装着礼服的盒子已经在桌上躺好。她揭开盒盖，里面是一件深蓝色的斜肩缎面连衣裙，配着同色系的尖头鞋，柔软的小羊皮上点缀着羽毛，是她的尺码。

米拉帮她拉上礼服后背的拉链，一脸忧愁地道："裴郁这是想干什么？"

姜可望在沙发上坐下来，给自己倒了杯水，没说话。过了一会儿，她从包里翻出那张门票，又看了看。背面的主办单位下写了几排不起眼的小字，其中一行写的是："大提琴首席：钟渺渺。"姜可望看了很久，沉思不语。她就是因为看到了这个名字，才没扔掉的。

乘车出发，换了身绅士打扮的周思凡挽着太太的手，笑呵呵地朝姜可望抬抬下巴："可望，你坐裴郁的车走吧。"那边，裴郁已经为她拉开了车门。现在实在不是扭捏的时候，她只能硬着头皮坐上去。他接着坐上来，吩咐司机开车之后，不经意地恭维了她一句：“裙子很衬你。”

对以前的姜可望而言，得到他的夸奖是件很值得骄傲的事，因为想不到他这样优秀的人会看得见她身上微不足道的优点，只要得到他一个点头，她就高兴得觉得什么都值了。“云泥之别”，这个词语是很久以后她才慢慢领悟到的。

“谢谢。”姜可望说，想了想，提出一个无理的要求，“我可以睡会儿吗？”

他听了并不吃惊，很有风度地点点头：“好。”她便背对着他，斜倚在座椅上，合上了眼。她不困，只是在狭小的空间里和他并排坐着，她无形之中感受到了一股压力，猜不透他接下来准备做什么。

一路装睡到剧院门前，车停下后，惯性带着人朝前一倾。姜可望半睁开眼睛，透过车窗看到熙熙攘攘的人流走上台阶，她便坐了起来。

“醒了？”裴郁伸手帮她整理了一下头发，这个动作他做得自然无比，没等她拒绝，他就顺好了那团毛糙起来的头发，收回了手。姜可望的身体僵了半天，最终她什么也没说，屏着呼吸，推门下车。

他们的门票是贵宾看台，由特别通道进入，四个人在独立的包间里坐着听，保证私密性的同时，视野也格外好。就座后，音乐会正式开场，整个剧院熄了灯，陷入了黑暗。

随着“咔嚓”一声，一束灯光亮起，投射到舞台的一侧，照亮了抱着大提琴的女孩。与此同时，大提琴深沉而凄恻的声音从琴弓下流淌出来，瞬间铺满了整个黑夜。姜可望出神地看着那个大提琴手的脸，她穿着剪裁简洁的黑裙，身影纤瘦，光束里的小小微尘从她的头顶往下缓缓倾泻。这个画面中的她跟姜可望前两次见到的不太一样。也许是因为衣着和化了妆的关系，她看起来成熟了不少，不像个稚嫩的孩子，更像是个少女。

静谧的大提琴独奏持续了很久，整个剧院静悄悄的，随着一个悠长的休止符收尾，舞台的顶灯忽然一并亮起，整个乐团阵容都出现在视野中，指挥的手势一挥，各个乐器部一起奏起了激扬的和声。

一曲终了已经是半个小时之后的事，全场掌声雷动，姜可望呼出一口气，转头才发现，周太太不知何时已经泪流满面，周思凡体贴地掏出手绢为她擦拭眼泪。

“渺渺的大提琴拉得越来越好了。”周导发自内心地道，他太太也在一旁点头。裴郁态度谦恭：“您过奖了。”周太太的情绪实在收不住，等到了中场休息，便让周思凡陪着她去了洗手间。

包间里只剩下裴郁和姜可望，她还沉浸在刚才交响乐带来的震撼中，平复着呼吸，就听到他说：“她叫钟渺渺。”姜可望愣了愣，反应过来他是在跟自己说话。

“我姐姐前几年车祸去世，这几年是我在照顾她。”这就是他时不时要来港岛的原因？一时之间，姜可望的心情有点复杂。她不确定他说的话能不能信，他真的有一个去世的姐姐？那孩子到底是姓钟，还是姓裴？

姜可望半天没作声，裴郁继续说：“她十七岁了，我打算送她去维也纳，就在明年的这个时候。”

“十七岁？”她本能地接了一句。怎么会是十七岁？那个小孩看起来还没读中学的样子。不过，刚才她拉大提琴的姿态确实也不太像个小孩。

“嗯，十七岁。”裴郁说，“她是看起来比较小。”

姜可望半信半疑地沉吟了片刻，小个子的女孩在年龄上倒是确实具有迷惑性。加上她平时留着短发，身形过于纤瘦，这种说法也能说得通。如果她真的已经是个十七岁的少女，那么，才过三十的裴郁还真的不太可能是她的爸爸。

“哦……”姜可望略略失了神。所以，那几声“爸爸”，以及“裴渺渺”，又算怎么回事呢？姜可望脑子里很乱，这时包间门开了，周氏夫妇从洗手间回来，身后多了条小尾巴。

“快看是谁来了？”周太太牵着小姑娘走进来。

“舅舅。”钟渺渺亲热地叫了裴郁一声，刚跑到他身边，就发现了姜可望，怔了怔，目不转睛地盯着她看。姜可望也看着她。

“渺渺，”裴郁扶过钟渺渺，为她介绍，“这是可望姐姐，舅舅的女朋友。”

“我……”姜可望呆呆地想否认。周氏夫妇哈哈直笑，提醒着：“不对不对，辈分乱了！”

“可望姐姐。”钟渺渺看着姜可望，叫了她一声。她看不懂这个女孩子的眼神，还是摆出了笑容：“你好，渺渺，我们之前见过的。”也许，这个场景发生在她跟裴郁刚相识的时候就不会这么奇怪了。

裴郁为什么要把自己的外甥女藏这么久？

思绪打了结，她抓过手包：“我去一下洗手间。”

中场休息的时间已经快结束了，出来溜达的乐手也该回到后台。姜可望还在走廊里慢慢找着洗手间，无意间一回头，看见身后跟了个人。

“这边。”钟渺渺指了个方向。

“嗯，谢谢。”姜可望跟着她找到了地方，站在洗手台前补起了妆，却发现她站在那儿，一动不动地看着自己，丝毫没有走的意思，“渺渺？”

“你不回去准备演奏吗？”姜可望问。其实，钟渺渺的目光比十七岁的少女看上去还要成熟些，姜可望有点疑惑，自己一开始怎么会把她看成十一二岁的孩子？

下半场就要开始，洗手间只有她们两个人，钟渺渺轻轻的声音在空旷的空间里回荡，阴恻恻的：“舅舅会有女朋友，但他不会结婚。他不许我在别人面前喊他爸爸，不过他答应了我，也不会做别人的爸爸。”

姜可望不得不放下了口红，虽然不太明白裴郁的情况，但她大概知道这个钟渺渺是怎么回事了。她皱起眉头：“你在说什么？”

“我才是他心里最重要的人。”钟渺渺微笑着宣示主权。

姜可望感觉这一切荒诞极了。她惊愕的表情被钟渺渺看在眼里，小姑娘睁着天真无邪的大眼睛，笑得越发得意，让人不寒而栗。姜可望想起来，她们的前几次见面，以及没有见面的时候，钟渺渺曾经接了她打给裴郁的电话。

“喂？”是纤细幼嫩的女声。姜可望觉得很奇怪，愣怔地问她：“我找裴郁，我……打错电话了吗？”

那边静了静，回答：“你没有。”然后，脚步声响起来，伴随着少女两声“爸爸”的呼唤，柔柔的，糯糯的。姜可望如遭重击，手机掉到地上，自动挂断了。

现在姜可望对那一幕忽然有了新的认知，这个女孩实在是可疑。想到这里，她镇定下来，用淡淡的语气说了一句：“是吗？”

女孩子单薄的胸腔瞬间提了口气，刚要张嘴说话，姜可望轻飘飘的声音就把她堵回去了：“你说这些对我没什么用，我早就不要他了，是他爱我爱得要死，对我念念不忘，一直追着我不放。你以为他这次回港岛是想看你演出？其实他是为了来找我，求我回到他身边。”姜可望添油加醋地补上一句："要是你舅舅知道你对我说了刚才的那些话，他会恨死你的。"

张口就来谁不会，她轻蔑地笑了笑，重新拿起口红继续涂抹，把小姑娘晾在一旁。钟渺渺还是年纪太小，傻了半晌，结结巴巴地道："你……你、你胡说八道，我要去告诉舅舅。"孩子就是孩子，占据不了上风后，气势一下子就掉了半截。

裴郁的声音从身后传来，更是把她吓了一跳："已经听见了，不需要告诉我。"

钟渺渺转过身，慌了神，一头扎进他怀里，恶人先告状："舅舅，她怎么可以说这种话？"姜可望也是才发现裴郁，涂口红的动作顿了一下，故作镇定地又涂了两下，颜色深过了头，像浓烈的红酒。

"乖。"裴郁摸了摸小姑娘的头发。姜可望听在耳里，看在眼里，立刻就移开了目光，心里五味杂陈。这时，他却温和地说："你可望姐姐说的话没什么不对啊。"

"舅舅？"钟渺渺很诧异地仰起脸。姜可望也好奇地看了过来，怀疑自己的听觉出了毛病。

"演出还赶得上吗？"裴郁没有半点安慰钟渺渺的意思，推开了她，"先去吧，我会找时间跟你谈谈。"

临走前，小姑娘回头看姜可望的眼神是恶狠狠的。人一走，只剩下他们两个，她合上了口红盖，放回包里，提起来，若无其事地从他身边走过，还没迈出门，就被他一把推了回去。

"砰！"门被重重踢上，姜可望手里的包也应声而落。裴郁什么也没问，什么也没说，直接用力抵住了她，一口就咬了下来。说是咬，是因为吻得太疯狂，动作激烈得姜可望连站也站不稳，胡乱抓住他的衬衣才能保持平衡。

她没反抗，心里很是不安，只怪刚才说话光顾着打压钟渺渺，如果知道裴郁会听见，她宁愿不逞那种口舌之快。不安与紧张交替之间，她缺氧了，呼吸急促，缓了好一阵子才缓过来。

裴郁看看她憋得通红的脸，笑了起来。他的唇边抹开了她的口红，梅子色，大片晕染着，让他的笑容看起来分外邪气。她很疑惑，难道他一点都不生气？

“姜可望，你真是让我大开眼界。”裴郁伸手掐住她的脸，力道有点重，她吃痛，一只眼睛使劲眨了一下。他说话的语气一如从前的每次夸奖。他靠近了些，唇几乎与她相贴，说话的时候，酥酥麻麻地摩挲着她：“既然知道我的心思，那为什么还要分手？”

姜可望眼睛眨啊眨：“啊，我不知道。”

“你不知道，嗯……”他细细品着她的话，尾音很轻，隐没在喉咙里，微不可闻。他又含住她的唇瓣，这一次很轻柔地尝，动作轻得好像他们的初次。结束后，姜可望却更深地呼吸，靠着他半天回不过神来。

“我也希望你不知道，”裴郁喃喃地说，“这样你就不会这么有恃无恐。”

他先回了包间，姜可望在洗手间里补了很久的妆，才回去坐着看下半场的演出。

钟渺渺在大提琴上一定是天赋过人，乐团给她安排了很长时间的独奏，她孤独地坐在光束下，闭目拉动琴弓，潸然泪下，那个画面美得不像真的。

台上的灯光很亮，包间里的光线则是昏暗的，不经意间，姜可望的视线飘到了裴郁的脸上。他的神态看起来很认真，但好像也只是认真。不知道看着此情此景，他是什么样的心情。她倒是看见周太太动容得眼泪扑簌簌地往下落。

姜可望正胡思乱想着，裴郁的目光投过来，朝她脸上一瞧。她迅速收回视线，装作一直在专注地注视着台上。

演出结束，依旧是裴郁的车载了姜可望，往周宅开。她本来以为可以直接坐周氏夫妇的车回去，偏偏他这么体贴，还要特意送她一程。坐在车里，她没像来时那样装睡，一直看着窗外的夜景，车窗玻璃上时而映出夜市的灯火霓虹，时而映出裴郁的脸。她看着窗外，他看着她。

“要是不喜欢音乐会，以后带你去看看别的。”裴郁说。这句话似乎有隐喻，他表达的不只是这一层意思。

姜可望问：“你的小姑娘演出结束了，不用去接她吗？”

“司机会送她回家。”他只是这么说。他如此不近人情，也不知道钟渺渺为什么会病态地依赖这样的舅舅。一想到洗手间里的那段对话，姜可望就觉得很别扭，顺带着自我嫌弃，她跟那个孩子较真的时候也是幼稚得不行。

“渺渺对你说什么，你都不要放在心里，有什么不确定的，都来问我。”裴郁略微有些惆怅，“她的命很苦，以前我想方设法地补偿她，也不知道是不是对的。”

他的话很简短，字里行间满满都是故事，姜可望下意识地问：“你说你姐姐车祸去世，那这孩子的爸爸也不在了吗？”

“她爸爸也在那辆车上。”裴郁说。

姜可望点点头，“哦”了一声。那么小就失去了双亲，只能依赖舅舅，也是件很无奈的事吧。她这个从小没爸爸的人善良了一次，尽量去体会那孩子的心情。姜可望忍不住想，钟渺渺之所以对裴郁产生情愫，是不是也因为从某种角度把他当成了父亲的替代品？听说，喜欢比自己大很多的男人是一种缺乏父爱的表现。

毕竟，姜建国那样糟糕，把她对父亲的美好幻想全部颠覆。

姜可望想到父亲，手机在包里响了起来，换了手机号码以后，她只通知过一个人。母亲焦急的声音撕开静谧的夜晚："可望，你爸爸出事了。"完整的话只有这一句，之后母亲说些什么，姜可望猜测着才明白了大概，烧炭自杀，在医院里抢救。

她的母亲是个慢性子的人，说话从来细声慢语的，少有急得前言不搭后语的时刻。姜可望听得麻木，好像在听陌生人的故事。电话那头短暂停歇后，母亲颤抖着道："可望，你去看看他，去看看你爸爸。"她说着哭了起来，哭得姜可望有种窒息的感觉。

"知道了，我会去的。"她说这话的时候，感到一只手被人牵了起来。裴郁轻轻摸了摸她的手指，她才发现自己在无意识中攥紧了拳头，指甲嵌进了掌心。他一点一点地抚平了她的手指，将她握住。

车里很安静，母亲在那头说什么，他都能听见。

姜可望放下手机后，在通讯录里找到米拉，手指悬在拨号键上，迟迟点不下去。也是他把手机拿了过去，按了锁屏，放到旁边，然后拥住了她："不想去，也可以不去。"

她感到心脏被人戳了一下，木然的脸上现出一点点光彩，问："真的吗？"

姜建国会走极端，她不是没想过这种情况。毕竟眼睁睁地看着自己苦心经营多年的公司破产，希望的泡沫一个接一个破灭，这对任何人而言都是不小的打击。姜建国那么求她，她都不为所动，不知道他在选择轻生之前是不是很恨她。如果她真的帮他，他也许不会走到这一步吧？

于情于理，她都应该去看看他，就连母亲都求她去看他，她可以不去吗？

"当然，没关系的。"裴郁把她的脑袋按在自己肩上，"我让王特助过去看看。"听到他那么说，她的心里好像有一块大石头放了下来。脆弱只持续了这一小会儿，她很快就坐直了身体，从他的怀抱里挣开。

"前面就到了。"她往窗外看，瞳孔里映着幽幽的灯火。其实，离周宅还有一段路程，是那个怀抱太温暖了。就像戒烟，要想戒断他，她必须时刻坚定。

"还是不要麻烦王特助了。"她背对着他，"过几天，我自己去。"

次日，他又来了。姜可望完成了定妆的拍摄后，换了衣服，去向周思凡道别，他正坐在周思凡的书房里，一起喝着茶。

"可望，"姜可望还没开口，周思凡就先道，"本来想多留你几天的，这就要走啦？"

"嗯，对。"她看看裴郁，不知道他跟周导是怎么说的，"我纪城那边还有点事。"

裴郁接着她的话，跟周思凡继续寒暄了一会儿，最后以一句"那周导，我们先告辞了"收尾，然后站了起来，扶过她的肩往外走。米拉看到裴郁也是蒙的，手里提着的行李被他的司机接过去，放进了后备厢，她只能自觉地走到副驾驶座前，拉开门坐进去。

"裴先生，您是送我们去机场吧？"米拉打电话退掉一早订好的专车后，扭过头来问他。

"是一起回纪城。"裴郁说完，坐在他身边的姜可望无措地眨眨眼。他对她说过，她跑不掉。

"哦……好的，好的。"米拉连声应着，又打了个电话，把接机的专车也一并退了。到达医院，已经是夜里，住院部的长廊空旷且冷清，只有值班的医护人员偶尔走过。姜可望循着前台给的房间号，找到了她父亲的病房，抬起一只手要敲门，却又犹豫了一下，回头说："裴郁，我一个人进去就好。”

他点点头，走开了些。姜可望敲敲门，没人应，她又敲了几下，才发现门是虚掩着的，顺着她的动作自己打开了，里面没有别人，姜建国正在床上睡觉。短短几天，他白了头发，太阳穴凹陷下去，脸上戴着氧气面罩，一根点滴管子在旁边吊着，缓缓流淌。

她在床边坐下来。

“其实死了比活着要舒服，对我来说，你现在这个样子挺好。”她解恨地说出这样的话。姜建国睡着了，没有意识，自然也没有任何反应。她的发泄便像打在棉花上一样，没令她痛快，倒是让她更难过了些，难免悲从中来。

“姐姐？”身后的门被人推开，一个男孩子走过来，看见她，意外地叫了一声，是姜星海，那个人的儿子。姜可望站起来，他匆忙放下手里的药袋，扶着她说：“没事，你坐。”

这个男孩比上次见面时高了些，整个人看起来依然那么明亮。他转身去拿杯子倒水，用热水烫了烫，凉水兑温，递给她：“喝水，姐姐。”

“医生说，爸爸已经脱离危险了，现在就是观察，他还没有醒过来，医生也说不好他什么时候会醒。”姜星海跟她说明情况。

“嗯。”她点点头，说了从他进门到现在的第一个字。听到她出声，他笑了：“姐姐，你最近很忙吧？”

“还可以。”姜可望对他还是很冷漠，“你不要总是叫我姐姐。”

姜星海哪里像姜建国生的孩子呢，姜建国那样的人，只能生得出她这种女儿，乖张、阴暗、冷血。她的爸爸与这个男孩子的爸爸一定是两个完全不一样的人。不然，同一个爸爸，怎么能既这样好，又那样坏？太不公平了，偏偏她分到的就是坏的那个。

高三那年的暑假，知道姜建国的真面目后，她没跟他决裂，而是用了另一种方式报复他。她把自己变成了一个讨债的女儿，利用他的补偿心理，问他要各种各样的东西。他给她副卡，买了房子让她住，她还在上学，他就允许她开车，几乎什么都满足她，即使她在外面闯了祸，他也没说过她什么。

可是，他对姜星海从来不这么溺爱，零花钱严格控制，门门功课要求拿优。他教他人生不能挥霍无度，要懂得适可而止。姜星海被她的话一堵，微微一愣，回过神来后，脾气还是那么好："我知道，你心里还是关心爸爸的，不然就不会安排他住这么好的病房了。"

"你说什么？"姜可望听不太明白。姜星海抓抓头发："不是你男朋友的助理来办理的手续吗？"

她走出病房时，裴郁还在走廊上，看见她出来，便问："好了吗？"姜可望从他身边走过，他跟着，她说："你还是让王特助来了啊。"

他没否定："嗯。"姜可望心里有种说不出来的烦闷。

"可望，我不希望你后悔。"裴郁伸手摁了她面前的电梯开关，"有的事可以听你的，但有的事你还是得认真考虑。"

破产了可以东山再起，但是人死了就什么都没了，不具备任何可能，更别提后悔。

姜可望陷入了沉默，上车以后，也独自发着呆。他还是这样，喜欢干涉她的种种，告诉她这样不对，那样不对。她稍微走歪点路，他就要给她扭回来。第一次见面时就开始了，他站在她面前，说："小姐，你在考驾照的时候没有学过交通规则吗？"他这样严厉地批评她，她竟那样动心。从这一句开始，她的生活轨道上处处是他留下的痕迹。

"送我去米拉那儿。"姜可望道。这一次，裴郁不再坚持留她，很干脆地吩咐了司机。

"我们以后还是别见面了。"她顺势说。

“可望，”裴郁心平气和地告诉她，“我还是那句话，有的事可以听你的，有的事你再想想。”

姜可望深深地吸了口气：“你这是浪费时间。”她看见裴郁挂在唇边的淡淡笑容，愈加无助。

“有这个时间，不如好好去关心你那个外甥。”她无助到口不择言，“她都病成什么样了？”

裴郁看看她，沉默了几秒，说：“她是病了。”他目光垂下去，有点不易察觉的惆怅，姜可望好像明白了第一次见面时，他眼底淡淡的忧郁从何而来。

“就是因为这样，我才一直没告诉你她的存在。”他说，“我很后悔。”这一刻，姜可望也很后悔，不该对他说那样刻薄的话。她再看他的时候，他眼底的惆怅已经消散了，他认真地注视着她的眼睛：“不过，你介意，说明你是在乎的，是吗？”

在乎，这是一个什么样的词，代表什么，有没有意义？

姜可望被问住，她低下头，摇了摇，想说“不”。然而刚张开嘴，一种脆弱的情绪就笼罩了她，让她怎么也说不出口。裴郁见到她这个样子，慢慢地伸出手，试着将她搂了过去，她也没反抗。他的脸缓缓贴住她的额头，与她相偎着，她颓丧地让他抱着，听到他说：“你在乎。”他知道。

姜可望的很多小心思都没有瞒过他的眼睛。他总能找到切入点，把她的倔强解体，他是吃定了她。

那三年里，他们之间也有过不愉快，比如，裴郁不喜欢她抽烟。她烦闷时爱抽烟，并非有瘾，更多是发泄，这个恶习是在大一那段堕落颓靡的时间里染上的。既然没有瘾，那就无从戒起，那于她而言是心理上的依赖。在裴郁这个更大的心理依赖面前，她说不抽，也就不抽了。

但偶有例外，那常常发生在他去港岛的时候。因为，他一去那边，就意味着他们有好多天不能见面，她感到自己的心无处安放，不知道他在那个她不熟悉的地方做什么，跟什么人在一起。她一焦虑，就想做点什么。背着他偷偷做坏事，实在是太刺激。而有一次，他提前回来了。

“姜可望，你很好。”抱着裴郁一通亲的姜可望陡然被他扒拉下来，还不知道发生了什么事。她没往烟味上想，抽烟已经是半天前的事，她换了衣服，也喷了香水，怎么可能被他发现？她只知道，他比以前回来得都早，她好开心，只想好好亲近他。

“跟你说过多少次？”接下来，裴郁点着她的脑门，不仅给她下了戒烟的最后通牒，连着整个工作室的人都挨了骂，要一起戒烟。挨了一通训的姜可望郁闷地回到家，洗了澡，独自在阳台上的吊篮里坐着，她觉得他是小题大做。

她那么想他，天天盼他回来，结果盼来的却是他凶巴巴的呵斥。呵斥她也就算了，还连累了工作室的人，他分明是给她难堪。她在阳台上坐了好久，裴郁过来找她的时候，她还是气鼓鼓的。

“怎么了，姜可望，你摆这个脸色是给谁看？”裴郁想要抱她回房间，却遭到她的拒绝，他感到又好气又好笑，“我还不能管你了是不是？”他抬起她的脸，俯视着她，声音轻了些，不再是质问的语气。然后他好言好语地跟她说了些道理，吸烟对人体有害，会让皮肤变差，那样就不好看了。而且，她答应过他以后不抽，她没有做到，这也是不对的。

“我为了早点见到你，熬夜把事情处理完，才能提前赶回来。”裴郁握住她的手，放在唇边亲了亲，“你给我的回报，就是一身的烟味吗？你说你过分不过分？可望，我在想你的时候，你在做什么，抽烟吗？”

原来，都是她的错。原来，在港岛的时候，他也常常想念她。他一句好话，一句重话，再一句好话，就把她绕进去了，她觉得都是她的问题。他再去抱她，她没再反抗，顺从地伸出手搂住他的肩膀。

……

车在路边停下，米拉下楼来接她，她下车的时候，手还在他的手里。她离开时，用了一点力，他才松开。

“裴先生，那我们先上去了。”米拉帮她拿了东西，朝车里打招呼。

“去吧。”裴郁回着米拉的话，看的人却是她。她脸朝旁边撇着，一盏路灯杵在她身边，照耀着她的头顶，她视线里的夜空亮得发白。

“可望，我搞不懂你们两个了。”走在小区的鹅卵石路上，米拉搂着姜可望的手肘，“你们这真的是分手吗，现在算什么呢？”

盛夏夜的室外飘着浮躁的热气，姜可望在车的冷气里浸泡过，身上冰冰凉凉的：“我也不知道算什么。”

“要是还喜欢，就重新在一起，现在这样太别扭了。”米拉实在是看不下去了。

“可是米拉姐，我不想再重复以前的生活了。”姜可望出神地说。以前生活的全部，无非是拍戏和等裴郁回家。有戏拍的日子就拍戏，拍完了，她的世界里便只剩下裴郁。

还记得有一次，她好多天没见到他，终于等到他回来，两人在剧组外的酒店里匆匆见了一面，他便送她回片场拍戏，之后又要飞往外地出差。当时她伤心得崩溃大哭，把他吓了一跳，哄了她很久。

“我不要再拍戏了。”她啜泣着说。拍戏很辛苦，原本两人在一起的时间就不多，她还要去拍戏，好辛苦。裴郁只能哄着这个耍赖的姑娘："那你说说，你想做什么呢？"

"我……我想当废物。"姜可望心一横，半是真心、半是破罐子破摔地说出来。

"这算什么？"裴郁怎么会容忍她有这种颓废的思想，"那你以后靠什么养活自己？"

"我可以结婚啊，会有人养我的。"姜可望说完，紧张地看着他，不知道他能不能听懂自己的希冀。他被她逗笑了，然后就让她请了假，把自己的行程空出来，留下陪了她好几天。其他的，他只字不提，仿佛这已经是最大限度的退让。 如今，她醒了过来。在一起时，他教会她最多的就是不要寄希望于任何人，包括他。她不想再顺着他给她规划的道路走，也不会再把希望寄托在无谓的空等上。她要他反过来追随她的脚步。

米拉几次想要开口，都咽了回去，默默地带着她上了楼。

"你坐一会儿，我去把床铺一铺。"进了家门，米拉随手整理了一下茶几上凌乱的书本，把沙发收拾出来，为她倒了杯水，就匆匆进了客房。姜可望坐下来，捧着水杯环视了一圈，然后拿出手机，看看时间，给母亲去了个电话："他脱离危险了，等他醒过来，我再告诉你一声。"

"好，好。"母亲有些愧疚，应了两声后，没了话，过了好久，才跟她说，"可望，对不起。"

"说这个干什么？"姜可望笑笑，"这又不是你的错。"

母亲说："你爸爸给我打过电话，说找不到你，我没有告诉他你的联系方式，不过，我……借了他一点钱。"

"妈。"姜可望无可奈何地叫了她一声，却说不出什么责怪的话。

"没事。"姜可望最后只是说，"要是你钱不够用了，就给我打电话。”她跟母亲说完，米拉刚好出来，抱了一捧毛巾：“洗个澡早点睡吧，明天还要去上海。”

《我们初恋了》开始了第三站的录制。姜可望习惯了频繁的飞行，下飞机抵达了节目组安排的酒店，许昊臻就住在楼上，早早到了，开开心心地下来串门。

“小可望，跟你说件特牛的事，我这次比赛拿了第一名！”做艺人一不小心成了顶级流量，对他来说好像并不是什么大事，身为业余赛车手拿了奖杯，才是最值得高兴的事。他还没说几句，跟过来的经纪人就拎着他的耳朵把他带走了：“什么时候拿个大奖再来吹牛，你今天的基本功练了没有？”

姜可望跟着他们走到电梯跟前，电梯门一打开，裴郁赫然站在里面，几个人目光一撞，都愣了愣。

“裴先生。”许昊臻的经纪人反应很快，拉着许昊臻走进去，客气地向他问好。裴郁点点头，电梯门自动合上，把姜可望隔在外面，然后缓缓上升。对社交礼仪没什么觉悟的许昊臻迟迟不出声，经纪人在他手背上用力一拧，他大声“哎哟”了一下：“你干吗掐我？”

经纪人窘迫得不知道怎么收场，算是对自家艺人的情商有了全新的认识，再不抱什么希望。还好，裴郁只是目不斜视地看着前方，并没有理他们。她只能干笑着搭讪道：“裴先生也在这边出差呀？”

“算是。”裴郁惜字如金。

“您住在二十八层吗？我们就在楼下，有空可以一起打牌。”她熟练地说着客套话，只求留下好印象，说不定以后有合作的机会。好死不死，熊孩子又聒噪起来：“姚姐姐，你一会儿能不能放我去找小可望玩？在这里真的闷死了。”

几乎就在那一刻，她感受到了气氛的凝固，电梯里变得异常安静，面无表情的裴郁的神态有了细微的变化，他转过头，看向许昊臻。

姜可望回到房间时，米拉刚接完电话。

“有一个好消息和一个坏消息，呃……”米拉犹犹豫豫地想着该怎么说，“你想先听哪个？”姜可望关上门，想到刚刚在电梯里见到的那个人：“有好消息？”

“好消息就是，这个节目的制作经费增加了，有人追加了投资，播出效果会变得更好。坏消息嘛……”米拉耸了耸肩，“那个人就是裴郁。”

所以，在电梯里碰见他，不是巧合。他是有意找过来，名正言顺地出现在这里。姜可望走到阳台的落地窗前，手指无意识地绞着薄纱窗帘，她想起裴郁跟她说过的话——“我知道，我们之间的问题有很多，我会一个一个解决。可望，逃避不能解决问题，也没有意义。而且，你跑不掉。”

“这以后见面的机会就多了。”米拉摇头感叹了一声，拿起桌上刚烧好的水往杯子里倒，紫砂陶里顿时冒出袅袅轻烟。

晚上少不了饭局，酒店的顶层是个俱乐部，米拉带着她刷着房卡上去。偌大的宴厅做了清场，只有中心的几桌摆了餐具，宛如孤岛，一旁排排站的侍应生加起来比他们来参加饭局的人还要多。看来节目组确实拿到了投资，排场一次比一次来得奢侈。

“小可望，来坐这儿。”许昊臻给她留了身边的位子，就等着她来。她走过去时，坐在他另一侧的经纪人有意看了她一眼。这位经纪人不是很喜欢她，每次许昊臻在镜头外找她玩，总是会挨训。

她跟许昊臻搭档是件很占便宜的事，因为许昊臻比她红。节目播出几期后，虽然许昊臻的坏名声洗白了不少，但更多的是她获得了知名度和观众缘，更别提还催生了不少希望他们在一起的粉丝。录这期节目，她好处占尽。许昊臻的经纪人一面不太平衡，一面很害怕，如果他们假戏真做，那许昊臻就亏大发了。

姜可望坐下后，为了避嫌，还是刻意与许昊臻保持了一点距离，也不便与他多说话，随口聊了两句，就低头拿起手机翻看起来。

“咦？小可望，你也玩这个游戏吗？”许昊臻一瞟她手机屏幕，指着其中一个图标，很意外地道。那是个很火的即时竞技类手游，姜可望以前无聊的时候尝试着玩过一段时间，已经很久没碰了。

“好久没玩了。”姜可望摇摇头。

“没事没事。”许昊臻也拿出手机，“要不要开黑，来一把？”

“昊臻，”他的经纪人忍不住出声制止，“一会儿还要吃饭。”

“人还没来齐呢，一把很快的，来得及啊。”熊孩子一心扑在游戏上，看到姜可望没有什么兴致，还焦急地吊着她的胳膊摇了又摇，“小可望，玩嘛，玩嘛。”这一幕被刚从门外进来的裴郁撞个正着。姜可望被晃得头晕，听到一声“裴先生”，便跟许昊臻一起转过头。他已经在一群人的殷切注视下走到圆桌的另一边，落了座。

“裴先生来了，那咱们就开始吧。”导演端起手里的杯子，大家一起站起来。姜可望起了身，胳膊上还挂着个大孩子，他的经纪人低声提醒：“许昊臻！”

“吃完再玩。”姜可望只能低声哄他一句，他这才不情愿地放开了她的手，跟众人一起举杯。桌上觥筹交错，姜可望过去从不用参加这种饭局，但她还是尽量让自己去适应。米拉轮番敬酒，她便跟着一起，也算是应酬到了位。

“裴先生，我敬您！”敬到了裴郁，米拉面对前老板，还是硬着头皮上，“这次得多谢您的支持。”

“嗯。”他在酒桌上向来寡言少语，目光淡淡地看看她，再看看她身边的女孩，把杯子拿起来。姜可望托着盛得满满的酒杯正要一起喝，就听到他说："少喝点。"

他是朝着米拉说的，米拉愣了一下后，笑着道："裴先生真会体谅人，那我们都随意。"她话音刚落，就见裴郁仰头一饮而尽。旁边的导演看直了眼："裴总好酒量。"惊得米拉也赶紧把杯子里的酒都干了。

姜可望没跟他客气，只是轻轻抿了一小口。一圈敬完，她便埋下头，安静地吃东西。同为艺人，她跟许昊臻晚餐都只是象征性地吃点容易消化的食物，不一会儿，她放在碗边的手机就响了一声，是许昊臻发来了游戏的邀请，他还真是执着。姜可望一言不发地点了接受，开着静音陪他玩了一把。

十分钟后，游戏结束，许昊臻惊喜得两只眼睛闪闪发亮："原来你这么厉害！"他稍稍起了身，把屁股下的椅子往她那边一挪，就亲亲热热地坐下道："再来再来。"另一边，裴郁面无表情地听着身旁的导演侃天侃地，偶尔应答几句，目光无意中飘到那一对玩得旁若无人的人身上。

米拉和许昊臻的经纪人也隔空相望，互相交换了一个无奈的眼神。饭局持续的时间很长，两个人玩到手机没电，干脆转移到有插座的角落，既不影响桌上的人，也玩得清静。等待开局的间隙，许昊臻一眨不眨地看着她的脸，突然说了句："那个姓裴的是不是真的对你有意思？"

"嗯？"姜可望抬起头，表面上还是镇定的。

"我只是有这种感觉。"许昊臻皱着眉头回忆，"在港岛时就觉得他不对劲了，今天他还总是用很可怕的眼神瞪着我。而且你说，他为什么要突然投资这个节目呢？"他警觉地问："他是不是想泡你？"

姜可望静静地听着，笑了笑："跟我没有关系。是因为有你参加，这个节目的收视率一期比一期好，所以很多人才抢着投资啊。"

"是吗？"游戏已经开局，许昊臻半信半疑地把注意力放回手机上。一局结束，他还是有点怀疑，很诚恳地提醒她，"不管怎么样，小可望，你小心一点。不过你也别怕，我会罩着你的。"

"你要罩着谁？"随着许昊臻"哎哟"一声叫唤，他的经纪人一把拎起他的耳朵，把他从椅子上拖起来，"《古惑仔》看多了吗？该走了。"姜可望也站起身，酒桌那边的人已经陆陆续续地散场，米拉握着一个编导的手，正在说话。

"嗯……小可望，回去接着玩啊。"被拖走好远的许昊臻还不忘回头朝她发出"邀请"，姜可望挥了挥手。

"喝了很多吧？"终于等到米拉应酬完，过来带她回房间，姜可望关心地问了一句。米拉是个业务能力很强的经纪人，方方面面都很拼，尤其是交际方面。姜可望也是头一次见识到她这么能喝酒。

"没，没喝多少，这不算什么。"米拉握着她的手，对她笑，"你呢？"米拉这样都叫没喝多少，她就更没事了。她们一起回到楼下，米拉还跟个没事人似的，坐在沙发上，处理起手头的几项工作。姜可望便想着去洗个澡，然后早点睡觉，正换着拖鞋，就听米拉"喂"了一声，接起个电话："裴先生？"

姜可望听在耳朵里，动作顿了一下。接着，她就看见米拉朝自己递来了手机，眼里闪过一丝惊讶："可望，是找你的。"

"开门。"裴郁没有感情的声音在听筒里响起来，他的话语简洁有力。她走到门前，掀开了猫眼，见他就站在外面，颀长的身影从视线中露出半截，那双长腿好像没有尽头一样。

她问："你有什么事吗？"米拉也纳闷地站了起来，盯着她这边的情况。

“有。”他说。而姜可望故作冷静地道：“很晚了，有什么事，明天再说吧。”

“姜可望，”裴郁没了耐心，“你是想让我自己找人来开门吗？”她叹了口气，伸出手握住门把手，轻轻一按，打开了门，他便走了进来。

“裴……”米拉看见裴郁，赶忙迎上去，刚想说话，裴郁朝她伸出手，递来一张卡片。

“米拉，委屈你，今晚换个房间住。”

她瞠目结舌地扭头看姜可望，用目光询问着。

姜可望深呼吸了一口气后，替她拿过那张门卡，连同手机塞进她手里：“你去吧。”米拉只能把茶几上的几份资料随手一收，抓着就往外走，刚迈出门，迎面就撞见了一个人。

“米拉姐，我来找小可望，你要不要也一起打游戏？”许昊臻爽朗的声音在门外响起，带着点狡黠，“我好不容易躲开姚姐姐跑下来的呢。”正注视着姜可望的裴郁微微侧了侧头。米拉简直焦头烂额，使劲地摇着脑袋，把许昊臻往外推，他觉得奇怪，探头往门里看：“怎么了？”

西装背影的一角从门后闪过，那个背影的手在轻轻抚摸着女孩的脸，她躲闪了一下，然后就不再抵抗。裴郁低下头，捏起她的下巴，深吻下去。

姜可望试着挣扎过，但裴郁没有给她这个机会，直接把她的双手反剪到身后，单手牢牢地钳住，另一只手捏着她的牙关，强迫她张嘴。他的舌头强势地撬开了她的嘴，疯狂地攫取着她唇腔中的蜜汁。混乱的气息交织之际，她闻到他身上有浓重的酒味，知道他肯定喝了不少。

许昊臻站在门外，明亮的眸子静静地看着房间里缠绵悱恻的一幕，什么也没说，转身离开了。“砰”的一声，那是关门的声音，裴郁才稍稍松开了她，银丝勾在唇与唇间，挂出长长一道。他抵着她的额头，呼吸粗重，一双眼睛直勾勾地盯着她的脸：“同时把两个男人耍得团团转，喜欢这种感觉吗？”

姜可望也喘着气，缓了好一会儿，才愤愤地道：“他已经看到了，以后不会再理我了，你满意了吗？”许昊臻是无辜的。他只是个单纯的男孩子，跟谁玩得好，就拿谁当朋友。他不过是稚气未脱，玩心比较重，并没有动过不单纯的念头。他不应该看到这样的画面。

“满意？”裴郁咀嚼着这个词，冷笑了一声，“满意……”他怎么会满意。

“你听好了，姜可望。”他声音暗哑，眼神里有说不出的狠厉，“在我们之间理清楚之前，你不要把第三个人扯进来，不然，不然……”他嘴唇颤抖，最后也说不出什么狠话，只是咬牙切齿地挤出一句：“我也不知道我会做出什么。”说完这句话，他又劈头吻下来，这一次没再钳着她的手。但无论她怎么推，怎么拍打他，他都纹丝不动，丝毫不受影响，越吻越深。

她挣扎得累了，只能狠狠地咬下去，坚硬的牙齿碾磨着他柔软的唇瓣，顷刻，一股铁锈般的咸腥味便在他们的唇齿间蔓延开来。他只是绷紧了身体，依然没有放开她，任由她在他唇上留下深深的伤口。她尝到他的血，忽然有种解了恨的感觉，伸手抱住了他，也松开了牙关。

她在她咬破的地方轻轻舔舐，像是要抚平它一样。她舌尖尝到的血腥味也因此愈加浓烈。她这突如其来的温柔给了裴郁无形的鼓励，他抱起她走到床边，与她并肩坐着，扭头注视着她，修长的手指握住她的半边脖子，一下一下地轻抚。

裴郁的唇上挂着血色的牙印，看起来十分妖冶，把他的眼神都一并带得阴郁了。在他要垂头去吻她的脖颈时，她并不躲闪，甚至仰起脸，做出一个迎合的姿态。她听见自己凉凉地问他：“裴先生，你现在这样，可以算是潜规则吗？”

多讽刺，绕了一大圈，到最后他还是成了她的“金主”。

裴郁的动作一顿，但也只是顿了一下：“你以为这样说就可以刺激到我？”他不由分说地一口咬了她，跟她的咬不同，微弱的痛感不过是挑动她敏感神经的小情趣，她被他啃得控制不住地浑身发抖，悲怆的声音也断断续续的：“也是，反正三年都是这么潜过来的，还在乎多这一次吗？”

他听见她这话，有一个瞬间变得迟疑起来，再过片刻，她感觉到那阵温热的鼻息离开了脖子。

“对不起。”他的手慢慢放下去。

第二天早晨，姜可望是被闹钟叫醒的。房间里只剩下她一个人，昨天闹过那一场后，裴郁就离开了房间，她便锁上门，洗澡睡下了。只是，她怎么也睡不着，熬到后半夜才昏昏沉沉地睡了过去。她起了床，洗漱完推开门，发现米拉在外面等着。米拉以为裴郁还在，不敢按铃，也不敢给她打电话，只能在外面等她出来。

“裴郁呢？”米拉做着口型问，不敢出声。姜可望摇摇头，把门敞开，示意她可以随便进去。米拉的行李都在里面，昨天来不及往外拿，只匆忙带走了一些资料。

“他走得那么早？”米拉看着整整齐齐的房间，看不出一点他存在过的蛛丝马迹。姜可望想起昨晚，那股咸咸的血腥味仿佛还在齿间，萦绕不散。

“什么也没发生，昨晚我就打发他走了。”她捏了捏眉心，“米拉姐，你不要多想。”米拉看看她，见她精神尚可，表情自然，便半信半疑地点点头："你没事就好。"

姜可望化完妆，到达拍摄地点，就开始录制。许昊臻迟到了，这还是他第一次迟到，所有人顶着阳光在室外等到他，而他一副蔫蔫的样子从车上下来，看起来怎么也打不起精神，也没有像往常那样，见到姜可望，就第一时间喊"小可望"，然后奔过来。

"昊臻。"姜可望主动向他打了个招呼，他也只是看看她，勉强笑了笑，先一步上了节目组安排他们坐的游船。

"昊臻，拉一把可望。"导演吩咐摄像组做好准备。许昊臻迟迟不动，在导演催他之前，才不情不愿地朝姜可望伸出一只手。

"谢谢。"姜可望轻声说着，抓住他，小心地上了船。两个人坐船游江，本来是个很容易拍出浪漫的互动，许昊臻却一直沉默无语，对于姜可望几次主动抛出的话题都接得不是很走心。这样下去不是办法，工作组会很快发现他们之间的不对劲，姜可望只能轻轻拉了拉他的手，摇了摇："昊臻。"

"小可望，"许昊臻耷拉着脑袋，还是那么叫她，然后才说，"我录不下去了，分手吧，下一期不录了。"

"你说什么？"姜可望心里"咯噔"了一下。

"为什么要来参加这样的节目呢？明知道都是假的，我也告诉自己，都是假的。"许昊臻迷茫的双眼扑闪扑闪的，"到底还有什么是真的？"

"对、对不起。"看着这个受了伤害的大孩子，她除了道歉，不知道还能说什么。导演远远地盯着监视器，戴着耳机，看到这里，愣愣地感叹："这样也太真实了。"他回头看看站在旁边的两个经纪人："你们两家的孩子是不是已经在一起了？"

米拉与姚姐对视一眼，头摇得像拨浪鼓："没有没有，绝对没有。"

姚姐也避之不及地直摇头，她只知道，昨晚逮到许昊臻又往楼下溜的时候，刚想责骂他一顿，就见那孩子一脸沉重地甩开了她的手，把自己关进房间。

两个人再次对视了一眼，各怀鬼胎地保持了一点距离。

“哎，怎么没声音了？这两个人在干吗？”导演激动地站了起来，“说什么悄悄话呢？”镜头里，许昊臻摘下了衣领上别着的麦克风，用手握紧，然后摘下姜可望的那只。

“你们本来就是一对，为什么你还要接这个节目？”许昊臻掐了收音器，问出自己的疑惑。

“因为我想脱离他。”姜可望说，“我们已经分手了。”

“是他缠着你吗？”许昊臻一拳砸在椅子上，“我就知道，昨晚我应该进去揍他的，米拉姐非把我推走。”

“昊臻……”姜可望抿了抿唇，朝他摇头，再摇头，“我自己会处理好这件事，你不要参与进来。”昨晚裴郁已经说得很明确，姜可望也不敢想象他还会做出什么。她无意借许昊臻去刺激裴郁，之前的种种不过是这个节目性质导致的必然。现在许昊臻知道了她和裴郁的关系也不失为一件好事，往后他们再相处，他就该有分寸了。

“我可以帮你啊，你已经不喜欢他了，他还死缠烂打，怎么会有这种人？”许昊臻激动地道。姜可望看着他，目光有一刻的失焦，她的脑海里掀起浪头，混沌一片。

“不是这样。”她虽难以启齿，但不得不告诉他，“我……还是喜欢他。”监视器里的无声画面持续了几分钟，就在导演准备拿扩音器打断他们的时候，许昊臻又把两个人的麦克风别了回去。

之后的录制照常进行。不知道在那几分钟里，两个人都说了些什么，许昊臻忽然就打起了精神，又变回往常的那个吊儿郎当的叛逆少年。

“难怪这对人气最高，感觉就是真的情侣闹别扭。”导演若有所思地道。只有姜可望才知道，从这一刻起，许昊臻在镜头前的表现跟她一样，只不过是出于敬业，再与其他无关。

拍摄结束，所有人都回到了酒店。米拉看见房卡少了一张，便没再搬回姜可望的房间，拿了自己的行李，还是住在裴郁给她安排的那一间。只是，自这天之后，裴郁就没再出现过。

“我听他们说，他好像是去港岛了。”米拉闲时小小地八卦了一下，随口告诉了她。

“嗯。”这几乎是能预料的事，姜可望心里没什么波澜，淡淡地应了一声，继续坐在沙发上修剪指甲。

他这样一个聪明的商人，最擅长的就是取舍，不会一直把时间浪费在渺茫的希望上。港岛才是他的故乡，钟渺渺才是他的亲人。那个小女孩不是说过，她才是他心里最重要的人？她嘴里也不见得全是谎话。只是道理明白归明白，她夜里睡得还是不太安稳，夜深人静的时候被噩梦惊醒，惊叫着从床上坐了起来。

“嘘——”一只手捂住她的嘴，熟悉的声音在她头顶响起，“是我。”

来人打开灯，灯光有些刺眼，裴郁的脸出现在面前，她的手被他握着，贴到那张温热的脸上：“我刚下飞机，吵醒你了？”

这个场景，从前两人在一起的时候，也不是没有发生过，因为他经常出差，也经常半夜才回来。每一次她醒过来，看见他在身边的时候，都不知道有多惊喜。他依然那么温柔，她却很快从梦里回过神，抽回手，抓过被子，把自己裹得严严实实。裴郁见她这样，也只是帮她掖了掖被角，把她脸上的发丝拨开。

“这几天，我去处理了一些事。”他跟她说。姜可望低下了头，他去了哪里、做了什么，并没有必要向她一一说明。

“可望，我一直在想我们之间到底出了什么问题。”他没介意她的沉默，自顾自地说，“那天你说的话，让我好像明白一点了。”

他能明白什么？姜可望不抱希望地垂眸。下一秒，裴郁托起她的脸，让她看着自己：“跟我结婚吧。”

第四章
突来的新婚

姜可望半天不说话，目光呆滞，恍惚在梦中。裴郁伸出手在她面前摇了摇，她才有了点反应，捉住那只摇摆的手，仔细看了看，看是不是真的。她的拇指在他的掌心来回划动，挠得他的心也跟着痒了起来。

“吓到你了吗？”他直接把她连人带被子一起揽进怀里。姜可望还是回不过神来，脸颊靠着他的胸膛，愣怔地发呆。

“这边还要录几天？录完就回纪城领证。”裴郁的话，她一个字都听不懂了，“或者直接请一天假，明天就去吧。”他好像很着急，她不知道他为什么这么着急。他的声音是冷静的，姜可望听了好几句，才从他的声音里听出了一点不易察觉的紧张。原来，他也是个凡人，不能做到时时刻刻气定神闲，这种不安的表情在他的脸上可不容易见到。焦虑之间，他醒悟过来：“我应该去买一枚戒指来求婚的。”他说着就要站起来，却被她一把拉住。

“别去了。”她开口说了睡醒后的第一句话，嗓子还是黏的，声音沙哑。这么晚了，去哪里弄戒指。在一起三年，他也没少送过她戒指，都是随手就送了，她还以为他丝毫不懂那种东西意味着什么。她觉得他突然之间变得不太像他了。

裴郁稍稍冷静了些，低头看着他们握在一起的手。

“我们结婚好不好？”他温和且柔声地又问了一次。姜可望又发起了愣，她的沉默是小小的火光，燃烧了他的等待，在他被蚕食得粉身碎骨之前，险险熄灭。

“很晚了，先睡觉。”她只能说出这么一句。下一刻，他就压住她的双唇，用力碾了一遍。他一双手捧着她的脸颊，欣慰地笑了笑：“那等我去洗个澡。”

水声从浴室的方向传来，在深深的夜里，几乎充斥了整个世界。姜可望裹着被子趴在枕头上，一只手撑着脑袋，依旧不太明白这个世界发生了什么。转眼间，峰回路转，他就来求了婚，他怎么会想要跟她结婚？

他穿着浴袍出来时，她仍然撑着头努力地思考着，脸颊贴上了个温软的东西，是他在俯身吻她。这么多天以来，面对他时，她一直处于高度戒备的状态。这是第一次她整个人变得愣头愣脑的，仿佛回到了刚和他在一起时的状态。

刚与他在一起的时候，她也是怎么都想不通，他这样高不可攀的人，为什么会对她产生兴趣。一个连交通规则都不好好遵守的马路杀手，在他这种严谨又正直、活得一丝不苟的人眼中一定相当差劲吧。

可是，就是这个初次见面就把她责骂一顿的男人，对她露出了好看的笑容，说可以满足她这个年龄的女孩能想到的所有愿望。这所有的愿望不包括婚姻吧。这是代价，她交换的是无法收回的青春，以及无法回首的今后。她以为自己已经付出了代价，可是，现在，他又求了婚。

裴郁关了灯，在她身边躺下，把她搂进怀里。他身上带着好闻的水汽，从发丝中淡淡地散出来，跟她是同一个味道。姜可望背对着他，感觉颈背被他的鼻尖轻轻蹭着，这熟悉的亲昵感却让她无所适从。她蜷缩起来，在他的怀里窝成一团。他双手环住她，在她脖子上蜻蜓点水地吻了吻。她被他吻得一个激灵，翻过身抓住他的肩膀。

黑暗中，她的眼睛睁得大大的，却怎么也看不清他的脸："裴郁，你到底在搞什么把戏？"

"可望。"裴郁有些意外地拍了拍她的背。

"你不要以为说结婚就能感动我了，你要是敢骗我，你要是敢骗我……"她神态恶狠狠的，语气也恶狠狠的，"我不会放过你，我要你好看。"

他每次都能戳到她的弱点，她确实很向往结婚，跟他在一起的时候，她肖想过无数遍，想得发疯。但对于男人，她又无可避免地忍不住拿姜建国来做参照，觉得他们都是无法令人信任的。

裴郁把她拥进怀里，轻抚着她的后背，安慰道："没有骗你，没有骗你，你也尽管不要放过我，你要是放过我，我才觉得为难了。"

"你为什么要跟我结婚？"她还是那么固执，不肯相信地问他。

"因为我没办法承受失去你。"眼睛适应了黑暗，她终于能看清一点裴郁的脸部轮廓，他认真地对她说，"这些天我过得很痛苦，可望。这种日子，我不想再过了。"

"真的吗？"她努力想从他的表情中找到一丝破绽，但屋子里太黑了，她只看得到他瞳孔的一点泛白的反光。他很无奈地叹了一口气："是真的。"这一切还是太好了，所以不像真的。

“你还要跟我签协议吗？”她听见自己问了出来，警觉中带着一点滑稽。

对于这个莫名的问题，裴郁感到有点好笑：“为什么？”

“婚前协议。”姜可望知道结婚对于他们这种人意味着什么，那是相当大的风险。

“除了婚姻登记表，你什么也不用签。”他搂紧了她，让她安心。

“那你的外甥女怎么办？”她又问。协议的事她并不真正关心，她更在乎的是这个。

“我已经给她找了心理医生。”裴郁摩挲着她的鬓发，“离开港岛的时候，我跟她说过，我们会结婚。”那可真是一件残忍的事。

“那孩子说，你不会跟任何人结婚。”小女孩那天说的每一句话，姜可望都记得清清楚楚，如此病态的占有欲，实在是很难让人忘记。严格来说，她已经不是个孩子了，毕竟，可以即兴对着电话自导自演出一场误会，什么样的孩子会这么处心积虑地破坏别人的感情？她已经十七岁了，却不愿意长大，还把自己打扮得像裴郁的女儿。姜可望每次想起来，就觉得毛骨悚然。

“她这么对你说了？”裴郁沉默半晌，声音沉了一度，“她还说了什么？”姜可望摇摇头，不想多提。她感到眼皮在打架，这种汹涌的困意，她已经很久没有体会过了。

天亮后，王特助给裴郁送来了衣服。是姜可望去开的门，走廊里柔和的灯光投进来，在清晨微凉的空气中显得格外静谧。王特助看见她，鞠了一躬，把挂满了衣服的架子推进来，又躬身退了出去。用酒店的一次性剃须刀刮了胡子的裴郁一走出浴室，就看见了衣架，他问：“王特助来过了？”姜可望点点头，脸颊微微泛红。他走过来，把她搂在怀里，亲了一下她的额头，然后随手从架子上取下一件衬衣披上，边系扣边走到阳台，推开了窗。

“可望。”王特助前脚刚走，米拉后脚就敲门进来，“最后一天了，好好录，完了我们去深圳。”

“深圳是什么活动，可以推迟吗？”姜可望随口问。

“不好推，干吗推？”米拉疑惑地往里走了几步，忽然站住，“裴先生……”

“早。”裴郁回过头，熨烫过的衬衣穿在身上，很是整洁，他的扣子刚系到领口以下第三颗，露出一点引人遐思的胸肌。

米拉彻底愣住，连场面话都说不出半句来，更别提拿出行程本，挖空心思想着怎么把时间空出一天，好让他们能回一趟纪城，去民政局登记。她无论如何都想不通，这两个人说要分手，分着分着，突然就要结婚了。合着从头到尾，两人根本就是闹着玩。

“姜可望，结婚是好事。”一起站在电梯里的时候，米拉还是有了点崩溃的意思，“你们结了婚可得好好的，别再闹了啊。”她这个旁观者的小心脏已经折腾不起了。

深圳的活动还是推后了，节目录完，他们便乘坐下午的飞机回了纪城。下高速后刚入夜，姜可望陷在座椅里打着瞌睡，迷迷糊糊中听见裴郁接了个电话，她没听清他说了什么，过了很久睁开眼睛，发现他在看自己：“你爸爸醒了，要去看看吗？”

姜建国的情况并不好，抢救后昏迷了一个星期才醒过来，脑损伤严重。姜可望走进病房，他见到她，笑得没心没肺。

“可望，你来了？”他倒是神采奕奕地朝她招手，“来，来坐。”不知道是不是这一场重生让他看开了些，他一句也没有再提自己公司的事，只是关切地问着她的近况，“最近好吗？钱够不够花？”她淡淡地摇摇头，实际上，她已经很久没伸手朝他要过钱。

“可望，一定要好好学习呀。”姜建国握着她的手，语重心长地道，“考纪城的大学，考到纪城来，以后爸爸就可以天天见到你。”

“爸爸？”姜可望迟疑地问了一声。他又自顾自地说了很多，内容颠三倒四，令人哭笑不得。

“我已经大学毕业了。”她不该跟病人较真的，但还是忍不住纠正他。

“噢……”姜建国恍然大悟。

“我都要结婚了，明天就结。”姜可望忍着难过告诉他。

“结婚？这么小就结婚？”他诧异地想了想，如梦初醒般点点头，“我女儿要结婚了……我得送辆车，可望，你上次问我要保时捷，我还没买给你呢。”

姜可望魂不守舍地出了病房，回去的路上，她几次拿出手机，想给母亲打电话，但都放了下去。她担心自己一听到母亲的声音就会掉眼泪。

“给我吧。”裴郁拿过她的手机，拨了号。她趴在车窗上，听见信号被接通，裴郁跟她母亲寒暄，然后说了姜建国的情况。

“好的，好的，谢谢你呀，裴郁。”姜母有点不好意思，还问他，“可望呢，她怎么自己不打电话？”

“她是工作完刚赶回来的，累了。”裴郁看了她一眼，接着道，“而且，她在害羞。”姜可望回过头。

“害羞？”姜母不解。他笑了笑：“阿姨，我们明天要去领证。”

“真的吗？”姜母那激动的声音敲击着姜可望的耳膜，她倒是比女儿还要高兴。

原本姜可望差一点就要告诉母亲他们已经分手的事。其实突然间要结婚，连她自己也没想到，直到现在，她都处于一种很莫名的情绪里。

一个是怎么也不可能结婚的人向人求婚，一个是铁了心要分手的人答应求婚，这两件事比起来，哪一件更荒唐？

“你在想什么？”结束了那通电话，裴郁揽住她的肩。她让他搂着，尽情地想着自己的心事，想得出了神。家里的一切还是没变，也没什么可变的，就是娜娜几个月不见，又胖了点，还学会了一点东南亚口音浓重的纪城腔：“姜小姐，要吃冰糖燕窝吗？”

“吃点吧。”裴郁在她耳边轻轻道。裴郁也随便吃了点晚餐，她坐在他身边舀着甜品，感觉到来来回回伺候的女佣的目光，那些人看他们的眼神里多少都带着新奇。那些人都知道他们本来分手了吧，姜可望当初是直接拖着箱子从裴宅打车走的。

浴缸的水面冒起一颗一颗的气泡，埋在水下的姜可望一头钻出来，抹了一把脸上的水，大口大口地呼吸。现在，她回来了，但她不会变回从前那位“姜小姐”，从明天开始，他们就需要改口叫她“裴太太”。

姜可望走出浴室，裴郁也洗过了澡，发丝清爽的模样仿佛跟她一般大，他坐在吊篮里，看到她，伸出手：“过来。”

她走过去，在他腿间坐下，被他从身后环住。这是个再亲密不过的姿势，吊篮载着他们，来回摇曳。没一会儿，他就转过她的下巴，低头与她接吻。接吻的感觉很好，裴郁又向来温柔与技巧兼并，还记得她第一次生涩的时候，他就耐心地教会了她如何接吻。

她睡衣的吊带滑落了半边，松松垮垮地搭在手臂上，偶尔动作太大时，会有一种被束缚了的感觉。他顺着她的脖子浅啄着，描绘她肩膀的弧线，那吊带便滑得更彻底，她从背后能清晰地感受到他的热度。

突然，从房间里传来富有节奏感的手机铃声，无端让人感觉紧迫而压抑，裴郁屏息着，等那阵声音过去，才重新埋下头，继续他的攻城略地。那手机静了片刻，又响了起来。姜可望起了身，看见他进去拿起那手机，看看屏幕，没有接。她也走过去，看了一眼，“钟渺渺”三个大字很清晰。

“给我。”姜可望从裴郁的手里拿过手机。

“舅舅，舅舅，我错了……”电话一接通，对面的女孩哭得嘶哑，“你别不要我，我再也不敢了，你不要结婚，你不能结婚！”活像一个夜里刷过牙以后还要坚持吃巧克力的小坏蛋。

“渺渺，”姜可望打断了她的哭诉，冷静地告诉她，“我是舅妈。”那边一愣，哭声戛然而止，随后电话就挂断了，响起了“嘟嘟”的忙音。她手中一空，是裴郁拿过了手机，关了机直接扣在床边桌上。姜可望以为他会不高兴，但他回过头时，脸上挂着会心的笑容。

“你笑什么？”她问，然后呛声道，“看来你给她找的心理医生不太行。”

“嗯，还不如你。”他摸摸她的脑袋，刚要吻下来，她头一偏躲过了。

姜可望一屁股坐在床上，钻进被子里，把睡衣的吊带提了上去：“早点睡吧。”

结婚这天天气不错，太阳躲在云层后，微风轻抚面庞，颇有情调。没有特殊意义的日子，也不是双休日，民政局人不多。姜可望一路压低着帽檐，没被人认出来，只有递身份证和户口本的时候被多看了两眼。照片也是现场拍的，她还没来得及调整出训练有素的标准微笑，摄影师就急急地按下了快门。一对钢印戳在红本的内页，她拿过来看时，发现裴郁脸上的笑容比她还要灿烂。

原来他这样笑的时候是这么好看。她多看了两眼，然后把自己的那份证件收入包内，拉好拉链。

“我订了餐厅。”回到车上，裴郁揉着她的头发，却发现她似乎无暇顾及，正埋头点着手机。

“我下午两点要上飞机。”姜可望被无形的气压震慑了一下，从手机短信里抬头，看着他，“去深圳，一会儿米拉来接我。”没办法的事，他是知道的，她本来行程就满，空出这么半天对她来说已经是强人所难。

这就是新婚。

裴先生挑挑眉，还是选择了宽容，他应该理解她的工作：“那我送你去。”

“嗯，等我回来再去吃吧，实在对不起。”姜可望很诚恳地道歉，双方之间的气氛很融洽。裴郁吻了吻她，从口袋里掏出一只盒子，打开，里面躺着一对铂金对戒，很简洁的款式，钻石低调地镶在内侧。

“什么时候买的？”姜可望接过去，朝他笑，“好漂亮啊。”他们互相替对方戴上，这本该是很甜蜜的时刻，然而姜可望竖着手指头，看了没一会儿就摘了下来，“回头我找根绳子挂脖子上，我是明星，戴这个会被写小新闻的。”

裴郁凭着极好的涵养，把戒指收进盒子：“既然不方便，不戴也没关系。”

姜可望毫无自觉性地道：“噢，那也好。”就这样，新婚不到一个小时，裴太太便忘了自己是个已婚人士，重新投入紧张的工作中。

裴郁抽空陪着她跑过几场活动，她基本是忙得找不着北，这个活动还在参加着，下一个行程就已经在催她。等到深夜里终于能休息一会儿，她也是连声“累”都喊不出来，倒头就睡。

“你作为经纪人的职责，不是合理安排艺人的时间，避免让她过于透支吗？”裴郁忍无可忍，找米拉谈话。

“裴先生，没办法，可望现在太红了。”米拉面露难色，“她现在正处于事业上升期，要好好把握。”

“把握也不是你这样把握的，”裴郁冷着脸下了最后通牒，“如果你觉得不能胜任现在的工作，我可以找别人来帮你的忙。”

米拉吞了一口口水，只能点头答应道：“是，我会好好反省，您再给我一个机会。”

“我的小祖宗，这么多工作都是你要求我接的对吧？”米拉一转头就去找姜可望诉苦了，“现在裴郁要炒我鱿鱼，你说我怎么办？”

“怕什么，他现在又不是你老板，凭什么炒你？”姜可望躺在保姆车里敷面膜，举起手机定了个时间。

“你已经是豪门太太了，干吗还这么拼啊？”米拉也很忧伤，就现在这个工作量，得考虑请两个助理了，“像以前那样，偶尔拍拍电影陶冶情操不好吗？”

姜可望轻声说：“我就是不想像以前那样。”

“那你还结婚干吗？感觉你根本没有享受婚姻的样子。”米拉纳闷到就差问她是不是在骗婚。姜可望笑起来，没心没肺地说：“没有，我只是没结过婚，所以就结个婚看看。”他求婚，她就同意，反正那是她一直以来的愿望，实现过后，就不用再念念不忘了。

看到米拉快要扭曲的脸，她才收起了嬉皮笑脸，正色道：“我是开玩笑的。米拉，还记得以前我说要靠自己时，你是怎么表决心的吗？你说要捧我做超一线。”

“是有这么回事。”米拉想起来，忍不住感到惭愧，她就是随口吹吹牛，现在裴总回来了，她又不免想靠着裴总吃闲饭，那样多轻松。

“那就这么去做吧，忘掉我现在是裴太太这件事。”姜可望摆摆手。她是个认死理的人，一旦决心不再当个废物，就要彻底与过去的那种生活告别。否则，她一辈子都只能是笼子里那只患得患失的金丝雀。

姜可望一直忙到八月底，《我们初恋了》彻底杀青，她正式进组周思凡的《如烟》。拍电影与真人秀综艺不一样，时间比较密集，没有连轴转的机会，尤其是周思凡这种分量的导演，不会允许组里的演员同时还接其他工作。

对姜可望来说，这反而是一种休假。结束了最后一项通告，她就跟着米拉飞往了港岛。

在剧组安排的酒店下了榻，裴郁如期而至，姜可望看到消息栏里“开门”两个字，便把他放了进来。经过一个多月聚少离多的日子，再见面时，裴郁给人的感觉很平静，他走进来问了几句工作的事情，便拾起桌上的入住指南，随手把玩着。姜可望手里拿着一沓剧本翻来翻去，时不时用记号笔做批注。

“剪头发了？”她偶然抬头，注意到他头发短了些，干净利落。他的头型很完美，从侧面看，弧度浑然天成。

“上次见面的时候就剪了。”裴郁走到她面前，好让她看得清楚一点，“忘了？”

“上次……”上次她好像一直在睡觉，他来的时候她在睡，他走的时候她也在睡。

“可望，”裴郁叫她的名字，把她手里的剧本拿开，“这段时间，你在躲着我？”这句话谁问她都可以，唯独裴郁问的时候，她的心是虚的。

“没有。”她低下了头，这就没了说服力。裴郁伸手搂住她的腰，目光追着她的眼睛。

“要去家里住吗？”他问她，“离这里不远，每天开车去影棚也来得及的。”

她摇头，回答说：“不用了，大家都住这里，就我一个人搞特殊不好。”

“嗯。”他便放开了她，转身走到窗前的起居椅上坐着。他靠近她，她目光躲闪，他走到旁边坐着，她的眼神倒是钉在他身上了，直勾勾地看着他。见她又看着自己，他招手：“来，你来。”

“可望，记不记得结婚多久了？”裴郁把她叫到跟前，似笑非笑地问。

“一个半月？”姜可望没什么概念，她只知道，忙碌起来的时候，时间过得飞快。

裴郁抬起一只手：“是五十一天。”他记得这么清楚。

“自结婚以后，你已经五十一天没回家了。”裴郁靠在椅子上，仰头看她，然后把她拉到腿上坐着，仰视便变成了平视，“需要我提醒你作为妻子的义务吗？”

姜可望摇摇头。他倒是笑了一下，没再往下说，隔了一会儿，告诉她：“晚上和周导一起吃饭，家宴。”姜可望刚说了一个“好”字，他又伸手在她脸上捏了捏：“你这个骗子。”她还没从“骗子”这个词语中反应过来，他凑过来，对着她的唇一吻：“这是利息。”

去周思凡家，是坐他的车去的。说起来惭愧，周导的戏还没开拍，她这个关系户就已经蹭了好几顿饭。周思凡情商过人，这次的由头说是为了给姜可望接风。

“可望，你加油，”周思凡语重心长地对她说，“珍惜这个机会，好好演给那些人看看。”

前段时间《如烟》的定妆照出来以后，得知姜可望拿了女一号，那些原本虎视眈眈觊觎着资源的小花粉丝纷纷下场大吵，在几个娱乐论坛上都闹出了很大的动静。

周思凡夸她：“我看你就是适合这个角色，你镜头感好，从那个恋爱节目里就看得出来。”

“您还看了我的真人秀？”姜可望有些惊奇，周导这头发都白了一半，看来他这样的导演也得与时俱进。

“你的真人秀太火了，想不看都不行。”周思凡扭头看看裴郁，笑道，“小裴怎么舍得让可望去上恋爱节目，不吃醋吗？”

裴郁端起酒杯跟他碰了一下，他已经过了那个时期，提起这个也就是一笑了之。当初刚分手是他大意了，以为她只是需要散散心，没想到她转眼就敢去接恋爱综艺。得知姜可望是节目嘉宾后，他差点就跟制作方撕破脸，连房子都不借了。但细细想来，合同已经签好，违约不太可能，还不如就继续借，大方借，最后是追加投资。总之，把她安排在他的眼皮子底下，也好过她在他不知道的地方乱来。

四人各自沉思了一阵，周太太想起那个天才大提琴少女：“渺渺怎么没一起来？”

姜可望拿起筷子夹了一块白切鸡，慢条斯理地剔下鸡皮，听见裴郁说：“身体不太好。”

“噢……看医生了没有？”周太太本能地关切。他答道：“看过几个，现在这个还不错。”

“什么病啊？”周太太一听，不是很理解，“这么严重？”

“没检查出什么问题，心病比较严重，”裴郁道，“青春期了，很叛逆。”

“噢……”周氏夫妇是丁克一族，没有生养过孩子，听到这个似懂非懂，只能跟着应和，“这是得好好重视。”

“她现在还在坚持看心理医生吗？”回去的车上，姜可望还是问了一句。

裴郁跟周思凡只是小酌，所以喝得不多，此刻正一脸微醺地靠在座椅上。他微微抬了一下眼皮，说：“最近已经能像同龄人那样正常穿衣打扮了。”也就是有所好转，姜可望就是随口问问，手忽然被他抓过去。

“很介意她？”手指被他当作遮挡，往他的眼睛上盖，微微凹陷的是柔软的眼眶，高高隆起的是笔挺的鼻梁与眉骨。姜可望摸着他的半张脸，下意识地说：“也不是。”

她平时又不需要和那女孩子相处，除了为数不多的几次见面都被添了堵，好像也没有什么特别闹心的。她只是偶尔会觉得有点好奇，那女孩子到底有什么样的经历，才会形成这么奇怪的性格。

裴郁自己才不会带出这样的孩子，连姜可望那样的歪脖子树，他都能掰回来。

“明年就送出国了，忍耐一下。”裴郁微醺时的眼底总有种消沉，他握着她的手，有点用力，“别回酒店。”姜可望想把手抽回，想想还是算了，就那么让他握着。

于是，他们回的是他的沙湾别墅。一下车，他就牵着她往楼上走。姜可望记得这房子跟纪城的那栋是镜面格局，遂提醒道：“反了。”裴郁左右一看，换了个方向，把她拉进卧室。

她知道自己这次是逃不掉的，索性抢了主动权，踮起脚先他一步送上了唇。她一主动，他反而不着急了，靠在那里不动声色地由她摆弄。就在她开始怀疑人生的时候，他突然一把抱住她，转了个圈，把她反抵在墙上，压着她重重地亲。

半年没有做过了，裴郁的动作很重，每一次撞击都在告诉她，他饿了。他占据了高位，撞着她的同时，睥睨着她，目光很冷。她熬不住，在他冷冷的目光下死去活来。

“我算回过家了吗？”结束后，她枕着他的肩膀，问他。他说了一个字：“算。”很好，五十一天，这个纪录不会再被刷新了吧。

她接着问："算尽到妻子的义务了吗？"

"算。"每每此时，裴郁说话总是懒洋洋的，不愿意多说几个字，但还是补了两个，"没尽。"没尽兴。她欠的是高利贷，要还清，恐怕还需要点时间。姜可望倒是想让他尽兴，只是空有心而力不足，趴在他身上缓了半天也没缓过来，一闭眼再一睁，就已经是天亮。

睡前和醒后完全是两种姿势，她挨着床边的一角缩着，再往前一点就会滚下去，裴郁就紧贴在她背后，严丝合缝地缠着她。第一天拍戏不好迟到，她慢慢把腿往地上放，刚一落地，身后的人就醒了过来。她回过头瞧他，见他皱着眉头闷闷不乐的样子，大概是因为被打搅了睡眠。

"几点了？"裴郁问她。

"五点。"她下床捡衣服，"我先走了。"

裴郁一把将她拉回去，问："你就这样子走？"当然还是要洗漱、梳头，并整理仪表。

姜可望正想着这里没有换洗的衣服，就被他拉到衣帽间，一排排吊牌未拆的衣物整整齐齐地挂着。上次她在这里落了水没衣服换，直接用吹风机吹干的，他便让人在卧室里辟出个衣帽间来。

她打理完毕下楼，在餐厅找到了裴郁，他没在吃早餐，而是在剥水煮蛋——她早上要吃纯蛋白减脂。桌子上的花瓶里插着一束新鲜的百合，女佣拉了椅子让姜可望坐下，随后为她摆好餐具，雪白色的牛奶从长嘴壶里注入晶莹剔透的玻璃杯。

姜可望吃得匆忙，牛奶也是一口饮尽，玻璃杯往桌子上一放，就往外跑。他在后面跟着："跑这几步能节省几秒钟？小心阑尾炎。"又是他一贯的说教口吻。

两个人还是一起上了车，还是清晨，路上没什么车，司机一路开得轻快，还哼着小调。她看见片场的路标，再过两个路口就到了，便跟裴郁说：“就把我放这儿，我走过去。”裴郁用粤语跟司机重复了一遍，她一本正经地向他解释道：“停在片场门口被人看见，会让人误会我是傍大款的。”他板着脸，不接她的茬。

从前他们还没名没分的时候，她就喜欢来这一套，但那时她不会这么说，而是带着一脸向往的烦恼，朝他狡黠地笑着：“会让人误会我是你太太的。”想成为裴太太的人，如今真成了，感觉好像也没什么了不起。

裴郁不常想起往事，出着神的时候，车停下来，姜可望一骨碌跳了下去，沿着路边小跑着离开。清晨的尖沙咀笼罩在薄雾中，颇有一种孤僻的宁静。

姜可望踩着点到，总算是没迟到。第一场戏不是她的，她化好了妆，躺在片场的角落里浅眠，还没睡一会儿，肩膀就被人一拍。

“昨晚去哪儿了？”米拉的脸悬在上空，笑吟吟地明知故问。姜可望抬起双臂，枕在脑袋下说：“他带我跟周导吃了个晚饭。”

“考虑得这么周到？”米拉听了很为她高兴，瞧她一脸困意的样子，又不怀好意地道，“没睡好啊？”怎么可能睡得好，那可是裴郁。

他考虑得确实周到，拍戏之前还要带她先跟导演联络好感情，不过，这种周到是要付出代价的，好大的代价。他在床上完全没有平日里的绅士风度，还是遵循动物的本能，这种反差在从前就初见端倪，过了半年，他连掩饰都不掩饰了。

跟自己的经纪人讨论睡眠质量问题总觉得很奇怪，姜可望转移了话题：“这几天有没有工作邀约？”

“哦，有。”一谈到工作，米拉很积极，从身上翻出小本本，扒拉了几页，“你接连两部真人秀都火了，现在好几个综艺节目都来找我们谈合作。”

“都说说？”姜可望拿过她的记事本，看了看上面列出的名字，好久不看电视，没什么概念。

“噢，是这样，我跟你说啊……”米拉介绍了半天。姜可望听着听着，打断了米拉：“哎，米拉姐？”说得正起劲的米拉“啊”了一声。

“这个《英雄归来》是什么，你怎么跳过不说？”姜可望指着那个名字问。米拉做的是详细的表格，把录制时间和往期收视率都列了出来，《英雄归来》那一栏，时间合适，而且收视率也不低。她却独独无视了这个。

“你想参加这个？”米拉摇摇头，告诉姜可望，“这是跟部队合作的节目，要参军入伍，是玩真的，你一个女孩子受得了？”

“参军啊……”姜可望坐了起来，捏着纸页陷入了思考，“很辛苦吧？”

“是真的参军！”米拉反复跟她强调，“封闭式的，没收手机、禁止探班的那种，连妆都不给你化，不能打扮得美美的，比你去北欧还要辛苦。”

那个节目虽然一向收视率不低，但是艺人也很难招募，毕竟是实打实的去吃苦头。据说《英雄归来》的导演是看中了姜可望在《花吃了那少年》中的表现，特意来找的米拉，极力邀请姜可望参加。而米拉一看往期节目片段里，几个如花似玉的小姑娘在泥潭里翻滚的画面，就生生打消了念头。

“我想试试，你去了解了解？”姜可望就跟听不懂似的，把记事本还给她。

“你确定？”米拉挠挠头，怀疑她脑子坏了，“前后加起来三十天的封闭训练，裴先生也不会同意吧。”

“这事我自己做主就行。”姜可望毫无已婚人士的觉悟，那边有人叫她去准备下一场拍摄，她便站了起来，拍拍米拉的肩膀，“记得跟那个节目导演沟通一下。”

她走到导演那边去，影帝正在镜头前试戏。《如烟》的男主角是个票房扛把子，外号叫“徐一条”，据说拍戏经常是一条过。周思凡把她叫到身边观摩，顺带着给她讲戏。他从“裴郁的朋友”变成“周导演”，仿佛换了个人，一下子就严肃起来。

姜可望做好了心理准备，他对她的要求不会因为是关系户就降低，果然第一次试戏便让她前后来了十几遍。一天反复下来，等到宣布收工，时间已经到了深夜。

“裴先生的车在外面。”她在更衣室换下了衣服，坐在镜子前摘头上的首饰时，米拉溜进来，悄声在她耳边道，“我先回去了，明天别迟到啊。”

姜可望踏着夜色往外走，还没出片场，就停下了脚步，回头一看，只见一辆黑色的车融在黑暗中，亮起了车灯。她转身走过去爬上车，关上车门的时候嘀咕了一句：“怎么开进来了？让人看见不好。”车缓缓驶出去，身旁的男人扭头看她。

一只手伸过来，摸到她的脸颊，她不躲，垂眸看着那只手在她的脸上停留了一会儿后，拾走了一小根鹅毛。她的目光追着那根鹅毛，寻思着是怎么沾上的，不太记得了，好像是从女二号的头饰上掉下来的。

“今天很晚。”他说，收起了羽毛，指尖一捻，不知道扔到了哪里。隔了一会儿，她才反应过来，他是在回答她。车开到路口，拐了弯，她的目光不动声色地投到他身后的窗外，是去他家的方向。他来接她，又是不能回酒店的。

说着不要搞特殊待遇，还是搞了。

“周导对我不是很满意。”姜可望收回视线，靠在椅子上，“又是第一天，磨合得久了一点。”

裴郁并不意外：“他跟我说了。”

她反问：“说了？”这感觉，跟家长会后班主任留下家长谈话似的。

“说你表现得不错。”他道。姜可望笑了半天，知道这是安慰的话。

实际上，周思凡的眉毛从头到尾都没有展平过。她不是科班出身的演员，很多技巧都不懂，几乎要一点一点从头学起。想到这里，她的手臂又隐隐作痛，那个挥球杆的镜头也是重复了几十遍吧。周导很注重成本，先让她演，演对了再拍，免得浪费胶卷。当终于找着了感觉时，她人也快废了。

姜可望随手捶了两下胳膊，裴郁牵过她的胳膊握在手里，替她揉捏。她有一丝丝诧异，扭头看他，见他低着脑袋，揉得很仔细，酸麻僵硬的肌肉被他一点一点按开。她又转回头，没什么心理负担地享受着，目光放空地发着呆。车里静了很久，他像是很偶然地开口问：“你是不是要接那个参军的真人秀？”

“这个米拉……”姜可望一听就坐了起来。

她就猜到米拉会去打小报告，工作室早就不归裴郁管了，米拉还是事事要向裴郁报备。裴郁依旧专注地替她按摩小臂，仿佛只是无意间谈起：“不是她，是我听到她跟那个节目的人通话。”还庇护上了，看来米拉这马屁拍到了点子上，很得他心。

既然他已经知道，姜可望也不好说什么，想着他多半会来质问自己，这种事情怎么不跟他商量。但之后，车里又静了一阵子，他没再开口，连头都没有抬过一次。直到到了家，下了车，他牵着她往屋子里走，才问起：“一定要去参加？”

“嗯，可以红。”姜可望点头。他问她：“那么想红？”

“你说人要有梦想有事业啊，现在我找到了。”她不会说自己以前的梦想是结婚，跟他结婚。那时起个早床还会哭鼻子呢，实在是太辛苦了，不该是她要承受的。她还愤愤不平，他不是说要照顾她吗？

姜可望洗了澡，躺在床上等他，她已经累得迷迷糊糊的了。但是关了灯后，他吻过来，他们还是做了一次。他坐在身边帮她擦拭的时候，她斜眼看自己的肩膀，好深的牙印。刚才他咬她那么用力，她叫了很大一声，不知道有没有吵醒楼下的女佣。

裴郁也躺下后，她爬起来伏到他的半边胸口上，脸枕在上面，手指画了两个圈圈。他半睁开眼，伸手过来，搭着她的背，往下摸：“还想要？”

姜可望愣了愣，随即笑道：“嗯。”他翻过身，把她压在身下，她勾起他的脖子，怪不好意思地说：“对了，明天不要再开到剧组去了，你就在我早上下车的那个地方等我就好。”

裴郁降落到一半的吻停在空中，他的瞳孔与夜色融为一体。过了很久，他才说：“明天我出差，去新加坡，一周后回来。”

“哦，那也好。”姜可望还是笑，没注意到他的情绪有了微妙变化。裴郁的目光比黑暗更暗。先前上车的时候，他就很想质问她，什么叫“怎么开进来了”，还“让人看见不好”。不知道的还以为他们是多不正当的关系，作为丈夫来接她，是有多见不得人？

从前她不是这样的。

当初他送她进娱乐圈发展，希望她能走得简单顺利一点，不要承受太多流言，于是听从了朋友的建议，尽量不让媒体发现她的背景。那时他处处注意，反而是她，常常为了这个跟他闹别扭：“我才不在乎别人怎么看我，红不红有那么重要吗？”怎么现在她反而在乎起来了？

姜可望主动仰起脸，对着他的唇吻了一下，他回应得很快，低头一勾，就不愿放开。缱绻的长吻持续了很久。他嘴唇很软，像他的心。她的脚掌蜷缩着，在他小腿上轻蹭。肌肤与肌肤的触感不一样，他身体结实，带着一种要迸发出壳般的生命力。

她的思绪又不清晰了，眼睛睁开又闭上，理智被剧烈的冲撞席卷。汗水滴在她的眼皮上，咸中带苦，不知道怎么了，这天晚上他要得这样多。后来她的意识有点模糊，依稀有印象，裴郁去洗了澡，回来后他的胸膛依然是烫的，半梦半醒间，她把他往外推，嘴里嘀咕着："不要，不抱。"她从来没觉得夏天热得如此难耐。

裴郁便松了手，周身的空气恢复了清凉，她才安稳地沉沉睡去。

"现在都不用抱了？"他问。可能是他问的，也可能只是梦里的碎片。姜可望没回答，疲惫裹着她，把她的思绪封得死死的，来不及细想就睡了过去。

她设了闹钟，第二天醒得比昨天早，眯着眼睛按掉手机闹钟的时候，裴郁已经坐了起来，背对她，偏着头，扣着衬衣上的袖扣。日出的光线尚且昏暗着，照着他脖子镀了一层暗色的光晕，那弧度颀长而优雅，她看一眼，不由得撑起了脑袋。这时他回过头，看看她，手里的动作没停，漫不经心地拨弄着那颗扣子。

"起来吧。"对视了一会儿后，裴郁起了身。姜可望坐他的车去片场，上了车，管家跟出来，提来个箱子，放进后备厢。她想起来，昨晚他说要出差。

"几点的飞机？"她问了一句。司机发动车，后视镜里的管家九十度鞠躬。裴郁看看表："九点。"送完她，他正好去机场。她问完就没了声音，埋着脑袋，专心鼓捣着腰上的丝带。衣服是随手从衣橱里抓来的，她不会打蝴蝶结，拆拆系系研究了半天。

“我不在的时候，你还是回家住。”裴郁说，“我跟马可说了，每天去接你。”马可大概是这位正在开车的司机。

“不用那么麻烦啊。”姜可望又一次把系得乱七八糟的蝴蝶结拆开，索性打了个死结，“住酒店我可以每天走着去。”裴郁看了那个死结好几眼。她粗暴地解决了难题，刚松了口气，就被他往怀里一揽。

“嗯，怎么了？”姜可望差点失去平衡，扶着他的胳膊才稳住，抬头一看，发现他的表情有些严肃。非得回家住？他又不在，完全没有意义。

“手机不要总是关机。”他开了口，原来说的是另外一件事，“打你电话没接到，记得要回给我。”

姜可望愣愣的，思索片刻后说：“狮城时差几个小时？我怕吵着你睡觉。”狮城有哪门子时差。

“这个不用管，多晚都要回电话。”裴郁的呼吸一下子沉了下去，语气倒还是温和的，“记住了吗？”姜可望点点头，裴郁便放过了她。又是好久，车里都没有别的动静，一路无言，姜可望把手机拿出来，随便看看剧本，两个人就更没了交流的契机。

突然，他叫了她一声：“姜可望。”

“啊？”她心不在焉地应了一声。

“你是个结了婚的人了，有印象没有？”他的表情带着很认真的无奈。

他真是幽默，姜可望也很认真地回答他：“有啊。”车在路上平静地行驶着，开到片场附近后，驾驶室的门被推开，司机下了车，站在路边环视了一圈。

车里的两个人正相拥着亲吻。姜可望圈着裴郁的脖子，睁开眼睛，举起手里的手机摁亮看时间，时候已经不早了。他发现她在分心，不悦地把她抵到车门上，想象中的那声“砰”没响起，她的后脑勺碰到的是他柔软的手掌。

“我该走了，你也去机场吧。”她寻了个喘气的间隙，跟他说。

她双眼微微潮湿，脸颊的红晕是身体升温的自然反应，她有种要中暑的感觉，裴郁变成这样，她不是很习惯。他不应该是被离别困扰的人，他那么从容，好多次他从外地回到纪城，见到她，也只是淡淡地笑笑，朝她张开双臂说：“过来吧。”那个兴高采烈地扑过去要抱的人是她才对。

在路口分别后，姜可望走到剧组，开始了新一天的拍摄。跟影帝对了几次戏，虽然还是不太顺畅，但已经比昨天好了很多，她开始找着感觉，明白周思凡要的是什么了。

拍摄进度没耽误，中午便有了吃盒饭的时间，她正用筷子挑着沙拉里的胡萝卜，裴郁的电话打了过来。“到了。”简短的两个字。她的回答更简短：“好。”

“好？”这一声重重的疑问，不得不让人发出深省，刚才的回应大概是太敷衍了。

“嗯……饿了没？还没吃饭吧？”姜可望看看面前的营养餐，找了个关心他的话题。

“正准备去吃。”裴郁的声音稍稍缓和了些，问了些她拍戏的情况，比起她来，他确实要体贴一些，末了他问，“要帮你带什么东西吗？”

出国帮她带点小玩意，是从前他的习惯。香水、化妆品跟他的衬衣、剃须刀和文件一起，装在行李箱里，从几万公里外的国度回来，仿佛就有不一样的意义。要裴郁说，还是物质一点的姜可望比较招人喜欢。现在的她只会想一想，然后才犹豫地道：“不用了吧……港岛这边什么都能买到。”

裴郁略一沉吟，说：“我记得你一直想戴欧米茄，帮你挑一块，好吗？”

裴郁记得，她反倒不怎么记得。她那时一向没什么边界，“想戴欧米茄”“想开兰博基尼”“想拎爱马仕”，诸如此类，都是想到了就说，裴郁则是选择性地满足她，有些太无理取闹的要求他也并不理会。所以她提这些要求很随心所欲，提了就忘了。

“噢，也可以啊。”听他这么说，她也想不到别的东西，便顺着答应了。

“也可以啊”还真是够为难她的，裴郁不免失笑。姜可望毫无察觉，她说到这里，正好用筷子夹出最后一根胡萝卜丝，放在盒盖上，有种大功告成的感觉。

挂了电话，吃了几口蔬菜沙拉，姜可望皱起眉头，还是盖上盒盖，走到外面去找个垃圾桶扔掉。离垃圾桶不远的地方飘着一缕烟雾，她丢饭盒的时候友好地朝对方笑笑，是影帝先生在那边抽烟。他们片场没有专门的吸烟室。

“不吃了？”徐静言用下巴指指垃圾桶，她扔的盒饭基本没怎么动。

“天热，胃口不好。”姜可望说着，对方递了个东西过来，她一看，是烟盒。她犹豫了一下，摇头说：“谢谢，我不会抽。”

“嗯。”徐静言便收回，顺口问她，“姜小姐是哪里人啊？”她回答：“杭城。”他说：“噢，西子湖，我去拍过戏。”

“您拍戏经验很丰富。”姜可望恭维地道，也表达了一点歉意，“我这两天表现得不太好，加重了您的工作量，还请多多包涵。”

阳光下他眯起眼睛，摇头道：“挺好。”他一副很随意的语气：“挺好的，可以了。”客套了一会儿，姜可望回到室内，米拉刚外出回来，正到处找她。

“合同我看好了，没问题，可以签了。”米拉打开文件送到她面前。姜可望翻了翻，是《英雄归来》的签约合同。

她有些诧异地说：“这么快？”

米拉忍不住揶揄道：“我刚跟他们透露了你想去的意思，他们立刻答应了所有的条件，就怕你后悔，催着我们签约。你要不再想想……”姜可望拿起桌子上的签字笔，什么也没说就直接签了字，米拉便闭了嘴。

米拉找了个文件袋，把合同仔细装好，一边封口一边感慨道：“你啊……裴先生心里恐怕会有点想法了。”

车开过乌节路，路过一间间琳琅满目的专卖店，裴郁看着窗外，吩咐道：“在这边停一下吧。”他走上台阶，推开了一扇玻璃门。

“欢迎光临！”新加坡的华人多，见到相似的面孔，第一反应都是先说中文。导购小姐迎上来，打量面前的客人，见他面容儒雅、衣着得体，看上去身价不菲。他长长的手指搭在玻璃柜台上，垂着睫毛低头看。

“先生，男士腕表请看这边，您是为自己挑吗？”她问得有失专业，是因为紧张了。而当他抬起头，对上她的眼睛后，她更是脸红耳热，心怦怦直跳，目光垂下去。也是在那一刻，她发现，他的左手无名指上戴着一个简单的银圈。

“不是为我，”他轻声说，只有旁人才能听出他的声音有多柔软，“是为我太太。”

第五章
塑料夫妇

裴太太还在午睡。“阿嚏！”一个喷嚏打得她醒了过来，迷糊地往四周看看，再一看时间，条件反射地滚下椅子，冲出门外。她本来没打算睡，只是随便找个地方靠着休息一下，谁知一不小心就睡过去了。都怪她近来睡得太晚。裴郁不在，她每天晚上的睡眠时间反而更少了，因为这几天回到家，她总是揣摩剧本到深夜。

“姜小姐。”外面到处静悄悄的，她跑出去，迎面正好走过来一个工作人员。姜可望讪讪地问：“他们人都去哪儿啦？”

“噢，在 3 号场拍呢，周导看您睡着了，说让您再睡会儿，先拍徐先生的单独部分。”那人指了个方向。姜可望说了声“谢谢”，匆匆往那边跑。她到了场外，看到攒动的人群各司其职地忙碌着，便气喘吁吁地停下了脚步。拍摄正在进行中，周思凡坐在监视器前，回头注意到了她，给了一个手势，示意她别着急。

姜可望就站在那里顺着气，影帝刚拍完了一条戏，周思凡拿起扩音器喊了声："过。"几个工作人员上前，补妆的补妆，调整道具的调整道具，再接着拍下一条。

徐影帝站在镜头前，几乎是一秒进入状态，举手投足连眉梢都是戏。拍完一次，周思凡把他叫到身边，讨论了几句，又重新拍了一遍，这一条也很快就过了。姜可望又一次观摩徐静言演戏，看得出了神。这就是影帝的魅力，周思凡面对徐静言，脸上是满满的赞许，让她不禁生出了一丝羡慕。但愿这种赞许，有一天她也能收获。

"可望。"拍完几条后，周思凡叫了姜可望。她才不好意思地走过去，向周思凡与徐静言道歉："实在对不起，周导，徐先生，我耽误进度了。"

两个男人对视一眼，都笑了笑，徐静言拿过小扇子扇风："没事，不耽误。"

"累了就该休息，你跟我说一下，没关系的。"周思凡摆摆手，"我也不是那么不近人情。"

化妆师过来给她补了妆，拍摄加入了一个她，继续进行。她不敢怠慢，拿出最好的状态投入进去，夜没白熬，揣摩剧本还是有点效果的，加上是与影帝对戏，这回被喊"卡"的次数少了很多。找到了感觉，时间就过得飞快，一晃入了夜，周思凡翻翻导演笔记："大家歇会儿，剩几条过会儿一口气拍完，今天就早点收工。"众人欢呼着一哄而散，姜可望转身要走，被周思凡叫住。

"周导。"她折回来，走到他身边，俯下身听他说话。

"我看得出来，你是下了功夫的。"只有他们俩的时候，周思凡又恢复了和蔼可亲，"别太有压力，你已经很不错了，还是要多注意休息。"

"知道了，周导。"她虚心听着。他给她推来一把椅子，随口问起："裴郁这几天不在港岛吧？"

"他去了新加坡。"姜可望坐下来。

"我知道，他走之前来跟我说了一下，让我关照你。"周思凡若有所思地道，"对了，你们领证了？"

"领了。"姜可望听着周思凡跟她说的种种，一时间心情很复杂，随即就道，"周导，我不需要关照，您可不要降低对我的要求……"她不知道该怎么说下去，因为她看见周思凡已经在笑。本来就是聊聊天，周思凡没想到她会想到这个层面，笑了半天："不会，当然不会。"

"只是觉得很好，两年前我就知道你了。"他道，"裴郁对你一直挺上心的，现在领了证，挺好。"

"可望，其实我很欣赏你，你很难得。"周思凡说着，点点头以示确认，"难得，嗯。"

跟导演谈完心，姜可望倒是有些茫然。头一次听到旁人说起对她与裴郁的印象，原来是这样的，跟她自己的想象相去甚远，起码没有那么不堪。她独自在片场踱着步子，等开拍，夜风微凉，吹拂着她额头的碎发。想到这一天下来没见到米拉，不知道干什么去了，刚要打电话问问，她已到了平时剧组里经常有人抽烟的地方，米拉正一个人站在那儿，手指间的一点火光幽幽发亮。

"哎，周导跟你谈完话啦，说什么了？"米拉一抬头，看见她来，低头看看手里的烟，不好意思地解释，"压力太大，趁裴先生不在，赶紧跟灯光师借了支抽抽。"

"就是鼓励鼓励我。"姜可望站在她身边，"压力很大？"

"每天很多邀约找我，我整天处理这个、处理那个的。这是好事，说明你红。"米拉笑，变戏法似的从耳朵上拿下个东西，"还有一支，你要不要？"姜可望摇摇头，拒绝了。

“怎么？”米拉很意外，“裴先生不在，你不趁机赶紧过过瘾？”米拉说完就觉得不对，人不对，角色不对，以前教唆人顶风作案的不一向是姜可望吗？那个正经地拒绝的人还是不是她？

“不需要了。”曾经的教唆犯这样说着，很无所谓地仰起脸，看了一眼夜空。米拉琢磨着“不需要了”是什么意思，想起来好像确实有一阵子没见可望抽烟了。

“真戒啦？”米拉问，没注意手一松，那支没送出去的烟掉在了地上，她下意识地顺着掉落的轨迹低头往地面上看去。

“我来吧。”姜可望不急不慢地蹲下去，把它拾起来，捏在手里。那一刻，面前的灯光暗了暗，一道长长的影子投在她面前，她边抬头边站起身。

“啊，裴先生。”米拉一见来人，急忙把手里的烟头藏到身后，暗暗在垃圾桶上掐灭了。裴郁的目光在姜可望手里的那一支烟上扫了个来回，他没发话，朝她们两个走了过来。

他怎么突然回来了，说好的出差一个星期呢？米拉如临大敌，而姜可望脸上却丝毫不见慌张，她也看着裴郁，没有一点要藏起烟的意思。

“裴先生，不是您看到的那样，可望没抽，只是帮我捡。”米拉额头冒虚汗，总觉得自己这一解释又跟上次一样是掩耳盗铃，裴郁会信她才怪。

“还没收工吗？”没想到裴郁走到面前，就问了这么一句。米拉没反应过来，见了鬼似的瞪着眼，这是暴风雨来临前的平静吗？

“还有几条没拍。”姜可望看看影棚的方向，那边好像已经开始准备了，“拍完就收工。”

裴郁点点头：“那就去拍吧，我去外面等你。”

“哦。”姜可望拿着那支烟就走了，也没还给米拉。米拉看着她远去的背影，有一种解释不清了的绝望。

“裴先生，那烟真的……”米拉艰难地开口。裴郁拍拍她的肩：“好了，知道了。”姜可望顺利收了工，沿着夜色下的道路走了一小段，就看见了那辆每天来接她的车，打开开门坐了上去。

“回来得挺早。”她说。这个“早”是个很中性的词，不过是陈述事实，他确实是提前回来的。不过，如果往更深层的意义上想，就好像是在表达抗拒一样，有点微妙。裴郁在她身旁坐着，保持心态平和：“嗯，事情处理完，就早点回来了。”

“那……欢迎回来。”姜可望扭过头。欢迎回来，这算什么话？裴郁盯着她微笑，真的是没其他的话可说了吧。他笑完，较真而不甘心地问了一句：“真的？”

“真的呀。”姜可望用手指挠挠鼻尖，“辛苦你了。”

他问：“见到我没有不开心？”

她顿了一秒，答道：“为什么这么说？”他们相视着，她的目光很诚恳，他伸出手摸了摸她的脑袋。他用了些力道，她像只小狗一样被摸得头一点一点的。她垂下了眸子，一副可怜兮兮的模样。裴郁把她欺负够了，才收回手，她没计较，只是转头去看窗外。

姜可望只顾看着窗外的夜景，直到一只小方盒被递到她面前。她低头看看，想了起来——“我记得你一直想戴欧米茄，帮你挑一块，好吗？”裴郁倒是一向说到做到。

她歪着脑袋看着盒子上的那个希腊字母，他打开了它，从里面拿出腕表，握住她的手，动作轻柔地扣上去。姜可望翻过手背，想看一看表盘，沉甸甸的腕表顺着她转动的动作滑到了另一面。裴郁握住她的手，扶起精巧的钻石表盘，端详着：“再卸两颗就好。”已经拆过几颗表钉，表带的尺寸还是大了一点，她比刚认识的时候瘦了不少，手腕细得不盈一握。

“嗯。”姜可望与他的目光交汇，接着，她的手被他牵起来，送到唇边。他闭上眼睛，在她手背上吻了吻。他的唇边有青茬微微冒头，手背传来柔软与粗粝交并的触感，挠得她痒痒的，连带着心也一起变得不安。

姜可望把手抽了回来，下意识地放在心口，另一只手覆上去，捂住被他吻过的地方，想要平复被他掀起的悸动。那只松松的腕表也随着她的动作滑到了手臂中央，勉强卡住。裴郁睁眼就看到这一幕，便一直看着。回到家，她就摘了腕表，搁在床边，去洗澡了。洗完出来后不见他人，她便去书房看看，见他坐在桌前，正用一把小号螺丝刀拆表带。

“来试试。”他抬头，朝她招手。她的发丝还湿淋淋地滴着水，手腕也挂着几颗水珠，她走过去，把手伸向他。

“咔嗒”，轻微的一声响，扣上了。收紧过的腕表再戴在她的手上刚刚好。她来回转了两圈手臂，表盘上嵌的钻石像是满天星，在灯光下折射出夺目的光芒。

“喜欢吗？”裴郁问她。姜可望重重地点了两下头，怎么会不喜欢，他这是送了她一幢可以戴在手腕上的房子。见她点头，他单手托着下巴笑笑，笑容中还残留着差旅后的风尘仆仆。裴郁从书桌后出来，揽着她的肩往外走，手指上缠了一缕她湿漉漉的头发。

“你等我一下，我去洗澡。”他关了书房的灯，把门带上。站在门前，姜可望踮起脚，在他脸上亲了一下，他要回吻的时候，她的脚跟悄然落了地。

“你去吧，我还要看剧本。”她清透的声音落在他心里，捉摸不定，转瞬就没了痕迹。裴郁在原地站着，她是谁？肯定不是姜可望了吧。当初为了让她看一眼剧本，他不知费了多少心思，忘了自己苦心劝过多少遍：“不看剧本，怎么能演好呢？”

“我是天才演员，不用看剧本，演之前看一遍就够了。”顽劣的女孩攀着他的肩膀往上爬，满不在乎地道。

“你很聪明，导演也很喜欢你，不过，这不是你偷懒的理由。”裴郁把她从身上剥下来，循循善诱，“要认真对待每一件事，我说的你明不明白？”还要他再三说“快去”，她才鼓着嘴巴去了。

如今是她自己要看，还是在他出差刚回来，为她精心挑选了礼物的时候。裴郁幽幽地叹了口气，揽着她继续走：“别看得太晚。”

姜可望坐在卧室的沙发上，就着落地灯翻阅剧本。裴郁洗了澡，没来打扰她，去床上坐着了。她的头发渐渐干了，只有发尾还带着些潮气。等她关了落地灯，走到床前，裴郁已经斜倚在床头睡着了，不知什么时候睡着的，大概是等了太久。她在床前蹲下，静静地看着他的脸，他眉头微蹙，睡颜干净。

其实这不是她第一次这样看这张脸，他睡着的时候，她总喜欢这样近距离地看他，一看，就容易着迷。只是，现在的心境与那时不太一样。要想不沉溺在他的温柔里，真的要比从前坚强很多很多倍才行，对于他的渴望，只可以是偶尔的奢侈，以及不能被发觉的暗涌。

姜可望看得痴痴的，直到裴郁睁开了眼睛。她没有防备，来不及躲开，两个人对视的时间没有一时，也有半刻，她的目光也从痴痴的变成愣愣的。

“在看什么？”裴郁问。他不像是突然醒来，好像早就在等着她一样，不过，这个问题无从追溯。他的手搭在她的后颈，揉了两下，让她上了床。姜可望伏在他胸口，手圈着他的肩膀，他把她的头发扫到肩后去，又问了一遍：“你在看什么？”

“就……瞎看看。”姜可望说完，就被他拉得更近了一点，鼻尖戳着鼻尖的那种近，这是个显而易见的暗示，她再向前一些，亲亲他的嘴巴。裴郁很享受这个吻，按着她的脑袋，与她纠缠了很久。

“剧本看完了吗？”他抵着她的额头，体贴地问。

“看完了。”看完了剧本，于是就来看他。

“那……做点别的。”他的手指摩挲着她的下巴，然后低下头，沿着她的脊背往下吻。奄奄一息的姜可望被抱进怀里，裴郁捉起她的一只手拉到胸口，跟她十指相扣。她无力地半抬着眼，恍惚以为自己看错了，他的手指上有一圈痕迹，就在左手的无名指。她看得疑惑，目光一直追着他的左手，他则沉浸在欢愉过后的余韵里。

次日白天拍戏的时候，她偶然想起了这一刻，便走了神。与她演对手戏的徐静言发现她没对上台词，很自然地添了句话，她才反应过来，迅速回到状态中。影帝的临场反应让人看不出破绽，拍完后，周思凡特意看了几遍回放，琢磨着道：“这么演，好像比原来的剧本是要好一点，过了。大家休息一下。”

“谢谢你，徐先生，抱歉，我走神了。”散了场后，姜可望对着徐静言又是道谢又是道歉。

“没事。”徐静言摆摆手，还是关切地问了一句，“是不是没休息好？”

“不是。”姜可望想到自己刚才走神的原因。徐静言的手指上也有一圈那样的印痕，电光石火间，她想到了昨晚。

“徐先生，您平时戴戒指吗？”姜可望问。徐静言顺着她的目光抬起了自己的手，笑了笑：“是的，我太太没什么安全感，让我除了拍戏的时候都戴着，怎么？”

“噢……我就是问问。”姜可望愣怔地道，“您跟您太太感情真好。”无暇多想，有人来叫她：“姜小姐，周导在会议室，请您过去。”她想，大概是刚才拍戏不在状态，让导演发现了，准备着过去接受批评。她一进门，周思凡便笑呵呵地起身：“可望，你看谁来了？”姜可望看向坐在会议桌边的女孩，又是那张天真无邪的脸。

“可望姐姐。”钟渺渺怯生生地叫她。

她镇定地回了一句：“渺渺。”

“渺渺难得来探班呢，也不让裴郁提前说一下，差点被工作人员赶走。”周思凡看着钟渺渺，又觉得有些迷惑，“小姑娘突然就女大十八变了。”

钟渺渺没穿水手服，衣着风格换成了典型的年轻港女打扮，脸上的脂粉掩盖了稚气，她终于变得像个正常的十七岁少女。不知道她怎么会突然来剧组，姜可望沉默地听着周思凡与她寒暄。

“那你们聊，我过去看看。”有人来找周思凡，他留下她们两个，离开了房间。周思凡离开之前，钟渺渺仍然是那个钟渺渺，然而门关上的那一刻，屋子内的气氛立刻冷了下来。她的脸也不复刚才那副纯良的模样，变得阴恻恻的。姜可望看她一眼，说：“你这么打扮，很漂亮。”是比原来好得多，起码不再像个幼稚的小女孩。

“顾医生让我这样穿的。”没有旁人的时候，钟渺渺说话的声音又变得清冷而疏离。她说的顾医生，应该就是裴郁提过的心理医生。钟渺渺冷冷地说：“多亏了你，我现在每周要定点去医生那儿报到，不管去哪儿都有人盯着。”看来，这事还是要怪在她的头上。

姜可望淡淡地道：“大家都是关心你，为了你好。”她咀嚼着钟渺渺刚才的话：“有人盯着，你还敢来我这儿？”她话音刚落下，外面有个穿黑西装的男人敲了敲窗：“钟小姐，钟小姐！”

钟渺渺听见那声音就是一惊，立刻从桌子上滑下来，躲到姜可望身后："你帮我叫他们走开，别再跟着我了。"

这是求人的语气？姜可望看看窗外，感到好笑："他们是来找你的，我怎么叫他们走开？"

钟渺渺很焦急："你说话管用，他们听的。"

"你舅舅说话才管用。"姜可望不痛不痒地道。

"就是舅舅让他们跟着我，我……我知道错了。"钟渺渺的声音里终于带了点哀求，"你说话他们会听的，你帮帮我，我不想再过这种日子了，别让他们再把我带到医院去了。"

"你知道错了？"姜可望不是很相信地问她。这个女孩有太多副面孔，不能把她当作普通十七岁少女一样看待。

"知道了，你已经跟舅舅结了婚，我也没法再破坏你们了。"也亏得她知道，她的所作所为称得上是"破坏"。

"真的？"姜可望忽然变得亲切起来，"那你叫声舅妈来听听。"

钟渺渺脸上的表情很精彩，姜可望一直记了很久。她面如死灰地抖了抖嘴唇，说："舅妈……"看来她是走投无路，才找到剧组来，这实在不是个聪明的决定。

"乖了。"姜可望拍拍她的脑袋，然后去开了门。等在门外的几个保镖见到姜可望，齐齐鞠躬："裴太太。"

"带走吧。"姜可望给他们让开一条道，钟渺渺的脸色立马就变了。

"你骗我！"她怒不可遏地在他们手下扭动着，腿朝着姜可望的方向用力蹬，然而只是徒劳，"骗子！"

"那又如何？"姜可望离她远远的，微笑着朝她挥手，"有病就应该去医院治。"姜可望低声喃喃着，一直目送着那群人推推搡搡地上了车，驶出片场大门，才折返回去接着拍戏。

她往回走了几步，站住。不远处，一个年轻男人正看着她，不知什么时候站在那里的。见她发现了自己，他朝她笑着点了点头，迎面走来。男人是个陌生面孔，不像剧组里的人，他衣着整洁，戴着一副银丝眼镜，看起来文质彬彬。

他提着个公文包，走到近前，微微欠身："裴太太。"男人从名片夹里抽出一张名片，双手递上："我是钟渺渺的心理医生，顾达明。"

姜可望接过名片看了一眼，很简洁的名片，上面只写着他的名字和联系方式。原来这就是那个让钟渺渺暂时从外表变得正常的医生。

"你好，顾医生。"她说。

"我受裴先生委托，为钟渺渺进行心理治疗已经有一段时间。一个人的心理状态并不是单方面的因素造成的，而会受到她所处的环境和社会关系的影响，我想从裴太太这里请求一点帮助。您如果有空，可以打这个号码联系我。"顾达明怕她有顾虑，笑着补了一句，"您放心，我们这一行的基本准则是，对病人相关的所有咨询内容都会严格保密。"

"可望！"有人叫她，是米拉来催她回去拍戏，"开拍了！"

姜可望收起名片，对那医生说了声："我知道了，谢谢。"

"恭候您的电话。"顾达明往旁边站了站，摊开一只手，"那不打扰您工作了。"

"那人是谁？"米拉看了顾达明好几眼，忍不住问她。姜可望说："裴郁的人。"顾达明倒是个尽责的医生，为了治疗病人，居然会找到她这里。只是，她实在不知道自己能提供什么帮助。

"新秘书啊？"米拉便没放在心上，随口调侃着，"颜值一个比一个高啊。"

姜可望没接话，无意中看到她手里拿着个东西，亮晶晶的。米拉走着走着，自己想了起来，将那东西举到姜可望面前：“这是你的吗？”是裴郁昨天送的那块表，拍戏的时候不好戴，她就摘了下来，和手机放在一块。

“小姐，这么贵重的东西，你随手就放椅子上不管了？心可真大。”米拉都替她紧张，一面紧张，一面又好奇地问，“哎，这个多少钱？值不值……这个数？”米拉晃了晃手指，比了个数字。姜可望笑笑，勾过米拉的肩膀，米拉就当她默认了，嚷嚷道：“我就说，一看就是限量款，看裴先生把你疼的！”

裴郁疼她吗？应该是吧，他对她一直不差。只是他以前的疼爱带有节制，现在就好像没了边界，变得不理智起来。姜可望握着那块欧米茄，阳光下，它银光闪闪，闪得刺眼。以前的裴郁是不会买这样的东西送给她的，现在他怎么这么纵容她？

“想开兰博基尼？忘了你撞坏的那辆了吗？姜可望，你不适合开车。”记忆中的裴郁揉着她的脸嘲讽，“你一撞就把八十万撞没了，你爸爸没有骂你？”

“没有骂我呀，还请我吃了好吃的。”姜可望笑嘻嘻地道。他的表情立刻变得很严肃：“如果你说的是真的，那这种行为实在是太荒唐了，有时间我要找他好好谈谈。”裴郁可不知道，现在的他也一样荒唐。

夜里收工后，姜可望像往常一样，换了衣服，走出片场。走到一半，她停下，从包里把手表拿出来，套在手腕上。米拉让她收好，但是收得太好，就容易忘记戴。刚买的，还是得多戴一阵子，免得送了礼物的人心里有芥蒂。

“一个人走夜路时不要露财，你这样很危险。”徐静言从她身后走出来，跟她并行。姜可望垂下了手，见到他有点意外，问候道：“徐先生。”平时收工之后，他是直接从片场开车离开的，今天却没开车，只身一人走出门外，正好与她一路。

徐静言点头：“车抛锚了，我走着回酒店。有车来接你吗？”

“就在前面。”姜可望往前一指，路的尽头便是一辆黑色的轿车。

“那就好，还是要小心。”徐静言抬起自己的手，指指手腕。姜可望怪不好意思地点了点头，他抬手的动作让她注意到他的戒指，这会儿戴上了。

“噢，戒指很别致啊。”她忍不住说。

“我太太亲自设计的。”一提到太太，徐静言的语调总会不经意地放柔些。姜可望心里缓缓地起伏，她静了片刻，听见自己问：“徐先生，您说会不会有那种在外面戴着戒指，到了太太面前反而摘下来的男人呢？”

“有这样的人吗？”徐静言有些疑惑，不过，影帝的共情能力还是天生的高，他认真地想了想，说，“可能他是一个内敛的人，不善于表达自己的感情吧。”她听着，不知不觉中已经走到车后，徐静言淡淡地与她挥别，接着往前走，经过车子时朝里面看了一眼。

姜可望上车的时候，裴郁正注视着徐静言的背影。车开动了，缓缓越过了徐静言，他的目光才收回来，放到姜可望的身上。

“那是徐静言吧。”大明星，谁都认识，她“嗯”了一声。

裴郁问：“聊了什么？”他大概是误会了，却又装出一副毫不在意的样子，像是随口问问。姜可望也配合着他，随口答：“他说我的表很好看。”

裴郁深深地看她一眼，不知道相信了她的话没有，但他没有再纠缠这个问题，就这样翻了过去。他覆住她的手，牵到怀里揣着，像揣了个宝贝，然后道：“打你电话，又没有接。”

“今天拍戏太忙。”姜可望低头解释，这回没骗他。他反而多问了一句：“真的？”

“真的。”她从包里拿出开了静音的手机，确实有好几个未接来电，“你找我有事吗？”他捏着她的手，目光游离：“也没什么事。”

“哦。”姜可望还以为他会跟她说钟渺渺的事。看来那几个保镖害怕担责，没敢把钟渺渺跑到剧组的事告诉他。

想到那些人，她也忍不住怀疑，裴郁这种做法到底合不合适。要不是被逼得太狠，钟渺渺未必会慌不择路，找到剧组来。走到哪里都有人跟着，一举一动都被人盯着，即使是个正常人，怕是也会被逼出点毛病，怎么可能好好地接受心理治疗？

她正想得出神，肩膀忽然一沉，是他的脑袋倚了过来，靠在她的肩上。她微微侧过脸，印象中没有与裴郁有过这样的时刻，从来都是她倚着他。大概是他累了，这么晚了，还来接她回去。

“其实你不用每天接送我的。”姜可望想到什么就说什么，“我自己会坐车回家。”他情绪不明地琢磨着她的话：“会吗？”

“会啊，你问马可，前几天你不在，我是不是都回了？”姜可望喊了一声，“马可？”

前方的司机响亮地回答了她：“好的，裴太太。”

裴郁便笑了笑，捏着她的手，不作声。这手捏着，便一直没放开。从车上开始，到下了车，回到家，上了楼，他都牵着她，走在后头。她站在洗手台前，拿起了自己的牙刷：“我得洗澡了。”

“我们是不是很久没一起洗了？”裴郁从身后拥住她，俯身把下巴搭在她肩上。他今晚很奇怪，突然变得如此黏人。

“可是我还想看一会儿剧本。”姜可望大概能预料到事情会往什么方向发展。

“会让你看的。”他的鼻尖埋进了她的颈窝，“我保证。”这种话听听就好，姜可望在浴缸里任人宰割的时候，就很识相地放弃了与裴郁理论的机会。

裴郁终于在她身上吃了顿饱饭，才想起做回一个守信用的人，假惺惺地去捡了她的剧本过来，翻了几页，问：“你想看哪一章？我来读给你听。”

姜可望连说话的力气都没了，他反倒神采奕奕的，跟车里那个倚着她肩膀的裴郁判若两人。她想想也觉得自己愚蠢，怎么会在那个时候对他产生同情？裴郁是什么人，还没有人能同情得起他。稍微缓过来一些后，她伸出手握住他的手指，摇了摇，说：“不看了，睡吧。”

筋疲力尽状态下的姜可望，说话的声音很虚弱，像只连爪子都没长好的小奶猫。裴郁躺下抱住她，怜惜地亲了亲她的额头。亲了两下，她躲开了，原来还是有点力气。她嘴唇动了动，声音不大，他把耳朵凑了过去，听到她说：“你刚才没有用……”

裴郁听懂后回想了一下，摸摸她的发梢：“你不知道自己在安全期吗？”

“哦。”她没争论，翻了个身睡了。这只是一个小小的插曲，他却独自静了静，心里莫名觉得怅然若失，仿佛毫无防备地被生生挠了一把。

而挠了人的猫也并不见得就睡得安稳，可以一夜无梦到天亮。姜可望在黑暗中醒来，还有些恍惚，放空了一阵子，她伸手去摸手机，才两点。身边没有人，空空如也。她坐起身，四处看看，捋了一把头发，然后下床穿上拖鞋，拿件衣服套上。

姜可望走出卧室，走廊一片漆黑，尽头的书房也不见亮光。她还是开了灯，踩着柔软的地毯，走过去推开门，见里面没人，才折回来。

想到他也许是肚子饿，在楼下吃夜宵，她便踏着楼梯下去瞧了瞧。没有，三楼的露台也是空荡荡的。

姜可望寻了一圈，回到卧室，坐在床边，就看见落地窗的帘幕被夜风吹得微微摇曳。她走了过去，推开了阳台门，这里的阳台上也有一个吊篮。裴郁就坐在里面，穿着睡衣，手里还拿着手机，朝她抬起了头。

“纪城那边打了电话过来，”他伸出一只手，她就走了过去，他拉住她，“吵醒你了吧？”

“刚才在找我吗？”他把手机放到一旁的架子上，单手变成双手，暖着她，“手很凉。”姜可望还没有说一句话，他就起身把她抱了起来，回了室内。

“要去纪城了吗？”被放到床上后，她问。毕竟他公司的总部在那边，他一个董事长，长时间远程办公也不是个办法。

“嗯，去那边看看。”裴郁坐在她身边，解着睡衣的纽扣，他睡觉的时候不喜欢穿衣服。她仰面躺了下去，双手叠在脑袋下，刚调整好姿势，他就转过身，俯视着她：“希望我去吗？”

怎么会问这种问题？姜可望眨着眼睛说：“公司的事比较重要，不用一直在这边陪我。”

“希望我去吗？”他还是问，下垂的睫毛在鼻梁上投下一片阴影。姜可望静了片刻，摇摇头，原来他要的是这样的答案。

裴郁关了灯，躺下来，把她搂进怀里。她随手套上的衣服是他的T恤，宽宽大大，领口不经意泄露着春光。他的手从T恤下摆往里伸，找她的心跳：“会不会想我？”

“会啊。”姜可望耐心地应答着他的问题，扭过头看着他。一对视，两个人便下意识地接吻了。两双眼睛都闭着，彼此轻轻地咬着。

“你也可以问我的。”裴郁摸着她的脸颊，这样的问题她很久都没有问过了。

“你会想我吗？”

“你不想我吗？”

“可是，我想你。”

“我想早点见到你。”

……

闭上眼睛时记得清楚，睁开眼睛后却觉得她永远不会再说一遍。

姜可望张张嘴，刚试着说出一个“你”字，他便半开玩笑地说：“跟我结了婚，是不是觉得有点后悔？”语调是玩笑的语调，内容却不得不让人重视起来，姜可望观察着他的眼睛，他脸上偏又是一副很轻松的表情，不像是那么认真地问她。

“我没有后悔。”她说。他的目光骤然凉了下去，不是一般的凝重。

“没后悔就好。”半晌，他说，然后拥住她，臂弯收紧，“那就好好跟我在一起。”

次日早晨送她去了剧组，他就得乘车去赶飞机。回来两天，他又要走。姜可望下车的时候，他降下了车窗。

“有事打电话。”裴郁说着，顿了一下，“没事也可以打。”姜可望点点头，他从车窗那里伸出手，她左右看看，把自己的手放上去。

“每天早点睡，看剧本别看得太晚。”他握着她叮嘱道，她答“知道了”。裴郁还想说点别的，想想又算了，于是问她：“就没有话要对我说？”她思考了一阵子，他大度地摆摆手：“不难为你了，去吧。”

姜可望踏进片场的化妆室时，发现周思凡正坐在里面，手捧着一碗馄饨面在吃：“可望来了，早。”

“周导早。”她走到镜前坐下，化妆师上前调整椅子的高度。周思凡有话要跟她说，捧着面碗坐近了点，说：“可望。”

“过两天纪城那边有个专访，不如你跟我一起去吧？”他道。这事来得突然，以至于姜可望愣了好一阵，才回答说：“好啊。”

原以为要分开一阵子，结果这么快她也去了纪城。姜可望是被飞机降落的广播吵醒的，心里觉得有些奇妙。下了飞机走贵宾通道，裴郁派了专车来接，去纪城的事她没特意跟裴郁说，是周思凡跟裴郁打的招呼。在港岛总是受周思凡的照顾，这回裴郁总算是尽了地主之谊。

“知道你忙，用不着这么客气。”席上，周思凡婉拒了开瓶酒助兴的提议，笑着道，“你下午还有事要处理吧，以后有空再喝个尽兴。”裴郁便点点头，不失周到地打点着，与他闲聊。

姜可望坐在裴郁身边，他话里话外没有什么特别的情绪。见了面以后他都表现得淡淡的，看不出有没有因为她的意外到来而感到高兴或者不高兴。周思凡倒是一直在夸她，对此他很谦虚地说：“多谢您关照了。”

“记得可望刚出道的时候，你就来找过我。”周思凡没喝酒，也像是上了头，说起以前的事来，“那时我手头就有角色让她演，你没要。现在想想，确实是先沉淀两年比较合适，你真是用心良苦。”裴郁确实是用心良苦，给她规划的发展路线很稳，一开始不砸资源，不求大红，一步一步来，但求走得中规中矩。

从前总觉得乏味了些，现在回头看，她确实少走了很多弯路，出道两年多，从来没有过任何不好的传闻。现在她出演周思凡的电影，也算是时机成熟，不会被人指指点点了。

裴郁看看姜可望：“是她自己比较争气。”她低着头吃东西，感觉后脑勺被他轻抚了两下。

两个男人断断续续地聊着天，周思凡已经算是自己人，姜可望吃得很轻松，不用刻意应酬，埋头玩玩手机，出去上上厕所，都很随意。也是过于随意了些，从厕所回包间的路上，她一个没留神，蹭到了走廊上的餐车，一摞盘子砸在地板上，稀里哗啦摔得粉碎。

巨大的声响炸开，她停在原地有些蒙，推餐车的服务生倒是镇定，快速去旁边拿来了扫帚，一面清扫一面轻声安慰她：“没关系，不要紧，您有没有伤到手？”姜可望与他对视的一瞬间，傻了眼：“姜星海？”

“姐！”姜星海也认出了她，目不转睛地看着她的脸，露出新奇的笑容。十几个盘子摔碎的动静不小，四面八方的几个服务生都围过来帮忙，他便又对她恢复了公式化的和气：“小姐，这边没事的，不需要赔偿，您先回去用餐吧。”

“外面怎么了？”包间里也听到了外面的声音，周思凡问了一声。姜可望坐下后道：“我打碎了几个盘子。”她还沉浸在刚才遇到姜星海的错愕里，神情不太自在，让人以为她是因为打碎了盘子而心慌。

“噢……”周思凡听着笑起来。裴郁的嘴角也微微勾起了些，他说：“没关系，我让王特助结账的时候跟他们算一下就好。”

饭毕，周思凡独自乘车回酒店，把姜可望留给了裴郁。兴许周导来纪城做专访，带上她就是做个顺水人情，再顺带着给她放个假。她这段时间实在太拼，他也担心她熬夜熬出毛病来。

“我下午有个会，你先回家，等我回来。”裴郁走到车前，发现司机不在，他便自己拿了钥匙，打开车门。姜可望坐上去，他开了驾驶室的车窗，手伸进去点了引擎，把冷气打开，然后给司机打电话。

“裴先生，实在对不住，不知道吃了什么闹了肚子，您等等我。”那边声音不太对，一时半会儿都好不了的样子。裴郁皱皱眉头，他倒不是个压榨员工的老板，安抚地说：“要去医院吗？不用勉强。”他在电话里安置了那司机，翻到王特助的号码，准备按下的时候，姜可望看看方向盘下插着的车钥匙，说了句："我带了驾照的。"

"什么？"裴郁回头。

"我也可以开车。"她从窗子里探出脑袋道。她想，因为那场交通事故，会不会这辈子他都不再给她开车的机会了。说完，她还补了一句："你不是还要去开会吗？"

裴郁摸摸她的头发，说："你休息一会儿，我让王特助打车过来就行。"

从前倒是也有过这样的情况，司机临时不能开车，她要来顶上，总是会被他拒绝："还是算了。"

"你不让我开，那你自己开。"有一次，姜可望锲而不舍。裴郁只说："我开不了。"

"哦。"那时姜可望就想，他这样的人不会开车，实在是损失了很多乐趣。他买了那些豪车，却不能亲自开一开，不觉得是种遗憾吗？

王特助的电话刚接通，那边说了声："裴先生？"裴郁一时没回答，因为他忽然听到车轮碾过车道的声音。他转过身，不知什么时候，姜可望从后座钻到了前面去，握住了方向盘。

"可望！"裴郁抓住窗框，她在他严肃的目光下停了车。

"上来，裴郁，"她却丝毫没被他威慑住，面无惧色地直视着他的眼睛，"快点。"两个人对视的时间不长，在姜可望看来，却有一个世纪那么久。她紧紧握着方向盘，裴郁沉默地盯着她，时间一分一秒地流逝，最终，他从车前绕过去，走到副驾驶，打开门上了车。

"安全带系好。"裴郁拉下自己那侧的安全带，同时提醒她。她这才发现，她不是没有紧张，连安全带都忘了系，也是三年没坐过这个位置了，感觉有点陌生。她匆匆系上，一踩油门驶出去。那么久不开车，好些地方都是生疏的，姜可望花了些时间重新熟悉，出停车场过闸的时候，心脏怦怦直跳。趁着收费员找零，她去够后座的包，那包放得太远，她手伸得费力，一条长长的手臂忽然越过了她，把她的包拿了过来。

“谢谢。”姜可望对裴郁说。她把包里的墨镜拿出来卡在脸上，室外的太阳很大，她的视线一下子成了柔和的阴天。姜可望顺利把车开到了裴氏大楼下，没违章，没碰擦。

“到了。”她把车停在大厦的台阶前，见裴郁迟迟没有动，便出声提醒他。裴郁如梦初醒似的道：“哦。”她猜想他也许是在生气，她以前没有试过像今天这样如此直接地违抗他的意思。

“你的车我开回家了。”姜可望深深吸了一口气，“晚上我再开过来接你。”

裴郁望着她，脸上有一种新生儿对于世界的困惑。半晌后，他有了动作，朝她伸来一只手，把她的墨镜推上了头顶，她面前的世界便亮了。她眨着眼睛，听到他说：“路上小心一点。”她的心瞬间放了下来，对着他笑了一下：“好。”

他下了车，站在车的后视镜里，直到开出好远，她视野里还有他的影子。

姜可望回了吃午饭的会所。她凭着印象上了楼，一路上，遇到的服务生纷纷向她鞠躬问好：“姜小姐。”她左顾右盼着，没见到那个熟悉的面孔，便说：“我丢了东西，回来找找。”

“您丢了什么？我带您去吧。”领班热情地走在前面，引着她走回先前吃饭的那个包间。她当然什么也没丢，所以无从找起，随意看了一圈后，只能说：“可能是我记错了，丢在了别的地方吧。”

“没关系，那我送您下去。”对方礼数过于周到，坚持送她进了电梯，挥手道，“慢走，姜小姐。”电梯门关上后，她盯着闪烁的数字，有点后悔，也许以前应该留姜星海的联系方式。她这一趟恐怕是白跑了，怎么上来的，就怎么被人送下去。电梯到了底层，“叮”的一声打开，一个气喘吁吁的男孩出现在她面前，倒让她小小地意外了一下。

“姐，你在找我吗？”男孩看着她问。

姜可望带着弟弟坐进了车里，想了半天，也只是拿了瓶水让他喝。终于找到了他，她一时反而不知该从何说起。姜星海能猜出她想问什么，拧开瓶盖喝了一口，告诉她：“我在这里打工。”

“你打工？”姜可望的第一反应是，“你多大了？”

“我十八岁了呀，”姜星海笑得眼睛弯弯，“正好大一课不多，空了就来这里。”他说起这些，让姜可望感到很陌生，因为她向来对姜建国那一家子不管不问，对姜星海的了解更是少得可怜。原来他今年上大学了，不知道考上的是哪所学校。这么好的年纪，姜建国偏在这时出了事，想想也是造化弄人。

“爸爸欠了很多钱，我让妈妈把能卖的都卖了，还了一部分，还差一些。”姜星海跟她说着她都了解过的事，然后道，“我打工慢慢还。”他口气倒是不小，姜可望是懂得这里面的艰难的，问：“你在这里打工，一个月能挣多少钱？”

“挣不了多少，不过，利息总是还得起的，姐，你别担心，路总有一条可以走下去。对了，你要去看看爸爸吗？”姜星海有双明亮的眸子，无论什么时候看上去都真挚极了。他从小过着优渥的生活，几乎没经历过挫折，顺风顺水地长大，姜可望以为出了这种事，他起码会不知所措，没想到他能这样乐观。

“我就不去了。”姜可望摇摇头，直到现在，她也不知道该以什么样的心情去面对父亲。

“没关系，你想去的时候再去吧，爸爸现在的情况还不错，就是不太记得事。”姜星海好脾气地对她笑，“姐姐，你在拍周思凡的电影吗？”

她还没点头，他就一脸向往地道：“我小时候最喜欢看他的电影了，你真了不起。姐姐，第一次见你，我就觉得你这么好看，应该去当明星的。”

她总是不说话，他也毫不在意，自顾自地趴在仪表盘上看她的脸：“你来找我，我真的很开心，每次见面你总是不笑，我一直以为你很讨厌我呢。”

姜可望下意识地抬起手，又下意识地停在半空中。血脉相连是件很奇妙的事，姜星海会意地低下头来，她试探性地把手放在他的头发上，摸了一下，又一下。他的头发剪得很短，微微扎着她手心。

和姜星海分别后，她没回家，而是开着车在街上漫无目的地打转，最后直接去了裴氏，等裴郁下班。这个地方她来得很少，裴郁没有那种把女人带进办公室的习惯，她出道做了艺人后，来的次数更是屈指可数。

姜可望走错几条道，才找到他的专用电梯间，看见门边的指纹锁，才想起来每次他带她上去都是按了指纹的。姜可望把自己的手指头戳上去，屏幕上出现了一个叉，发出“嘣嘣嘣”的拒绝声。她失笑，还是回车里等他吧，刚转过身，手机就响了起来，是王特助打来的。

“裴太太，您要上来吗？我这就给您开门。”电话一接通，王特助就跟她说。她左看右看，才注意到那指纹锁上方有一个小小的摄像孔，明明也没做什么坏事，却有种被捉了个现行的尴尬。

“不用了，不用。”她连忙推辞。

“没事，您快上来，门已经为您打开了。”王特助说着，那电梯门在她面前徐徐打开，她走进去，正犹豫着按楼层，顶层的那枚按钮就自动点亮了。电梯把姜可望送到了楼上，她猜想着会是王特助等在门口，到时候让他给自己随便找个坐的地方等裴郁就好。然而，门一开，来接她的竟是裴郁本人。

“没回家吗？”他问。她愣了愣，不知道该怎么说，只能含糊地“嗯”了一声。他便伸手过来，揽她出去。走廊上静悄悄的，他们一起走着，她问：“打扰你工作了吧？”

“没有。”裴郁道，带她进了自己的办公室，把她安置在沙发上。她抬起头时，见到他脸上挂着笑。他拿起茶几上的水壶，给她倒水。

“就是有点吃惊。”他眉眼垂着，眼神很柔软，没想到她会来。

“吃惊？”姜可望不懂，琢磨了一会儿，她果然还是打扰他了吧？她正这样想着，王特助就在门外敲了敲：“裴先生。”

裴郁往外看看，说：“在这里等我好吗？”他把杯子递给她，俯身搓了搓她后脑勺的头发，“我去把会开完。”

“那快去忙吧。”姜可望接过杯子，说话时还带着点抱歉。

她刚说完，他就托起她的脑袋，在她唇上轻轻一吻，然后面色平静地出了办公室。

“裴先生，刚才罗总监做了新提案，有关于……”王特助假装没有看到这一幕，一本正经地向他汇报工作。姜可望坐在那里，手指摩挲着刚才他亲过的地方，很烫，是他留下的温度。他们之间有过那么多缠绵悱恻的深吻，她想不明白，自己怎么会被一个蜻蜓点水般的浅啄扰乱了思绪。

她乱了半天，是一阵手机铃声打断了她的思绪。裴郁离开时没带手机，她走过去一看，来电是他的司机，她便替他接了电话。一接通，那边自顾自地说：“裴先生，我已经好多了，您的车停在哪儿啦？我现在就去开过来。”

“老孙，是我。”姜可望叫了他一声。他反应过来：“啊，裴太太？”她便自作主张地给他放了假：“你辛苦了，好好休息吧，晚上我来开车就好。”

裴郁的会很快就结束了，姜可望放下他的手机没多久，他便推开了门：“可以回家了。”

“噢，好。”姜可望站起身，把包递给他，他一只手拎着，一只手牵她。

他们一起下了楼，她若无其事地拿出车钥匙，他也没有抗拒，随着她一起上了车。姜可望还是避免不了地暴露了技术不太娴熟的事实，进了裴宅的大门，倒车入库反复了几次，才勉强停进了车位。她松了口气，双手离开方向盘，翻过来，手心里都是汗。她再侧头观察裴郁的表情，才发现他正目不转睛地看着自己。

“你是不是又要没收我的驾照？”不等他开口，她先问了出来。他摇摇头，早就不能把她当作一个不懂事的女孩来看待了。

他执起她的手，从口袋里拿出手帕，帮她擦擦汗：“以后想开就开吧。”这一句话，她不知等了多久。姜可望心里一动，再抬起头的时候，裴郁已经下了车。他叠得整齐的手帕就握在她的手里，若有若无的古龙水味道沁着她，让她的心脏不住地怦怦直跳。她正左思右想着，他过来拉开了车门，牵她下车。

“住几天？”裴郁牵着她，边走边问。她说：“明天参加完访谈就走。”时间实在很短，短到他也沉吟了片刻：“那你先过去，我再处理些事情，过几天就去港岛。”

“嗯？”原来他在考虑这个，姜可望说，“不用啊，你忙你的事好了，不用着急去那边。”她又说错了话，他停下了脚步，别有深意地看着她。这时，迎面而来的女佣向他们问好：“裴先生，裴太太。”

“裴太太。”裴郁也轻声说着那三个字，这个称呼由他说出来，有种分外梦幻的感觉，他声音一轻，嗓音就变得迷离。

“见你也属于我的事。”他只失神片刻，很快就牵着她继续往前走，“我着急去港岛，是因为想见你。”

“好……”姜可望的脸意外地红了红。

她还以为他又会说：“姜可望，你是个结了婚的人了，记得吗？”又或者说：“你后悔结婚了是吗？”他时时刻刻提醒她“作为妻子的义务”，以至于她总是因一种无形的压抑感憋得喘不过气来。但他没有，还好没有。裴郁的手温暖而干燥，裹着她，他走在前面，不疾不徐。

晚饭过后，他把她送回了卧室，亲了下她的额头，告诉她：“我去处理点公事，你可以看看剧本。”

姜可望看着他离去的背影，感到有些惊讶。她来纪城，并没有计划着在家看剧本，因为她以为他不会给她那个机会。不过，既然有空，那么看看也无妨，她便在卧室里用手机翻翻和剧本相关的资料。

其实，这种相处模式在从前很平常，那时她却常常感到焦虑，恨不能每时每刻黏在他身边。现在她将重心放在演艺上，每天的行程排得满满的，她才越来越明白，能够拥有自己的时间是多么奢侈。看到差不多的时候，她洗了个澡，然后去敲了敲裴郁的门。

“等我一下。”裴郁关了电脑，也进了浴室。等他带着一身水汽从里面出来后，她走上前去，踮起脚捧住他的脸，主动吻了上去。气氛很好，她咬他下巴的时候，他有反应，身体僵了一下，然后托住了她。

裴郁抱起了她，却不是走向床的方向，他用脚踢开阳台的门，抱着她一起坐进了吊篮。她窝在裴郁的怀里，感觉到吊篮在摆动，有些弄不明白情况。她主动求欢的次数不多，对他来说总是受用的，他刚才也明显有了欲望。此刻，他们却安然无事地坐在一块，这是要做什么，单纯地看看星星？

“我们在一起不是非要做那种事。”他令人酥酥麻麻的声音从身后缠着她的耳朵。姜可望感到一丝丝难耐，她闭上眼睛，让脑子放空，随着吊篮平缓的摇曳，慢慢平静下来。

“有一件事忘了跟你说。”他拥着她，“你学校旁边的那套房子，就是你爸爸卖掉的那套，我找人买下来了。门锁我没换，你以后还是可以去那里住。”

姜可望听不明白：“有区别吗？”他点点头。姜可望似懂非懂地陷入沉思。

裴郁的双手交叠在她的腰上，说：“那时我想，这个小姑娘坏透了，又抽烟，又飙车，衣服上全是洞，她的父母为什么不管她，我很痛心，觉得她应该当一个好孩子。”于是，在一起之后，他一直努力把她走歪的路都正回来。姜可望在堕落深渊的边缘试探了一圈，被他坚定而强硬地拉了回去。

“啊……”姜可望不知该说什么才好，最后只是在他的手上轻轻拍了一巴掌。

“那毕竟是你以前住过的地方。”裴郁把下巴搭在她肩上，“你还记不记得你第一次带我去那里时，屋子里有多乱？”他突然揭她的短，姜可望反应了好一会儿，才有些惊慌地道：“我……不记得，没有这种事。”

“有没有，你好好想想。”他抱紧了她，一本正经地道，“我就没见过那么乱的房间，陪着你收拾了三个小时……”她扭动身体，想转过去捂住他的嘴，他却一把抓住她。他怎么会提起这个，她真的不懂。

打闹了几个来回，不知局势是怎么发展的，她由阻止他说，变成索性跟他一起说：“那第二天早上，我还煮泡面给你吃，我不会煮泡面，你吃的时候表情好难看，你记得吗？”

“因为真的很难吃。”他们一面回忆着，一面忍不住都笑了，自然而然地依偎在一起。姜可望没发现气氛何时变得如此轻松，她只意识到两个人好像很久没有像现在这样亲亲热热地聊天，裴郁也似乎很少像现在这样笑。顿了一下后，裴郁说：“可是，那是我吃过的最难忘的东西。我很奇怪你以前都是怎么过来的，我下了决心，以后要好好照顾你。”

“真的吗，为什么？”姜可望很不解，“我把泡面煮得那么难吃，你为什么还想照顾我？”裴郁轻轻握住她肩膀：“我喜欢你，又不是看你会不会煮面。”

“那是看什么？”姜可望问完，心里忽然“咯噔”了一下，“你说你喜欢我？”

“很奇怪？”他的眉头微微蹙起，“不喜欢你，为什么要跟你在一起？”

“我以为，我只是你的……”姜可望说不出“情人”两个字，她想了半天，用了另一种方式，“我们签了协议。”她以为他们之间最初不过是各取所需的交易。他欣赏她年轻的身体，而她心安理得地享受他的庇荫。

“不签协议，你三分钟热度过去就跑了，我该怎么办？”他无奈地道，“你那个时候做什么都不管后果，今天喜欢，明天就厌倦了，总要用一种方法让你重视我们之间的关系吧？”

“是这样吗？”姜可望从来没有往这一层面想，呆呆地陷入了沉思。

“从一开始，我就把你当成女朋友看待。”裴郁又反问她，“如果不喜欢你，那我为什么要跟你结婚？”

“噢。”她说，原来是这样，“不过，你喜欢我什么呢？”如果照他的说法，那他一开始就是喜欢她的，她有什么值得他喜欢的呢？第一次见面，他对她印象那么差。

裴郁没有给出确切的答案：“这种事说不清楚，喜欢就是喜欢了。”她便问：“第一次见到我，你是怎么想的？”

“我怎么想？”裴郁没理解她的问题。

“你忘了，你把我严厉地批评了一顿，我学车的时候，教练都没那么骂过我。”她无辜的语气又逗笑了他。于是，他便认真地回想了一下当初的情景，然后说：“我讨厌不遵守规则的人。”

她张了张嘴：“那你讨厌我？”

“不讨厌。”他说，“我只是讨厌你不遵守规则。”

“那么，现在的我算是你想要的样子吗？”她问他。他说：“是。”沉默了一会儿，他又补了一句：“虽然我总是想念以前的你。”

“你长大了，这是件好事，只是我暂时有点不习惯……不过，这是件好事，真好。”经过了好几个转折，他才迟疑又艰难地说了出来，“可望，你就这样往前走吧。”她倚靠在他身上，握住他的手。

清晨，姜可望枕在裴郁的肩头醒来，没有立刻起床。她趴在他身上，静静地回想着昨夜，他们聊到很晚很晚，然后相拥而眠。脖子那里传来的酸痛感告诉她，他们保持着这样亲密的姿势相拥睡了一夜。肌肤间毫无阻隔的相贴分外温存，让人舍不得起身。

她还是小心翼翼地从裴郁身上爬了起来，刚有了动作，他就醒了，睁开一双清透的眸子注视着她，不作声。昨天晚上，他对她说了很多她以前从来没有听过的话。

“我九点要参加专访，先起来了。”她见他一直盯着自己看，便告诉他。

“嗯。”好久，他才应了一声，抬手轻抚她的脸颊，“我陪你去。”

姜可望走进浴室洗漱，然后去衣帽间挑了要穿的衣服，吃过早餐后，便乘他的车前往工作的地点。这一切与过去每个跟他一起醒来的早晨并没有什么不同，只是，在某个地方，有种不着痕迹的变化悄悄生了根，发了芽。

到了电视台门前，车缓缓停下。录完专访，她就要直接去机场乘坐飞往港岛的航班，他公司还有会议，不能去送她。

“那我去了。”姜可望提着包下了车，关上门，要走的时候，听到身后车窗玻璃降下的声音。她转过身，走上前，裴郁从窗里伸出一只手，她下意识地把自己的手递过去，让他握着，听见他对自己说：“在港岛等我。”

第六章
问题少女

港岛的夜晚比纪城漫长。姜可望走出机场时，仰头看到满天星光，莫名有一点失落。

司机从推车上卸下她的行李，放进后备厢，见她还在那儿站着，便提醒道：“太太。”她走过去，弯腰坐进车里。这晚她睡得早，独自躺在床上，迟迟无法入睡。那是一种熟悉的缺失感，夹杂着焦虑，从前每当裴郁不在身边的时候，这种感觉就会悄无声息地从角落里蜿蜒钻出来，侵袭着她，无孔不入。姜可望已经很久没有过这种感觉，她以为自己已经把它戒掉了。

她翻来覆去了一阵，下了床。她从柜子里拖出行李箱，打开，摸到夹层，里面藏着个硬硬的小玩意，她拉开拉链，把那枚戒指拿出来看。

结婚那天裴郁给的戒指，她戴给他看了一下，就随手收起来了，在酒店清理拎包的时候，想起这枚戒指，就藏进了箱子。姜可望伸平左手的手指，她的手纤细，骨节小巧，灯光下的皮肤略微透明。她把无名指伸进戒圈，让戒指滑过指腹，前后翻转着看。心中的焦虑在这一刻稍稍得到了平息，她把手放在心口，关了灯，睡下来。

睡得很安稳，做了没有剧情的梦，直到陡然惊醒，她才发现自己早已不知不觉地睡着了。姜可望从床上坐起身，竖起耳朵，听到楼下有激烈的争吵声，她是被这动静吵醒的。

“怎么回事？”姜可望披了件衣服，走到楼梯前。

“裴太太！”家里的几个女佣围在客厅里，坐在地上哭成一张花脸的不是钟渺渺，还能是谁。

“钟小姐说，想见裴先生。”管家一脸无奈地向姜可望说明情况。他转而跟女孩子叽里咕噜地说了一通，姜可望勉强听懂一句：“渺渺小姐，裴先生真的不在，我们不会骗你。”

钟渺渺什么也听不进去，坐在那里边哭边固执地重复：“我要见舅舅，舅舅好久没来看过我了，他为什么不愿意见我？”姜可望冷漠地看着她。管家叹了一口气，跟身边的人说：“打电话给顾医生，让他来。”

“我不要顾医生，不要，不要！这是我跟舅舅之间的事！”钟渺渺一哭喊，姜可望头都痛了。她按了按太阳穴，制止了他们：“这么晚了，算了，你们让她上来吧。”

“裴太太？”管家不可置信地仰头看她，“裴先生吩咐过……”

“没事，我说了也算，你们早点回去睡觉吧。”姜可望扶着栏杆，看到那个女孩也愣了一下，没再接着哭，道，“钟渺渺，你上来，别坐着了，这么大个人坐地上不害臊吗？”

“等裴郁回来，我就让你见他。”姜可望又补了一句。钟渺渺这才有了反应，三两下爬了起来，穿过那几个人，走上了楼。钟渺渺满身是汗，头发乱糟糟的，姜可望把她领到客房，推她进浴室洗澡。出去的时候，管家就在门外徘徊，见了她就立刻迎上来：“裴太太，您这是……确定要让她留下来吗？”

“我有分寸。”姜可望摊开手掌，她手上缠了根钟渺渺的头发，营养不良的枯黄、幼细，发梢打着卷，“怎么，你们都这么怕她？”

管家张了张嘴，好半天才说：“我明天给裴先生打个电话吧。”

“随你，先去休息吧，有事我叫你。”姜可望转身进了房间。钟渺渺洗完澡出来，还湿着头发，拿着毛巾坐在床边擦。姜可望走过去坐下，她像只受了惊的小兔子一样立刻弹起来，又慢慢坐回去，身体僵硬地继续擦头发。

“钟渺渺，告诉我，你到底想要什么？”姜可望很平静地问她。

小女孩嗫嚅着：“我……要舅舅。”

“舅舅、舅舅，”姜可望抱着胳膊，戏谑道，“每次除了跟我强调你的舅舅，你还会说别的吗？”

钟渺渺紧紧抿着唇。

“没有人跟你抢舅舅，钟渺渺。”姜可望试图告诉她，“你舅舅跟我结婚，并不影响他疼你，就算你要把他当爸爸，也不是不行。”

“你不懂。”钟渺渺眼睛里又涌起了泪光。

姜可望笑道：“我是不懂，那你说，你是怎么想的？”对方咬着嘴唇道：“他……他只能有我一个。”姜可望吃了一惊：“那怎么可能，他难道一辈子不娶妻生子？”

“我不管，他只能是我一个人的爸爸。”

小女孩无理取闹的模样，让姜可望感到十分荒唐：“他养着你，结果到头来连自己的孩子都不能有吗？”她忽然觉得自己脑子坏掉了，怎么会想起跟钟渺渺说道理，便站了起来，拍拍小屁孩的肩膀：“行了，你在这儿住着吧，我去睡觉了。”走了两步，她又回头道，“你舅舅过几天就回来，你最好乖一点，不然我就去告状。”

姜可望不安稳地睡了一晚上，早上临走前，她轻轻推开客房的门，朝里面看了一眼，钟渺渺还在床上熟睡着，她把门关好，下了楼。

“米拉姐，我们剧组可以请假吗？”姜可望在剧组拍摄了一整天，晚饭时间，躺在片场的折叠椅上，从米拉手里接过水杯，“我想找个时间，请半天假。”

“当然可以啊，不过，你不是刚从纪城回来吗，两天没拍了，还要请假？”米拉算算时间，问，“着急吗？”

“也不是那么急。”姜可望举起名片，看着上面的“顾达明”三个字，想起他跟自己说过的话：“一个人的心理状态并不是单方面的因素造成的……您如果有空，可以打这个号码联系我。”

“谁的名片？”米拉凑过来看，见名片上面只有名字和电话，看不出是什么人。姜可望说：“心理医生。”

“咦，你有什么心理问题吗？是剧组拍片强度太大了吗？”米拉思索着说，“那是要给你放放假，回头我找周导去。”米拉说着就起身拍拍衣服，转眼不见了人。姜可望一只手拿着名片，一只手把手机从腿上拿起来，拨下号码。按到一半，屏幕静止住，随即弹出来电的提醒，是裴郁，姜可望立马接起：“喂？”

“在拍戏吗？”他问。她答：“刚吃了晚饭。”姜可望还以为他是为了钟渺渺的事，打个电话过来问问，没想到，接下来他就说：“那出来吧。”

“出来？”姜可望茫然地走出了片场大门，沿着平时常走的路往前小跑一段，裴郁的车果然在那里停着。她慢慢走到车前，拉开门上了车。裴郁就坐在里面，他转过脸，清癯的面上带着微微的笑，夏日的微风也不过如此了。

“你怎么这么快就过来了？”姜可望被他抱进怀里时，还是没回过神来。

“接到凯文的电话，就让王特助订了机票。”裴郁身上的衣料凉凉的，他的手也很凉，摸在她后背上，她感觉很舒服，“我不放心。”

“嗯……”她的眼珠转来转去，被他这样抱着不太自在，总担心身上的汗和脸上的妆会蹭脏他的衣服，“没事，没什么不放心的，我就是看时间太晚，留她住了一宿。”她推了推他，却被他抱得更紧了。

“我已经让人把她带回去了。”他的声音先冷后热，“以后再遇到这种事，记得第一时间告诉我。”

“那你见过她了吗？”姜可望想起钟渺渺哭得心肝颤的模样，“其实，她只是想见见你。”

裴郁摇了摇头：“这是纵容，我不能再纵容她。”他放开了她，坐得离她近了些，好让她倚着自己。她便靠在他肩头，仰面看车顶，淡淡地问：“你找了人整天看着她，她去哪儿都跟着，其实，对她来说很残忍。这是最好的办法吗？”

“不知道，但是不这么做，她就有可能伤害到你。”裴郁说，“我不能冒这个险。”

“她伤害不了我。”姜可望想象不出来，那个小身板的女孩能做出什么，最多就是说说狠话，向她示威，但她从来不会被虚张声势的示威所伤害。她扭头告诉他：“我还逼她叫了我舅妈。”要坏起来，谁能坏得过她呢？

裴郁笑了笑，摸摸她的头，摸着摸着往下移，把她的脸转过去，温柔地吻。姜可望觉得他们之间好久没有吻过了，明明也就分开了一天，他们又是每次在一起都少不了接吻。这种要命的一日不见，如隔三秋的感觉，怎么又回来了？她在心里叹着气，她以为自己早可以做到自如地控制对裴郁的感情。

“我得回去拍戏了。”姜可望抵着他的额头，潮湿的眼睛氤氲在看不见的热气里。他便在她的唇上又用力地吮了一下：“那我在这里等你。”

她转过身，去开车门，手刚放在把手上，又转回身来：“对了。”姜可望面对着他，将手放在衣领上，解开了一颗纽扣。她出来时穿的是拍戏时穿的旗袍，做这个动作的画面禁欲中掺杂着诱惑，惹得裴郁直勾勾地盯着她。一颗，两颗，她撩开一点前襟，露出脖子下一小块雪白的皮肤，那皮肤上挂着一圈鲜艳的红绳。她手指一钩，把挂在里面的东西拿出来，给他看。

“我把它戴上了。”姜可望捏着那个银光闪闪的东西，朝他笑。那是他们结婚那天他送给她的戒指。

姜可望来不及下车，就被裴郁拉回去抱了个满怀，抱得特别紧，她被他抵到门上，后脑勺硌着车窗玻璃，他的手掌垫上去，把她护住了。胸襟上的盘扣被一路扯开，他的鼻尖蹭得她胸口痒痒，红绳被他叼起来，与温软的肌肤一起吮吸、轻嗅。姜可望眼神迷离地仰着头，手指深入他的头发里，她不过是戴上了戒指，他的反应怎么这么大？

“裴郁，我得走了。”她担心再这样下去怕是没法收场，想早点制止他。裴郁终于从她的胸口离开，但他头一抬，又含住了她的嘴唇，吻得愈加热烈。

“别去了，请假，说你不舒服。”裴郁捉住她的双手揣在怀里，抱紧了，不让她乱动。

“那怎么可以？”

她还有理智，他却没了，在她的耳朵上啃咬：“我来跟周导说。”

“裴郁……”姜可望着急地往旁边躲，“别闹了。”

裴郁依依不舍地又亲了她好几下，才把她放开，她背过身，把他弄开的扣子系好，对着车窗的倒影理了理头发。理不好，回去得让化妆师补救才行，她都不知道该编什么理由来解释。他又从身后抱过来，她心里一惊："裴郁。"

"只是抱抱。"他下巴抵着她的颈窝，双臂环住她的腰，"就一会儿。"

姜可望下了车，平静地顺着来路走回去，带着点温度的风迎面吹来，她才后知后觉地感到羞赧，仿佛刚才在车里的亲昵被这风洞悉了。

化妆师摸着她的头发左看看右看看，疑惑地拆下一枚发卡："今天少用了几枚卡子，果然还是不行啊，固定性一下子变得这么差。"说着，他又拆了几枚，帮她把头发放下来，重新盘了一遍。谢天谢地，他什么也没有问。

化妆师帮她弄好了头发，接着补妆，盯着她的脸，又疑惑起来："啧，小可望，你是怎么睡觉的，口红都花到额头上去了。"他手指在她额角一抹，放在眼前看了看，又转过去给她看。

姜可望不知道该说什么才好，她的脸红一阵白一阵。化妆师突然反应过来，尴尬地干咳了两声，心照不宣地继续帮她整理妆容，之后就什么都不问了。晚上要拍的戏份不多，只有几场室内戏，适应了周思凡的节奏后，姜可望拍他的戏已经很顺利，不再像一开始那么紧张。

"周导说请假可以，但要提前跟他说，他调整拍摄计划就好。"她在更衣室换衣服时，米拉硬挤进来，跟她说，"咱们要请吗？"

"先不急，让我想想。"还是先跟那医生约好了时间，再做安排。姜可望脱下旗袍，用衣架挂好，捋平。

米拉一时没说话，姜可望背对着她，留给她的是一个引人遐思的背影，她看得发了会儿呆。好看的人哪里都是好看的，这腰部的线条堪称教科书般的完美。她看着看着，却皱起了眉头，视线定格在姜可望颈背部位的一小块红痕上，那是什么？姜可望刚好翻到自己的衣服，往头上一套，盖住了那一小块痕迹。她便摇摇头，回过神来，大概是自己想多了。

“可望，你最近状态还不错，”她继续说，“刚才我去找周导的时候，他对你的表现好像挺满意的。”

“嗯。”姜可望心不在焉地应道，低头看着自己。先前在车里还没那么明显，几个小时过去，裴郁在她胸口留下的吻痕全部浮了上来。偏偏她今天穿出来的是件领口超大的宽松上衣，什么都遮不住。

“你怎么了？”米拉看她站在那儿半天不动，伸出手一扶，把她转了回来，紧接着就深深地倒吸了一口凉气，“姜可望！”

“哎……”姜可望抓抓头。米拉脸也红，吼过以后讪讪地道：“裴郁回来啦？”

夫妻之间的事，外人果然是永远看不清的。每次她以为他们之间好着呢，两个人就突然别扭了起来，而当她感觉他们不对头了的时候，人家又如胶似漆了。裴郁才去的纪城，怎么又回来了？这老板整天围着老婆转，公司怕是不想要了。

姜可望这衣服既然早上穿得出来，那说明不是在家里弄的。米拉想着想着，一张老脸没处搁，捂住了头：“你们能不能注意点？”

“对不起。”姜可望觉得自己有点冤枉，又不是她的错。她也不是完全没错，她就不应该在车里给他看戒指，连化妆师都知道了点什么，想想她也很后悔。

“你打算怎么办？”米拉瞪着她。姜可望想了想，抬起手把领口两边拢住，合到一起，勉强遮住了那片旖旎的风光。米拉抖着手指着她，指了又指，她真有办法：“路上小心点，别被人发现了，要是被我在哪个八卦帖子里看到你的绯闻爆料，你就死定了！”

“知道了。”姜可望挨完了骂，捏着衣领灰溜溜地走出去。罪魁祸首看到她这副模样，还浑然不知自己的罪过：“怎么了？”姜可望上了车，把手放开，让他看看。裴郁愣了一下后，便光顾着笑，什么话也没说。

“你还笑，米拉都说我了。”姜可望一本正经郁闷的样子分外可爱，他揽过她，揉了揉她的脸颊。

“她说你什么？”裴郁亲亲她，“你让她来找我，有什么话跟我说，是我的错。”

“那就算了。”姜可望想，米拉见了裴郁才不敢发火呢。

回到家，姜可望把自己泡在浴缸里，搓了搓胸口，不知道这颜色什么时候能消失。裴郁下口其实也不重，是她的皮肤敏感，稍微用点力就容易留下痕迹。很早以前他就知道她是这种体质，为了避免不必要的麻烦，他跟她亲热的时候都会注意，这次是太动情，一时忘了。

姜可望泡得久了点，他早在隔壁洗完了澡，等她一出来，就来抱起了她。

“裴郁，我……”姜可望推推他的肩膀。

“我知道，要看剧本是不是？”他把她放到床上，摸摸头发，去拿来了标记得密密麻麻的剧本，“我陪你看。”

姜可望来不及制止，他就翻开来问：“看到哪里了？”他陪她对起了台词。裴郁虽在纪城待得久，说话却没有这里的味道，也没有港人浓重的粤语口音，而是一种恰到好处的字正腔圆，清雅中带着磁性。

周思凡的电影向来以贯穿全片的冷幽默为基调，由此便衬托得那偶尔几句的情话十分动人。他们念完台词，裴郁把她转回来，轻轻地亲在她额头上，接着往下浅啄。她慢慢往后仰倒，抱着他的脖子，从他的眼睛里看自己的倒影。

“有时候，我有点后悔让你去当演员。”裴郁深深地看了她一眼，俯下脸吻住她。

剧本滚落到床下，在地板上翻了几页，静静地躺在那里。影子被灯光投到纸页上，摇曳，颤抖。很久没有这么酣畅淋漓，裴郁把她湿润的额发拂上去，怜惜却控制不住冲动。她的脑袋里糊成一团，被灯光晃着眼，紧闭着，不知道自己身在何处。

“裴郁……”她失神地叫他的名字。他低下头，靠近她的耳侧，声音暗哑地道：“叫老公。”

姜可望缓过来后，趴在枕头上，摸过手机看了看时间。裴郁抱着她，伸头过去一起看，她听到一声微不可闻的笑，便把手机扔到一旁，翻了个身扎进他怀里：“别老是这么欺负我。”他的手在她背上一下一下地拍，耐心安抚，轻声诱哄：“乖，再叫几声给我听。”

清晨，姜可望迷迷糊糊地走进化妆室，躺在椅子上等待的时候睡着了。化妆师对着她的脸涂涂抹抹，她只觉得睡得不安稳，但没有醒。

“可望，醒醒，睫毛。”化妆师拍拍她的脸，要上眼妆了，她才终于睁开了眼睛。

“你昨晚没睡觉啊？”化妆师见她哈欠连天的样子，忍不住问。姜可望木然地盯着他，不说话。他才意识到自己好像又多嘴了，赶紧把嘴巴闭上。

“可望。”剧组的道具师一路小跑进来，敲敲门，“外面有人找。”

“谁？”姜可望精神恍惚地问。化妆师把她按回去：“等会儿，就快好了。”完成妆面的姜可望走出门，会客室里的人已经等了她很久。

“裴太太，”顾医生从椅子上站起来，“耽误您一点时间。”

“我得知了钟渺渺闯到府上的事。”坐下后，顾达明推了推眼镜，

"思来想去，我觉得有必要来一趟。"

"顾医生，你很尽心。"姜可望原本还打算跟他约个时间，电话还没打，他倒是先找了过来。顾达明笑笑："钟渺渺是个特别的病人，我没有遇到过这么棘手的情况。"

"裴太太，你了解情感依赖吗？"他问。姜可望自然是不懂的："情感依赖？"

"人和人之间或多或少是有依赖的，它可以维系亲密关系，所以未必是一件坏事。"顾达明说，"但是，一旦这样的依赖慢慢累积，到了控制不了的地步，它就会产生很多问题。"

"控制不了的地步……"她不由得想到，大概以前她对裴郁就是依赖着的吧。无时无刻不想有他在身边，一旦分开，就会焦虑，患得患失。而在她的依赖已经无法控制的时候，她做的决定是分手。现在回想起来，虽然事情已经过去很久，但她仍然记得当时的艰难。割舍依赖就像从心里生生剜去一块，这是个极其痛苦的过程。

顾达明说："我试过为钟渺渺调整心态，鼓励她去多交朋友。每次我以为她有所好转时，她又会出现新的问题。我不得不换一种思路了，裴太太，依赖往往是双向的，问题不止出现在钟渺渺的身上。"

"你是什么意思？"姜可望问。她怀疑地瞪着那医生，这时，外面远远地有人叫她："姜小姐，姜小姐！"姜可望站起来往门外看，是化妆师的助理来提醒她去接着做完妆发。在剧组还是不方便，聊不了多久，总是会被打断。

"裴先生也需要接受治疗，虽然他一直不觉得自己有问题。"顾达明依然面色平静，"今天我就是为了这个而来，裴太太，请你务必劝劝他。"

"他需要什么治疗？"姜可望站着不动。那助理已经到了身边：

“姜小姐，老师还在等您。”

顾达明也起了身，朝她鞠了一躬：“那我就先告辞了。”

“顾医生……”姜可望跟出去几步，又站住了。

中午吃饭的时候，她跟米拉说：“替我请个假吧，明天我想出去一趟。”

“嗯？好，那我一会儿找周导说说。”米拉见她盖上了餐盒，觉得有点奇怪，“咦，今天怎么吃得这么少？”姜可望随手把餐盒搁在一边：“节食。”

“你现在已经瘦过头了，”米拉一只手圈住她的胳膊，细得像刚抽条一样的，“造型师建议你可以稍微胖两斤，那样更上镜，别节食了，再吃点。”

“饿了再吃吧，现在没胃口。”她站起来，要去扔掉餐盒，被米拉拽回来。

“没胃口？”米拉狐疑地上上下下打量她，把她拉到跟前，低声问，“可望，你没怀孕吧？”

“我吗？”姜可望原本漫不经心的，听米拉这么一说，陡然愣了一下。

“没有，”她愣怔地抽回了手，“我没有。”米拉手中一空，姜可望就转身走了出去，她起身追了几步：“哎，可望！”姜可望闷头往外走，像是什么也没听见，她走到垃圾桶前，扔掉了饭盒，站在火辣辣的太阳下发呆，算了算日子，例假好像的确一直没来。

“可望姐……”剧组里几个负责杂务的小朋友正围在屋檐下吞云吐雾，“一会儿要不要一起打牌？”

“噢，不了，你们玩得开心。”姜可望友好地朝他们笑了笑，下意识地屏住呼吸，离那阵烟雾远了点。她魂不守舍地拍完了下午的戏，晚饭是周思凡跟她一起吃的。席间，周思凡道："听米拉说你明天请假？"

"有点私事。"姜可望想着顾达明说的话，觉得还是需要跟他详细地谈谈，他身为钟渺渺的心理医生，应该了解不少事情。

"是为了渺渺的事吧？"周思凡捋着头发，问道。姜可望咬住了筷子，愣住了："您怎么知道？"

"我跟裴郁认识这些年，多少还是了解一点的。"周思凡笑了笑，"今天，那个心理医生来找你了吧？"

"是……"姜可望低下了头。他叹息："渺渺命苦，小小年纪就没了父母，为了照顾她，裴郁在两地跑来跑去，也很不容易，不然他早在纪城定居了。"他的这些话让姜可望恍惚想起很久以前的某天，裴郁曾说："港岛是个让人难过的地方。"

那时，她刚得知了他是半个港岛人，感觉他的神秘又添了一分，对他的好感也多了一层，她央求他带她去那个地方玩，他便说了这句话。

"没什么好玩的，等过了这几年，以后我也不想再去。"裴郁一脸忧郁地说，这忧郁让他看起来分外迷人。

"我听说，渺渺的父母是车祸去世的。"周思凡告诉她，"车祸好像挺严重，人当场就没了。"他唏嘘不已："裴家人丁不旺，现在只剩裴郁一个了，渺渺又不喜欢钟家人，就只能依靠裴郁。"

"这样……"姜可望的心情不由得变得沉重。周思凡忽然问她："可望，你有没有想过公开你和裴郁结婚的事？"

"公开？"她诧异之余，有点敏感，"是裴郁想公开，让您来跟我说的吗？"

"就是随便聊聊，你不要有压力，他不会找我说这种话。"他笑道，

“我是觉得你们现在很不容易，公开了说不定是好事。现在不像以前，非得隐婚，结婚对女艺人事业的影响已经很小了。”

“嗯……”姜可望下意识地把手按在小腹上，想得出神。她吃完晚饭，米拉也外出回了剧组。

“我给你买了东西，放在你包里了，偷偷打开看，别让人发现。你自己的事情，自己想好怎么处理。”米拉对着她耳语了一阵，又匆匆去为她跑别的工作。姜可望走进休息室，把手提包拉开了一小道缝，随即又拉上，那是一盒验孕棒。

晚上回到家，她一个人在浴室里，把那个细细长长的盒子拿出来看上面的说明。她从来没有想过会用上这种东西，跟裴郁在一起，他爱惜她的身体，总会耐心地做好措施，很少有克制不住的时候。姜可望看着盒子上密密麻麻的文字，感觉有点头晕，仿佛已经不认识那些字，她感到不知所措。

正发着呆，门外有了响动，她一惊，拉开洗手台下的抽屉，把盒子丢了进去。她转过身，把抽屉推上后，裴郁刚好进来。

“你在做什么？”他见她表情不太自然，便问她。姜可望看着他好一会儿，才指了指自己的额角：“我这里长了颗痘痘。”

“让我看看。”裴郁俯下身，凑近她仔细地观察着，嘴唇贴上去，吻了一下，笑了笑，“没事，明天就好了。”

姜可望还怀着心事，拘谨地推推他。她目光下落，瞥见他手指上不知什么时候戴上了戒指，大概从昨天之后，他在她面前已经不会刻意摘掉它了。

“一起洗好不好？”裴郁在镜子前把她整个人圈住，脑袋与她的脑袋挨在一块，贴得她的耳朵酥酥麻麻的。然而，她心里顾虑重重：“我……今天累了，想早点睡。”他蹭着她的脸：“怎么了？”

“昨晚没休息好，今天周导一直说我不在状态。”姜可望违心地说了谎。

“这样吗？”裴郁垂下眸子，想了一下，“对不起，那今晚好好休息，好不好？”

他这么好说话，倒让她不太放心，她又推了推他：“那你出去。”

他又笑，牢牢地抱着她：“我不闹你，只是一起洗。”类似的话他以前也说过，然而最后并没有讲信用。

姜可望妥协后，站在花洒下任由他搓揉着自己的头发，眼睛眨得纷乱，生怕下一秒他就要乱来。不过这一次，直到她清清爽爽地坐在床上，他都没有逾矩，只是抱着她，温柔地亲亲这里，亲亲那里。

“要睡觉了吗？”裴郁拉过被子，帮她盖好，“那我关灯了。”她伏在他胸口，静静地等了很久，他也只是将手放在她身上，一下一下地拍着，安抚她入眠。

“裴郁，我们可以说会儿话吗？”姜可望小小的声音在黑暗里响起。裴郁的下巴动了动，蹭过她的额头：“想说什么？”

“随便什么……嗯，”她装作不经意地问他，“以后，你会想要孩子吗？”对大部分人来说，这种问题的答案似乎都是一样的，他说：“想的。”

她又问：“那你喜欢男孩还是女孩？”

“都喜欢，你生的一定是个漂亮的孩子。”他的话如此动听，让人有种在做梦的感觉，原来他这么喜欢小孩。

“怎么突然问这个？”她喜欢裴郁摸她的头发，脑袋那里沙沙的，很舒服，他声音柔柔地问她，“想要孩子了吗？”

“没有，我……只是随便问问，”姜可望摇摇头，“我只是……”

他忽然撑起身，握住她的手：“可望，你是不是……”

“不是，不是。”姜可望本能地否认，这一切对她来说太突然，她完全没有做好心理准备，她的心怦怦直跳，把脸埋进他怀里，“睡啦。”

“不是吗？”他静了静，躺了下来，摸她头的动作依然轻柔，“嗯，睡吧。”

早晨，姜可望从洗手间出来，下了楼。像往常一样，裴郁坐在桌前等她，提前为她剥了一堆圆溜溜的白煮蛋。她走到他身边坐下，端起了牛奶。

“睡得好吗？”裴郁在面包上涂了果酱，放在她盘子里，今早她起得比平时晚。

“嗯。”姜可望点了点头。她坐下后，双手掰开一个水煮蛋，漫不经心地咬了一口。他瞥了一眼，端起咖啡杯：“偶尔也吃点蛋黄。”

“哦……”姜可望听话地把那个被她放在盘子里的蛋黄塞进嘴里，很久没吃过，有点噎得慌，她转着眼睛尽量转移注意力，慢慢地吃下，腮帮子一鼓一鼓的。

裴郁手伸过来，把她唇边的碎屑抹掉：“今天好听话。”两人对视一眼，她先移开了目光，拿起盘子里的面包，面包被烤得焦脆，吃起来咔嚓响。甜腻的果酱在舌尖化开，她胃里忽然又有些翻涌。

丢在洗手间纸篓里的验孕棒上显示的是两道杠。姜可望想起了它，眨了眨眼，喝了几口牛奶，把那股翻涌的感觉压下去，然后吃得慢了些。

“晚上我有应酬，可能会迟一点到。”去片场的路上，裴郁跟她说了声，“到时候我让马可先去接你。”

“噢，好。”姜可望怀着莫名的心情，把脑袋挨在他肩上，寻求一点安全感。

“怎么了？”裴郁察觉到她突然变得黏人，把她搂过来，“我尽量早点回家。”姜可望犹豫了许久，挽着他道：“等你回来了，我告诉你一件事。”

“什么事？”他感到新奇，追问了一句。车一停，她便轻快地脱离了他的臂弯，推门下去，朝他挥了挥手：“到时候你就知道了。”

裴郁眼见着她的背影消失在片场里，笑了一下：“走吧。”

车开出好远，姜可望才从片场大门后走出来，站在路边，给顾医生打了个电话。大约不到十分钟，一辆白色的轿车在她面前停下，顾达明降下车窗：“裴太太。”她绕到另一边，上了车。顾达明没有带她去自己的医院，她从车上下来后，看着面前熟悉的房子，这个地方她来过。《我们初恋了》的第一期就是在这里拍的。也是在这里，姜可望第一次见到了那个女孩子。

“我每天都会来看看她的状态，裴太太，你今天也一起看看。”顾达明在前面带路，走到大门前，敲了敲。有人来开门，见到姜可望，先是愣了愣，然后向她鞠躬问好：“裴太太。”

姜可望随着顾达明走进房子，低沉的大提琴声从楼上传来，他停下脚步，回过头跟她说：“看来她起床了。”

大提琴的声音更适合夜晚，在本该朝气蓬勃的清早，听着这深沉的琴声，心情都不免降了调。他们走到后院，在草坪上的木桌旁坐下，那提琴的声音便小了些。女佣给他们端来了咖啡，姜可望说了声“谢谢”，然后环顾起了四周。顾达明注意到了她的异样：“裴太太在找什么？”

“我记得上次来，那边的树上有一只灰鹦鹉。”姜可望努力地在那些树叶的阴影中搜寻，但什么也没看到。

“噢，你说的是卡卡，这只鹦鹉好灵的。”顾达明顿了一下，说，“它是钟渺渺唯一一只养活的宠物。”

“唯一一只？”姜可望下意识地去揣摩他的潜台词。

“这大概与她的童年经历有关吧，她的暴力行为多半源自小时候父亲的家暴。”他说，“不过我很好奇，她弄死了那么多动物，是在裴先生的默许下做的吗？”姜可望立刻听懂了他的意思，皱着眉头反驳道：“裴郁不是会纵容的人。”

“可能他原本不会，但是，如果他对那孩子心怀愧疚，就要另说了。”顾达明认真地道，“裴太太，你别介意，我只是在设想。”

“他怎么会心怀愧疚？”姜可望不明白。

她忽然想到姜建国，他对她不就是心怀愧疚？他觉得亏欠了她，她便挥霍着他的愧疚，让他对自己一再纵容。而他对他那宝贝儿子则是克制又严厉，姜星海被他教得又善良又坚强，简直像个天使。

“想必裴先生从来没有跟你说过，他最近开始控制钟渺渺的原因。”他说，“四年前，港岛有一则新闻在网上传得沸沸扬扬，某个女职员发现自己的水杯里被人倒了浓硫酸。这则新闻后来被人压下去了，没有进一步发酵。那位女职员是裴先生的前任秘书，从此以后，裴先生身边的助理全换成了男性。裴太太，你知不知道你现在的处境很危险？”

姜可望愣了神：“你说的都是真的？”

她本来以为钟渺渺只是个很偏执的孩子，最恶劣不过是满口谎话，从没把她往更极端的方向想。怪不得裴郁那样紧张，听到钟渺渺闯进家里，立刻从纪城赶了过来。他提起钟渺渺，目光中总带着痛苦，说起港岛，则是忧伤的神态。

她正处于震惊中，顾达明转过了头，对着那边叫了声：“渺渺。”

姜可望回头一看，那女孩穿着一身白色的睡衣，脚踩着白袜子，站在地板上。

“小明。”钟渺渺居然会这样称呼医生，她又把目光投向姜可望，然后顿住。顾达明笑了笑："你看，我带了谁来陪你玩？"

"她是个骗子。"钟渺渺瞪了姜可望一眼，直接扭过头，"我不会再上当了。"两个大人对视一眼，姜可望耸了耸肩。

"渺渺，"顾达明走过去捋了捋女孩的长发，"你的卡卡呢？"

"卡卡……"她瘦削的肩头抖了一下，"它生病了。"

钟渺渺转身就上了楼，顾达明等在那里，不一会儿，她提着鸟笼走下来。那笼中白花花的影子映在姜可望的眼里，她缓缓站起了身。几个月前还是只油光水滑的漂亮鹦鹉，这会儿它已经面目全非，无精打采地站在笼子里，身上的羽毛秃了一大半。

"舅舅想把我送走，它知道要跟我分开，得了抑郁症。"钟渺渺哀伤地用手指轻抚那只鹦鹉斑驳的脑袋，"小明，怎样才可以让舅舅不这么讨厌我？"被主人抚摸过后的鹦鹉没有得到抚慰，反而侧过脑袋，用力啄起了自己的羽毛。一根根残破的羽毛在笼子里飘散，它裸露的皮肤上充斥着猩红的血点。

姜可望胃里一阵翻江倒海，她捂住嘴，跑向旁边的垃圾桶，把早上吃的东西吐了个干净。

"裴太太，你没事吧？"顾达明没料到她会吐成这样，急忙叫女佣递来了毛巾和水。姜可望漱了口，平复着呼吸。钟渺渺抱着笼子远远地站着，用一种很迷惘的眼神看着她。

"我没事。"姜可望被这眼神盯得浑身发毛，提起包，只想快步离开，"先走了。"

"裴太太。"顾达明跟出来，她站在路边，拿出手机打了个电话。

"顾医生，劳烦你送我去一下医院。"电话还没接通，她镇静地向他提出请求。他急忙点点头："好。"她去了上次发烧时住过的医院，那家私立医院有她的档案，并且会与病人签保密协议。检查做得很快，从医生的诊室出来，她坐在候诊区的沙发上，拿着诊断书愣着神。

“可望！”接到电话的米拉赶了过来，跑到她身边，“怎么样？”

“米拉姐。”姜可望沉默了很久，很茫然地抬起头，举起诊断书，“我没有怀孕哎。”米拉猝不及防：“啊？”

“姜小姐，你没有怀孕。”那医生看着一长串数据，和蔼地对她笑，“食欲不振和呕吐的症状是因为肠胃有炎症，平时注意不要过度节食，我给你开点药调理一下。”

姜可望一时无法接受：“可是我明明验过孕……”医生说：“假孕确实也会出现两道杠的现象，姜小姐，你有些营养不良，内分泌很容易紊乱，平时有请营养师吗？”

“有。”姜可望抓抓头，只是最近她没吃完过他给自己配的餐。医生仍然涵养良好地微笑：“那就要请营养师换一下食谱了。”

“没怀就好，好事、好事……”米拉对着诊单看了半天才反应过来，坐下来搂住她拍了拍。

姜可望却很久很久都没能缓过来，平心而论，大着肚子对她的事业来说是个不小的阻碍，她正处于上升期，花了好大的勇气才说服自己接受这件事，现在医生却告诉她，那是假的？原本还抵触着，现在的她摸着自己的肚皮，反而有了些难以抚平的失落，更希望是真的有了孩子。

米拉去替她拿了药，提着药袋回来：“那咱们现在回剧组吗？”

姜可望站起来，让她扶着，木然地往前走：“剧组先不去了，我要回家，你跟周导说，我晚点再过去。”直到现在，她才有了心思消化先前顾医生对她说过的话，后知后觉地感到毛骨悚然。她要向裴郁了解清楚。

“裴太太？”管家见姜可望白天回来，十分诧异。

她往楼上走："裴郁在家吗？"他平时会在家中办公。

"先生刚走没一会儿。"管家在身后颔首。裴郁确实不在，姜可望走进书房，又进了卧室，叹了口气。她坐在床上，拿出手机给裴郁打了个电话："裴郁，你在哪儿？"

"怎么了？"接到她的电话，他的声音里带着笑，"正要去参加一个发布会。"她咬了咬嘴唇："我在家里，你可以回来一趟吗？"

"你在家？"他倒是没有多问，很快就说，"那好，你等我。"

姜可望挂了电话，稍微松了口气，面前蓦地落了个影子，她一惊，抓着手机站了起来："你是怎么进来的？"钟渺渺就站在面前，大大的眼睛里是她看不懂的情绪，让人无端感到恐惧。

"舅妈，"女孩这样叫着她，甚至带了点亲昵，往前走近了一步，"你是不是怀了舅舅的小孩？"

姜可望再也不能用从前的眼光看待面前这个人。身后就是床，她后退一步，没站稳，坐了下去。房间的窗帘没拉开，也没开灯，从这个角度看钟渺渺的眼神，幽暗而阴森。

"没有，没什么小孩。"她说。钟渺渺摇了摇头："你每次都没有真话，我那么相信你，你总是骗我。"

"这次真不是骗你。"姜可望的胸口起伏着，她说服自己冷静些，尽量用平和的口吻对钟渺渺说话，"渺渺，你来坐，我给你看医院的诊断书。"钟渺渺的目光在她脸上扫来扫去，最终，走过来在她身边坐下。床垫陷下的那一刻，姜可望不自在地皱皱眉头。

姜可望摸到放在床头的手提包，拉开拉链，把诊单从里面拿出来，递到钟渺渺手里。她没有立刻接过去，而是关切地道："舅妈，你在发抖。"姜可望低下头，这才发现自己的手臂正微微颤抖着。钟渺渺会心地笑了笑，这才接过了诊单。她看得很仔细，来来回回看了好几遍，却仍然抱有怀疑："我可以相信你吗？"

"这种东西造得了假吗？"姜可望苦笑。

"可是，如果你没有怀孕，"钟渺渺很不解，"为什么舅舅突然要提前把我送出国呢？"

"你舅舅不会把你送走的。"姜可望只能耐着性子安慰她，"你是他的牵挂，他不会忍心让你一个人去那么远的地方。"

"我是他的牵挂。"钟渺渺愣怔地重复。姜可望深吸了一口气，点着头说："你当然是。在这个世界上，裴郁只有你一个亲人，他怎么可能忍心那么对你？"

"是这样？"钟渺渺半信半疑，随即又伤感起来，"可是，他恨我，怎么也不愿意见我。"姜可望注视着她，现在最重要的是稳住她的情绪："他已经后悔了，他跟我说，希望以后还是可以跟你一起生活。"

"舅舅真的这么说过吗？"钟渺渺的心里不禁涌起了一丝希望。人总是愿意相信自己的希望，她听着姜可望的话，渐渐松懈下来。姜可望见她陷入了沉思，想暗暗起身，很快就被她发现了，她顿时警惕地道："你要去哪儿？"

"我……"姜可望屏住呼吸，"我想出去倒点水，医生开的肠胃药我还没吃。"

"哦。"钟渺渺把目光落到她的肚子上，手伸了过来，放在上面，轻轻摸了摸。

"舅妈你说得对，我就是舅舅的牵挂，你可千万别再生一个牵挂出来，我真的担心。"

"不会的。"姜可望闭上了眼睛，只想赶紧结束这一切，那只手从她肚子上离开了。

"你去吧，别告诉他们我在这里。"钟渺渺收回手，"我要等舅舅回来。”

姜可望出了房间，刚踏出门外，就立刻加快了脚步，头也不回地往前走。直到下楼梯走了几步，她才后知后觉地感到双腿发软，手扶着栏杆，停下来休息。

“凯文？人呢？”她叫人，想把管家喊来，去弄走那个钟渺渺。

刚喊出声，一双手在她背上重重一推，她还没来得及反应，就踉跄了两步，失去平衡，栽倒下去。眼睛里能看到的所有东西都在旋转，她伸出手想抓住点什么，但什么也没抓住。等一切静止时，她仰面躺在了地上，浑身痛得动弹不了，只能躺在那里，一下一下急促地呼着气。她死死地盯住楼梯上的人，钟渺渺站在高处，歪过头，俯视着她，眼神里流露出幼童般的无辜，仿佛她是自己摔下去的。

“我说过，不会再上你的当了。”钟渺渺声音冷漠，她沿着楼梯一步一步往下走，“不管你有没有孩子……”

“钟小姐！”管家赶到门前，看到这一幕，急忙高声喝止她。姜可望挣扎着试图坐起身，这时，一只手伸到她脖子下，把她扶了起来，她被拥入一个坚实的怀抱里，听到有人叫她的名字：“可望，可望……”

那声音悲戚又哀恸，叫得她心都快碎了，是裴郁回来了，她痛得说不出话，无力地抓住他的一片衣角，被他抱着站起来。

钟渺渺见到裴郁，惊恐从脸上一闪而过，随即便被欣喜掩埋：“舅舅。”分别这么多天，她又一次见到了他。那一刻，她的整个世界里仿佛只剩下他。而裴郁怀里抱着姜可望，只是冷冷地看了她一眼，便转身往门外狂奔而去。她看不懂那个眼神，不明白他对她为什么会有那么大的仇恨，她想要追上去，管家一把制住了她的双手：“钟小姐，你冷静点。”

裴郁拉开车门，把姜可望扶进去，再站起身朝外叫司机的名字：

“马可！”没有回应，四周空无一人，不知那司机去了哪里。绝望中，他一拳砸在车顶上，力道重得整辆车都是一颤，姜可望被吓得喊住他：“裴郁？”

“没事，我带你去医院。”他一脸慌张，她还从来没见过他露出这种表情，“没事的。”他拿起手机拨号，呼吸粗重得像在抽泣，刚拨通，铃声就在车的驾驶座上响起，他愣了愣，一把把手机扔在地上，摔了个稀巴烂。那飞溅的声音听得可望心惊肉跳，下一秒，他就坐了进来，用力关上车门，发动了引擎。身上的痛感渐渐减缓，姜可望扶着座椅坐起了身，呆呆地注视着坐在前排握着方向盘的男人。

“裴郁……”但无论她怎么叫他，他都没有反应，一路把车开到了医院，停下车，到后排来要抱她出去。

“我没事，我没事，裴郁，你冷静点。”姜可望用力抓住他摇了又摇，他好像魔怔了，说的全是粤语，语速很快，她一个字都没听懂。她一直抗拒，挣扎中，他不小心碰到了她膝盖的擦伤，她忍不住惨叫了一声，他才停了下来。不知不觉，裴郁的眼泪已经淌了满脸，他绝望地抱着她的脑袋道：“可望，你乖一点，跟我去看医生，我们的孩子不会有事的。”

“孩子？什么孩子？”姜可望愣了愣，然后才明白过来他是因为什么才失控成这样。

“我……我没有怀孕。”姜可望告诉他。他就像还在做梦，回不过神。

“怎么会呢？我明明看到了，洗手间里……”而且她还神神秘秘地对他说，今晚要告诉他一件事情。

“那个不准确，我已经来这里检查过，医生说我是假孕。”姜可望握着他的手，“如果你不信，我们再去检查一遍。”

“真的吗？”裴郁仍然感觉自己在做梦，迟迟不敢相信她的话。姜可望用手背轻轻帮他擦掉脸上的泪痕：“你是傻瓜呀。”

“对不起，对不起，都是我不好。”他总算反应过来，吸了一下鼻子，劫后余生般把她抱紧。她背后还钝痛着，却丝毫不在乎，轻拍着他，她知道他一定是吓坏了。他放开她后，她双手托着他的脸颊，这才问出了自己最意外的一件事：“裴郁，你会开车啊？”

“我吗？”他似乎也是刚刚发现一般，眼睛瞬间瞪大，眨了一阵，双手抬起来，不可置信地低头看。

“你会开啊。”她又说。从前她一直觉得奇怪，像他这样的人，不开车很正常，但不会开车实在少见。当他脚踩油门，把车驶出去后，她除了目瞪口呆地叫他，都忘了该说什么了。

裴郁慢慢地回过神来，伸手揽住她：“我们先下车，去医院处理伤口。”姜可望伤得不重，下车后已经可以自己走路。她只是受了一些皮肉伤，没伤到筋骨。医生给姜可望的伤口消了毒，包扎完毕后，裴郁便扶着她回到停车场，像来时那样，稳稳地把车开回了家。她坐在旁边，很惊讶地看着。

“裴先生。”司机早就在家等着，一见到裴郁便过来道歉，说是自己出去抽了会儿烟，才没及时接到他的电话。裴郁摆摆手，打发了他，牵着姜可望，把她送上楼。管家在身后跟着：“我已经找人把钟小姐送回去了，并加强了看管。”

“再让她跑出来，你们谁也别干了。”裴郁冷冷地道，“去联系一下何律师，给她办出境手续。”管家一惊，立刻鞠躬：“是，我这就去。”

裴郁去了书房，姜可望一个人坐在卧室里，总担心钟渺渺又会突然冒出来。然而没有，不一会儿他就推门进来，手里拿着一样东西，走到她身边来坐下时，她才发现那是本驾照。驾照是十年前的，照片上的裴郁不过二十岁，少年的脸庞青涩而美好。他抚着泛黄的纸页，在她的额头上吻了一下：“已经过期了，我应该去换一本新的。”

姜可望觉得很神奇，倚着他肩膀：“为什么你以前从来不开？”以前他只会说：“我开不了。”他开不了，原来不是因为不会。

“因为，是我开的车。”裴郁这样告诉她。姜可望没听懂，追问：“什么是你开的车？”她问完才忽然想起什么，顿时明白过来。

她听见他说：“姐姐车祸去世，是我开的车。”是因为他，钟渺渺的双亲才死于车祸。

事故发生时，开车的人是裴郁。那天本该是个好日子，钟家夫妇是要去离婚的。他们结婚十几年，争吵从来没有断过，婚外情、家庭暴力、分居……这是一场摇摇欲坠的畸形婚姻，裴央却囿于执念，迟迟不愿意离婚。终于有一天，她签了离婚协议，同意分手。

裴郁担心姐姐，赶过来陪他们一起去家事法庭。裴央释然地笑着，反倒安慰他：“不用担心，你应该为我感到高兴。我放过他，也放过自己，从此以后，就要开始新的生活了。”

裴郁并不知道，那时的姐姐只是在强颜欢笑，假装自己看开了一切，实际上，她心中的症结早已无法解开。事故是在去的路上发生的，一辆逆行的货车失控地冲过来，在裴郁措手不及的时候，坐在副驾驶座的裴央冷静地夺过了方向盘，朝着他的方向打死。这大概是她这辈子做过的最果断的事，坐在后排的丈夫与她一起当场死亡。

裴郁不过是轻伤，从此他开不了车。

“没关系，我不怪你。”坐在医院里，钟渺渺没有哭，挽着裴郁扎着绷带的手，淡定得不像一个十二岁的孩子。她把自己的脸贴在他身上：“我妈妈活在这个世界上没有一天是开心的。那个男人早就该死了，他根本不配做爸爸，为什么舅舅不是我的爸爸？”她问：“你以后会照顾我吗？”

裴郁那时已经在纪城有了事业，成为钟渺渺的监护人后，他在两地之间来回奔波，以给予她足够的陪伴。钟渺渺与普通的孩子却不大相同，她阴郁、早熟。裴郁第一次发现她不对劲，是她在后院的草地上用美工刀解剖了一只兔子。碧绿的草坪上满是斑斑驳驳的血污，家中的女佣吓得尖叫连连。

“渺渺，你为什么这么做？”裴郁压下心中的惊愕，尽量平和地问她。

钟渺渺冷冷地回答说：“它咬我。”

“兔子怎么会咬人呢？”裴郁很疑惑，她天真无邪的脸也让人心生迷惘，好像对她来说，虐杀一只兔子根本不是什么大不了的事。

“它不喜欢我。”她说。

“它只是只兔子，见到陌生人当然会害怕，不是不喜欢你。你应该做的是耐心地照顾它，对它好，它才会变得不害怕你。”裴郁摸着她的头，告诉她，“就算它不喜欢你，你也不应该那样对它，伤害比自己弱小的动物是很残忍的事。”道理讲了一堆，钟渺渺似懂非懂。他以为她不过是缺乏关爱，特意在家里多留了几天，才回纪城。原以为这事会就此过去，谁知没过多久，她又把一只麻雀的尸体放在琴箱里，把她的大提琴老师吓得当场昏厥。

“钟渺渺，你这样是不对的，会让所有人都很困扰。”那段时间，裴郁为了她焦头烂额。她只是乖巧地认错：“知道了舅舅，我以后不这样了。”而当裴郁一走，她又故技重施。

裴郁后来给她请了心理医生，对方做了长时间的心理干预后，表示束手无策：“裴先生，钟小姐的行为属于一种干扰性行为障碍，这是童年创伤，她曾经长时间受到父亲的虐待，心里受到了永久性的伤害。”医生建议他将钟渺渺送入精神专科医院治疗，裴郁去参观了那些医院的环境，回来后却产生了犹豫。

“舅舅，你要把我送进精神病院吗？”察觉到自己处境的钟渺渺泪流满面地问他。他更是不忍心做这种决定了，说：“渺渺你听话，只要你好好的，就哪儿都不用去。”

那个医生后来让人送来一个礼物，是只非洲灰鹦鹉，因为聪明，不少港岛人都喜欢养。裴郁不明白为什么他还敢送这种东西，当它从笼子里跳出来，站在钟渺渺的手里时，裴郁仿佛能预见它将来的命运。谁知，它张嘴就叫了一声：“渺渺！”钟渺渺顿时睁大了眼睛，好奇地望着它。

“早上好，渺渺。”鹦鹉开朗地扑棱着翅膀，她笑了。

“舅舅，听说灰鹦鹉不但聪明，还很通人性呢，如果要和主人分开，它就会伤心得死掉。”过了几天，她跑来跟裴郁说。他终于有些欣慰：“是吗？那你要好好养它。”奇迹般地，她跟那只鹦鹉相安无事地相处了下来，从此再也没有虐待过动物。

裴郁以为她就这样好了起来，之后才发现，她不过是转移了注意力，把目光放在他身边的异性身上。她对她们抱有深深的敌意，她曾对他说：“我讨厌你的女朋友。”起初，裴郁没放在心里，以为她只是初入青春期，爱耍小脾气，笑着向她解释：“那不是我的女朋友，只是大学时的同学。”

“不是吗？那样最好，舅舅你不要交女朋友。”

钟渺渺的话令人吃惊，裴郁这才感到了异样：“为什么呢，你不希望舅舅幸福吗？”

“舅舅，你现在难道不幸福吗？”钟渺渺固执地道，“你将来会结婚，拥有自己的孩子吗？”他答：“那是当然，这是每个人都会经历的，你将来也会有的。”但她始终摇头：“我不会，我只要有舅舅就可以了。”

裴郁转头看向窗外茫茫的夜色，心中涌起一丝无可奈何的疲惫，但他还是说：“舅舅不是你人生的全部，渺渺，你应该去交些朋友了。”

他的话毫无用处，她开始对付他身边和他关系不错的女性朋友，跟踪她们，寄恐吓信。后来，“女职员疑杯中被投浓硫酸”的新闻在港岛的社交网络上迅速传开。裴郁逐渐意识到，他这辈子都无法与这孩子正常相处，而每次一想起过世的姐姐，他都万分自责。

遇见姜可望，就是在那之后不久的事。和她在一起，他感到慰藉的同时，又感到难言的惶恐。快乐握在手里，越觉得真实，就越害怕，它会被破坏，被侵袭。他不得不把两边隔离起来，让她们彼此都不知道对方的存在。

姜可望总算明白为什么那三年里他对港岛的事缄口不提，讳莫如深。怪不得她总是觉得他的眼神中带着淡淡的忧郁，显得神秘而迷人，原来那不是因为他微微凹陷的眼窝和浓密的睫毛。她听了这些，也明白了顾医生对她说过的话，原来裴郁一直处于愧疚之中。他认为，裴央的去世是他的过错，他需要对钟渺渺的人生负责。但实际并非如此。

“裴郁，你看着我。”姜可望扳过他的肩，“你说，是你姐姐抢了方向盘，不是吗？”裴郁茫然地看着她的眼睛。

“在那么短的时间里，换作任何一个人在开车，都不可能立刻反应过来的，是你姐姐自己做出了选择，她知道她那样做会是什么后果。”姜可望对着他摇了摇头，“不是你的错，你没有责任。”

“是吗？”他问。

“当然，你没错，没有，你把那孩子养到这么大，已经仁至义尽了。”

她抱住他，忘了自己手肘上还有伤，不禁惊叫了一声。

“怎么了？”裴郁紧张地托过她的手臂，抬起来看。她则满不在乎地笑了笑：“没事。”那一刻，他只觉得，只要她能好好的，其他的什么都不重要。

“对不起。”他既自责又难过，小心翼翼地避开她的伤，轻轻拥住了她。

地下室里暗无天日，从前这里是个酒窖，现在只是堆着杂物，到处布满灰尘，天花板很低，吊着一盏昏黄的灯。钟渺渺喊叫了很久，嗓子嘶哑，筋疲力尽。她只能独自抱膝坐在一张小床上，气若游丝地呼吸着。“吱呀”一声，头顶上的门打开，有人顺着狭窄的楼梯一步步走下来。

“舅舅？”她看见来人，心中一喜，连忙跳下床，向他跑过去，然而脚下绊了个东西，她一个踉跄，扑倒在地上。一双黑色的皮鞋踩在面前，她愣愣地抬起头，正对上男人淡漠的眼神，她喃喃道：“舅舅……”

裴郁垂眸看着她，无动于衷。她只能可怜兮兮地仰着脸：“舅舅救我出去，我头好痛，他们把我关在这里，我快难受死了。”

“是我让他们关的。”他说，“渺渺，适可而止吧。”

她愣住了，为他这令人心如刀割的话，她平复了好久，再次倔强地笑起来：“我不信，舅舅你不会这么对我，妈妈去世以后，我是你在这个世界上唯一的亲人，你现在不想要我了吗？”

“是啊，你是她的女儿……”裴郁想起了姐姐，闭上了眼睛，“所以，这都是我罪有应得。”

“我只是害怕失去你。”钟渺渺急了，“舅舅，这个家只有我们两个人不好吗，你为什么要结婚，还非要生别的孩子？”

“钟渺渺。”裴郁叫了她的名字，她安静下来，听着他缓缓地说，“你不是害怕失去我，你是在恨我，你不希望我拥有普通人的幸福。”

“我……我没有，我没有。”钟渺渺从地上爬起来，不住地摇头，“你怎么能这么想？”

裴郁沉沉地说：“本来打算等你成年以后，再送你去维也纳深造，现在看来，那只能给周围的人带来困扰，你还是先去医院接受治疗吧。”他的话让钟渺渺的脸色大变，她一把抓住他的衣袖：“就因为我推了那个女人？舅舅，你不能这么对我。”

回答她的是一声冷笑：“你没有资格提她。”裴郁忍着心头的怒火，把她的手拂开，后退几步：“钟渺渺，我们现在扯平了，我没有任何对不住你的地方。”他转身离开，她追上，却被关在门后，她听到铁链上锁的声音。

“舅舅，舅舅……”她用力拍门，大声呼喊，“你不能这样对我！”她忽然哭了：“卡卡怎么办？它没有我，会得抑郁症，会伤心得死掉。”没有人理她，她唯有流着泪，一遍一遍重复：“它没有我，会得抑郁症，会伤心得死掉。它没有我，会得抑郁症，会伤心得死掉……”她忽然意识到他已经听不到了，才不再拍门，坐在地上放声大哭。

第七章
重获新生

有的人在痛哭流涕，有的人缠绵在梦境里。

“踩油门，踩油门，别怕，你看人家姜可望！哇，漂移过弯！姜可望，等等我们！”

“少废话，快跟上，输掉的人留下车标！”

“听到没有？阿狗哥哥，你的宝马车标还要不要了？踩油门！”

高速公路上，几辆车互相追逐着，以惊人的速度呼啸而过。姜可望手握方向盘，全神贯注地注意着视野中的车况，反应迅速地避过障碍，超了一辆又一辆车。

“你们到底行不行？是不是都故意让着姜可望的？”车载对讲机的信号不佳，刺耳的电流声里夹杂着几声娇嗔的抱怨。

“不行不行，眼睛都花了，我认输我认输，悠着点开，再快就把交警招来了。”

“输给大众，丢人！”

“丢人、丢人，哎，可望要减速了哈，前面路段有点拥堵，注意点。”

姜可望笑了笑，松开油门，退到空挡，慢条斯理地滑行减速。速度让人的肾上腺素极速飙升，她从头到颈都红扑扑地发着热。稍稍放松后，她感到一阵口渴，于是一只手握着方向盘，另一只手拧开了座位旁的矿泉水，确认了前方的车况后，仰头喝了两口，然后放下瓶子，拧上瓶盖。

“姜可望小心点！”忽然，一声提醒从对讲机中传来，她下意识地一抬头，猛地刹车。“砰！”姜可望从车上下来，满眼都是热腾腾的白烟。前方的车尾已经面目全非，被挤压得深深瘪进去，只有那块金牛车标还依然坚挺着，提醒她撞了个不小的麻烦——一辆兰博基尼。

兰博基尼的司机也第一时间下了车，看到路面上被烧出来的车辙，目瞪口呆地问她：“小姑娘，你这是超速了吧？”

她抓着头发，一时不知道该做什么反应。车里的对讲机还在聒噪：“可望，高速公路上不好停车，我们先溜了哈，有事打电话给我们。”她往车窗里一伸手，掐断了电源。噼里啪啦的电流声戛然而止，兰博基尼的主人也从车上走了下来，她的目光由此定格。

兰博基尼的主人长了一张俊朗的脸，恍惚让人以为这是一个刚从秀场上下来的模特。他清瘦，眼眶微凹，鼻尖精巧，脸颊上有一颗浅色的痣，下巴坚毅。然而他气质冷冽，性格也一样的不平易近人，下车后劈头盖脸就是一串不友好的质问：“小姐，你今年几岁，有没有成年？拿到驾照了吗？”

“有……我有驾照，我、我十九岁了。”姜可望支吾着回答了问题，怯怯地拿出驾照给他看。

他不依不饶地道：“既然有驾照，你应该知道开车要遵守交通规则吧？”

“裴先生。”一旁的司机帮着打圆场，这位裴先生抬手一挡，让他住了嘴。

“姜小姐，”姓裴的先生继续说，“你知不知道，人和动物最大的区别就是人知道遵守秩序？这个世界上有各种各样的规则，你不遵守，就会付出代价。”

“知、知道了。”姜可望低下头，“我会赔偿你的损失。”

“赔偿损失？”裴先生冷笑一声，“车坏了是可以修，但你有没有想过，不是每次都有这么好的运气，车坏了，人没事。如果这次撞坏的不只是车，还有人，生命的损失你怎么赔？”

“可、可是……没撞到人啊。”姜可望小声嘀咕。

对方眯起了好看的眼睛：“你说什么？”

她连忙摇头：“没、没有。”然而转念一想，她又委屈地说了出来：“我也没有说不赔，你干什么把我骂成这样？”他们不过是陌生人，就因为她撞了他的车，就应该受到这么严厉的批评？他是不是有些唐突？他为什么这么唐突？

梦境很长，断断续续地进行着。窗外的太阳渐渐落了山，姜可望在床上睁开眼睛，忘了自己是什么时候睡着的。很久以前的事在梦里重现，她揉了揉脑袋，那时只觉得裴郁过于苛责，现在回想起来，才能明白一点他当时的心境。

此时裴郁不在身边，她依稀记得是他哄着她睡下。将睡未睡时，她感觉他的胳膊从脖子下抽走，他轻手轻脚地出了门，不知去了哪里。

既然醒过来了，姜可望便下了床，走出卧室，四处转转。书房的门虚掩着，她走到近前，听到里面有声音。裴郁在里面，门缝里隐隐约约有个背影轮廓，看起来似乎是顾达明。

“按现在的情况来看，送钟渺渺去青山医院是最合适的选择。”

是顾医生的声音。而裴郁的声音略带疲惫：“你费心了。”

顾达明又说：“裴先生还在介意我私下带太太去和钟渺渺见面？”

裴郁道：“我劝你不要跟我提这件事，我不追究，不代表我心里已经不介意了。”

“我也是没办法才出此下策，裴先生，现在你的心结解开了，总归是好事。裴小姐的过世给你留下了应激障碍，如今不治而愈，不应该值得开心吗？”顾医生忽然转而说起了粤语，姜可望听得半懂不懂，竖起耳朵往前凑了凑。这时，不知哪儿来的一股邪风，把门吹开了。姜可望偷听被逮了个正着，不知该说什么才好，顾达明回过头，用意味深长的眼神看着她。

裴郁倒不觉得意外，只是问她：“醒了？”

“嗯，我这就走。”

她抿唇，刚要把门关上离开，就见他招了招手：“不用，过来吧。”姜可望有些意外地走到裴郁身边，他把自己的椅子让出来，扶她坐下，然后去一旁倒了杯水。

顾达明则关切地问她：“裴太太，你的伤不要紧吧？”裴郁将水递给她，捻去她脸上的一根断发。她摇摇头：“小伤。”顾达明站起身，郑重其事地向她低下头：“这件事有我的责任，是我没考虑周全，真的对不起，裴太太。”

“没关系，顾医生，其实我还要谢谢你。”姜可望说，要不是他，可能她到现在还蒙在鼓里，情况也不会有这样峰回路转的变化。裴郁站在她身边，伸出手握住她一侧的肩头，轻轻揉了揉。

“裴太太这样说，我很惶恐，也很欣慰。”顾达明笑着，话锋一转，“对了，裴先生，钟家那边怎么说，他们会同意让钟渺渺住进医院吗？”姜可望诧异地抬起头，倒是没想到还有钟渺渺父亲那一边的阻力。

"轮得到他们不同意？"裴郁话语的温度骤降。平时从不见那一家人关心钟渺渺，唯独在去不去医院这种事上，对方总是跳出来，说些冠冕堂皇的话，生怕这个需要精神治疗的孩子会让他们钟家蒙羞。

顾达明笑笑："好，裴先生好魄力，这样我就放心了。时候不早了，我就不打扰了。有需要的话，裴先生再联系我。"这话倒是客气，不过但愿以后都不会再有这样的需要。裴郁走过去送他，姜可望也起身跟着，一路把他送到楼下。

"我记得你本来只是说要送渺渺出国。"顾达明走后，姜可望才问裴郁。他揽住她的腰，低头吻了吻："以前我一直觉得对不起姐姐，所以总是逃避她其实是个病人这件事。"

那天晚上，他抱着她，睡得很安稳。姜可望白天补过眠，一时没睡着，撑着脑袋注视着他的脸。从前没有注意过，他熟睡的时候原来像个小孩子。裴郁为姜可望请了几天假，让她好好休息。也正好，她身上有伤，不方便出镜。趁这个时候，她可以陪一陪他。自从结婚以后，他们还没有好好独处过。

她陪他去了一次钟渺渺住的那栋房子，看了那只叫卡卡的鹦鹉。这只离开了主人、得了抑郁症的鹦鹉，比姜可望上次见到它时的状态还要差，羽毛秃得几乎没有完好的地方了。见到裴郁的时候，它却还有精神说话："舅舅，要听我拉琴吗？"

姜可望忐忑地观察着裴郁的表情，但他没有太大的波动，只是伸出手指轻轻地在它的头顶挠了两下。然后，他从旁边捏了一把鸟食，送到它面前。它不为所动，只是叫他舅舅："去看我的演奏会吗？"

女佣在旁边小心翼翼地用英文说："它什么都没吃。"

"从什么时候开始的？"裴郁问。对方说，一个月前开始就吃得很少，前几天彻底断了粮，最多只喝一点点水。姜可望听得有些难过，她不禁抱住了裴郁："那顾医生能治鹦鹉的抑郁症吗？"

"他不能。"他摸了摸她的头发，过了一会儿，又若有所思地道，"我问问，可不可以把卡卡送到医院。"他们在草坪上站着，房子里来了人，是来看房子的，这里就要转手出去了。那业务员见到裴郁，殷勤地打了半天招呼，他点点头，揽着姜可望离开了。

"以后就不会再来了吗？"坐上车，她又看了一眼别墅的大门。裴郁顿了一下，最终没有回头："不了。"

回去的路上，她枕在他膝上，睡了一路。快到家时，她是被他吻醒的。裴郁用手托起她的脑袋，温柔地撬开她的唇，她的意识由模糊渐渐变得清晰，然后伸手反抱住了他。两人吻了很久很久，久到松开时，她依然回不了神，呆呆地注视着他那双潮湿又热切的眸子。

"为什么这么看着我？"她问，刚问完，就被他紧紧拥住，他一句话也没说。那天晚上，他们没有早睡，而是在阳台上互相依偎着。港岛的十月，降了温，一条毯子裹住了两个人，他们面前摆了张小茶桌，澄澈的葡萄酒在杯子里冒着气泡。

裴郁挑了支起泡酒，很漂亮的酒，从酒柜里拿出来，瓶身冰凉，冒着冷气，立刻结了一层雾。倒了一点在高脚杯里，姜可望拿起来，小口小口地抿。他们两个人之间特意喝酒的次数不多，只有姜可望的第一部电影杀青时，他开了一瓶她出生那年的酒。

姜可望不胜酒力，几口下来就醉了，抱着他说了一晚上的梦话，之后，他就没再主动让她喝过。现在她已经知道喝酒要慢慢品，裴郁倒是喝得有些着急，杯底空了几次后，她伸出手按住酒瓶，不让他再倒："你喝慢点。"

"没关系，今天不要紧。"他拿过酒瓶，又倒了一小杯。她愣过以后，恍惚明白了些什么，便不再问，无声地与他一起喝下杯子里的酒，体会过去那些日子里他无法言说的孤独。

但她同时也知道，自己永远无法真正地切身感受过去他都是活在怎样的挣扎里。现在，他算是解脱了。无论他有没有完全走出来，总有一天，他都将会彻底与那种挣扎告别。

裴郁没那么容易醉，几杯以后也不过是微醺。他一只手搭在她肩上，玩着一缕垂下来的鬓发，手指缠绕了几圈，盯着看了一会儿，跟她说："你头发很凉。"

姜可望笑笑，她知道那是因为他的体温太高，她让他玩着头发，问他："你还记不记得我们第二次见面的时候？"

"第二次见面。"他轻声重复，她常耿耿于怀于他们的第一次相遇，第二次反而很少提及。

"在一家夜店，你误会我为了赔你的车，沦为了失足少女。"她歪在他怀里，"你当时的表情，我到现在还记得。" 他似乎已经没有什么印象，认真地回想了一下，笑了笑："是吗？"

"不记得了吗？你总是有一种很固执的正义感，让我觉得很奇怪。"姜可望说，"我一觉得奇怪，就完蛋了……"

"完蛋？"他低声呢喃。

"陷进去了。"她拿过他的杯子，替他喝掉剩下的酒，"我觉得你很神秘，对你很好奇，想要接近你。"

"所以，后来你发了那样的短信？"原来他还是记得的。那条出格又大胆的短信，他到现在都还记得清清楚楚。姜可望想象得到，看到屏幕上的那条信息时，他是怎样皱起了眉头。

她的脸颊泛了红，小声辩驳道："不是我发的，不过，我一点也不后悔发出了那条短信。"因为，他居然真的来接了她，原来，裴郁并不能算一个纯粹的正人君子。

“跟你在一起以后，我常常想当一个废物。”她又说。裴郁点点头：“我记得，当时我也很吃惊。”这种负能量满满的愿望，想必让他这个正直的人印象深刻吧。

他现在已经没有一开始那么吃惊了，点头过后很平和地问她：“那现在还这么想吗？”她摇着头，他却说：“如果你真的想，也不是不可以。”

姜可望听得愣了愣，不过还是继续摇头说：“可是，我不能。”

对她而言，“废物”意味着无忧无虑，被人无条件无限度地宠着爱着。然而，这个世界上又怎么会有无条件的爱。

“我不能，因为如果那样，你就不会喜欢我。”很久以前，姜可望就想把这些都告诉他，“我……我想要值得你喜欢。”只有不用处处依靠他，他才会渴望她能依靠他。要随时离得开他，他才会变得离不开她。这些话，她没说。这些大概就是她当初毅然决定分手的原因。

“喜欢的。”他说，眼神里氤氲着微醺的炽热，“很喜欢很喜欢。”

“笨蛋。”他的脸贴过来，和她的贴在一起，说不上谁的更烫。

姜可望回了剧组拍戏，身上的伤口好得很快，抹一点遮瑕就看不出痕迹。周思凡自然已经知道了钟渺渺的事，私下里跟她闲聊的时候颇为感慨：“裴郁这些年过得很艰难，还好他遇到了你。”

她是明白的，于是说：“我们两个能走到现在，周导您也帮了不少忙。”

“不客气，”周思凡随和地摆摆手，开玩笑道，“要是实在想感谢我，替我为这部戏多挣几座奖杯就好。”

米拉不知道她请假的原因，只当她是肠胃不好，在家休养身体，一见到她就找机会关心地问：“可望，你身体好点了吗？”

“好多了。”她说。

“那个……”米拉吞吞吐吐、旁敲侧击地问，“那你……那个来了没有？”米拉还是担心她会怀孕，毕竟现在她还拍着电影，下半年的行程也安排得满满的。姜可望挠挠头发，不太自在地点点头：“前几天就来了，放心吧。”

“噢，那好。”米拉顿时松了一口气。

“可望。”米拉走了几步，又转过身来，皱着眉头疑惑地打量着姜可望，“总觉得你变得又跟以前不一样了。”

姜可望歪了头，问：“又？”

“没什么。”米拉的手在空气中抓了两下，“我还约了人谈合作，先走啦。”

几天没来剧组，姜可望的状态倒还不错，在家没少研究剧本，重新投入拍摄后，依然能保持不错的效率，连徐影帝都对她表示了肯定。收工后，她像往常一样，走一小段路，到了车前，拉开后门。后排座位上却空无一人。她抬起头问：“马可，裴先生今天没来吗？”话刚说完，那人就回过了头，她一愣，新奇地道：“怎么是你自己开车？”

姜可望关上门，绕到副驾驶座，上去坐好，系好了安全带，裴郁正好探过头来，她迎上去，开心地与他接了个吻。裴郁侧脸好看，他开车的样子有种难以言喻的魅力，尤其是操控方向盘的那只手修长、骨节分明，戴着婚戒，看起来充满了禁欲感。

“马可会失业吗？”停在红灯前时，姜可望突发奇想。他伸手过来，摸了摸她的脸，答道：“过几天还是他来接你，我要去纪城了。”

“嗯，终于要去了？”这种回答在他看来可不是那么值得高兴，裴郁不满地问，“很希望我去？”

“不是。”她忍不住笑了，摇摇头，“没有，没有。”她当然不希望分开。但是，裴郁在港岛守了她这么多天，总算可以心无旁骛地回去处理公司的事务，她的第一反应还是为他高兴。

十二月来临的时候，姜可望的戏份悄然杀青，她低调地与剧组的同事吃了顿饭，整理了行李，订了去纪城的机票。回纪城前，她特意与周思凡通了气，让他不要把杀青的事告诉裴郁。另外，她也再三威胁米拉，不准她把自己的行程如实上报。姜可望这趟纪城之行是偷偷地计划的。走出纪城机场，她坐上了车，连专车都是让米拉另外去联系的，没走工作室的常用渠道。没有办法，裴郁的“眼线”实在太多，她吃不准哪一环节就冷不丁地泄露出去了。

姜可望没有回家，直接去了裴氏大楼，戴着墨镜七拐八绕地走到电梯间，她深呼吸了几下，才给王特助打电话。在王特助的印象里，姜可望主动给他打电话，这好像还是头一次，一接电话，他脱口而出：“裴……”

“王特助，”姜可望以极快的速度打断了他，“不要说话，听我说。我在你们楼下，给我开电梯，不要告诉裴郁。”要给裴郁这样的人一个惊喜，实在是太难太难了。

“可是……”

王特助刚迟疑了一下，她又打断了他的话：“你没有听懂我说的话吗？我让你不要说话，打开电梯，快点。”

几秒钟之后，她看到电梯的楼层缓慢下降，最后降到她所在的楼层。姜可望走进裴郁的办公室之前，心还怦怦地急跳了一阵。王特助就站在门前，见到她鞠了一躬，刚要说话，她朝他“嘘”了一声，推门走进去。办公室里窗明几净，空无一人，她转身狐疑地问：“他去开会了吗？”王特助局促地摇摇头，这个时候他反而不说话了。她索性自己给裴郁打电话。

“可望，”电话很快接通，裴郁的声音意外地温柔，“你猜我现在在哪儿？”

在哪儿呢？姜可望心里涌起一种不好的预感，她把询问的目光投向王特助，对方明显一副想笑又不敢笑的样子。

“出来吧。”裴郁显然还没弄清情况，“我在片场外面。”

“你怎么不提前告诉我一声？”姜可望此刻十分希望这不是真的，他只是逗她玩，“你不是说这两天公司很忙吗？”裴郁在电话那头笑起来：“可是我更想见你。”所以，要不要这么乌龙？

“可是我现在在你公司……”姜可望硬着头皮道。裴郁沉默了一会儿，心态还算可以：“你回家等我，我去看看有没有今天的机票。”

“嗯。”好好的惊喜就这样落了空，姜可望虽然很沮丧，但也只能这样了。挂了电话，她在心里算了算，从港岛飞过来，再从机场到家，还需要多久，不免叹了一口气。她这边的电话刚挂断，王特助就接到了裴郁的电话，大概是在交代他把她安置好之类的。姜可望走到裴郁的办公桌前坐下，靠在那儿等他说完。

“太太。”王特助挂了电话，朝她几步走来，唇边还敛着再明显不过的笑意。她把手指摁在太阳穴上，皱着眉头问：“你刚才怎么不早说？”害得她直接给裴郁打电话，听到他刚好飞去港岛的消息，连一点心理准备也没有。

王特助十分无辜：“是您让我不要说话的啊。”好像确实是这样，姜可望只能接着叹气。

“裴太太，我安排车送您回家？”王特助小心翼翼地问她。

姜可望没说话，伏在桌前，托着腮沉思了半天：“给我弄辆车，我自己开吧。”在港岛都是右驾，也没有驾照，她空有一颗自驾的心，过不了手瘾。王特助又出去打了几个电话，回来后，就把姜可望送到楼下的停车位，领她到了裴郁的座驾面前，恭恭敬敬地把钥匙递给她："那您路上小心点。"

"谢谢。"姜可望关上车门，利落地发动了引擎，一脚油门踩下去。看着老板的迈巴赫绝尘而去，王特助久久站在原地，总感觉自己的记忆哪里断了层，裴先生是从什么时候开始允许他太太开车的？

姜可望开车回家，几个月没有回纪城，说不上来哪里有了变化，她的心境不一样了，看到什么都觉得是新的。在路上兜兜转转，却开得离家越来越远，等她回过神来，已经停在了从前吃过饭的会所门口。

"小姐，有预约吗？"门童上前来为她拉开车门。她犹豫了一下，这次没避嫌，直接说了姜星海的名字："他还在这里工作吗？"

"您稍等。"那门童折了回去，把领班的经理叫了出来。

"姜小姐。"隔了这么久，那经理倒是还记得她，"您找姜星海？他现在不在我们这里了。"她心里登时空了一下："那你知道在哪里可以找到他吗？"对方给出了提议："您不如去他的学校看看？"

姜可望的脸颊不由得发烫，她连姜星海在哪所学校都不知道："哪所学校？"那经理没见怪，笑着说了，她听完后，怔了怔。

"谢谢……"姜可望感激地朝对方点了点头，开车离开了会所。

姜星海就读的正是她的母校，她开着车便去了。天知道她为什么转了大半座纪城，就想看看姜星海现在过得怎么样。离校已有半年，再回来，她有种恍若隔世的感觉。为了考上这所学校，她付出过很多的努力，考上后却整整荒废了四年。现在回头看，她不禁心生感慨，如果一开始没有因为姜建国自暴自弃，说不定现在她过的会是另外一种生活。

在门卫处抵押了行驶证，姜可望开车绕着学校的道路慢慢打转。大概是考试月临近，校园里比平日冷清，路上的同学个个行色匆匆。她经过自己从前上过课的教学楼，看到教过自己的老师迎面走来，她立即低下头，不好意思跟对方打照面。再往前开了点距离，就到了图书馆，她在草坪旁停下车，坐在里面看一个一个捧着书路过的行人。这次就没有上次那么好运刚好能遇到他，学校说小不小，要想在几千个人里找到他并不容易。

“姜星海。”下课铃声响起时，姜可望还是拨打了他上次留给自己的电话，“在学校吗？”

“姐！”不到十分钟，少年就气喘吁吁地奔到了她的车前。姜可望降下了车窗，摘下墨镜打量他，瘦了，也黑了，看样子没少在外奔波。

“姐，你在这里等等我好不好？我还有一节课，上完就出来找你。”他真是冒着傻气，有课在电话里说一声就好，并不用费劲地跑过来看看她再回去。她伸出手，抹掉他脑门上的汗：“好。”反正等裴郁是等，等弟弟也一样。姜星海“哎”了一声，拔腿要跑，她又把他叫住：“等等。”

“上车，我送你去教室。”姜可望按了门边的按钮，车锁应声而开。

“好。”他也没多说，快步跑到另一边，开门坐上来。把姜星海送到后，她在楼下玩着手机等他下课。不知不觉中，一节课的时间过去，一拨一拨的学生从楼道里往外走。姜星海背着书包穿过人群，跑到她的车前，敲了敲车窗。

“姐，你怎么会来？”一上车，他就问。

“刚拍完戏，过来看看你。”姜可望也不知道自己是怎么回事，她以前很讨厌这个弟弟的，“晚上还要去打工吗？”

姜星海“嗯”了一声：“有份家教的工作。”

“那我们吃个饭，吃完我送你去。”她点点头，猜到会是这样。

“好呀。”姜星海高兴地笑了笑，“那我请你吃饭，姐姐想吃什么？”她也淡淡一笑，继续开车，顺口说：“我去了你之前打工的酒店。”

“你去了那里，真的吗？”姜星海很欣喜，也有点过意不去，“我已经从那里辞职了，时间跟那边老是对不上。”他说：“就找了现在的家教工作，每天晚上去两个小时，周末就出去发发传单，做做销售。”

“嗯。”听他说这些，她心里莫名觉得踏实。

“姐姐，”他看着她笑，“你开车的样子好认真，真好看。”

“有吗？”她从没有注意过这个，侧头瞧瞧他，他却已经移开了目光，笑着望向窗外。姜可望沉思了一阵，又问他：“姜星海，你有没有学车？”

“没呢，本来打算考完学。”他不好意思地抓抓脑袋，“以后再说吧。”

“本来打算”，想必这样的打算还有很多，却因为一场意外都破碎了。姜可望是一去纪城就学了车的，之后没多久，就开了姜建国的大众。她那时可还是个学生。更别提周末要发传单、做销售，这种生活与她纸醉金迷的世界相去甚远。

“去学吧，不要把时间都花在打工上。”她想到自己那荒废的四年，现在她的弟弟在以另一种方式错过本该努力读书的时光，“如果缺钱，我给你。”

“好开心，”姜星海吸吸鼻子，“不过，我不能要姐姐的钱。”

她蹙起眉，不解地说：“既然叫我姐姐，为什么不能要？”

“爸爸说，就算将来走投无路，也不能向姐姐要钱。”他说。

“他说过这句话吗？”姜可望感到很恍惚，“他……什么时候说的？”

姜星海回答说：“就在他出事的前一天。”

“哦。”她咬住了嘴唇，再松开，不说话了。她带他去吃了顿饭，没给他结账的机会，她埋了单，然后送他去做家教的地方。

“姐姐，”下车时，姜星海依依不舍地回头，“以后别再来看我了。”

姜可望疑惑地问：“为什么？”

姜星海低下头，回道：“因为看到你现在过得很好，就够了。姐姐现在过得很幸福，谁也不能打扰这种幸福。”

姜可望开着车，往家的方向去。华灯初上，到处都是婆娑的霓虹。她穿行在夜色里，看到路的尽头裴宅影影绰绰的轮廓。此时此刻，裴郁应该还在飞机上，不知道什么时候才会降落。她开到院门前，保安认得车，开了门，毕恭毕敬地问候她：“裴太太。”

“要帮忙吗？”保安走到车前，手扶在车门上，要代她停车。

“不用……”话是这么说，她抬头，透过挡风玻璃，很疑惑地看着站在前方台阶上的那个男人。一定是光线太暗，她眼花了。姜可望揉揉眼睛，还是立刻下了车，不可置信地往前走了两步。

他怎么这么快就回来了？那人朝她张开了双手：“过来，可望。”

她反应过来，几步奔过去，像无数次小别后重聚那样，一头扑进了他怀里。裴郁稳稳地接住，托起她掂了一下，抱得牢牢的，仰头在她两边脸颊各啄了两口，亲完后，第一反应还是算账：“杀青了不告诉我，还骗我说这几天拍戏很累。”她不但骗了他，还联合周思凡、米拉、凯文……这么一大群人一起骗他。

她也不甘示弱地回嘴：“你也好不到哪里去呀，说什么公司好忙。”

“你问问王特助，我是不是很忙。”他面露愠色，说完，还啃着她的下唇，“听你喊累，我才让他把行程空出来，想去陪陪你的。”不能怪他，好早之前她确实经常犯这种毛病，在外拍戏拍着拍着就哭了，打电话给他，要他来。

那阵子，她没少让他头疼吧。让王特助紧急订了机票赶到酒店的裴郁，好不容易哄好了她，还是忍不住批评了她几句：“这么大的人了，什么时候能学着独立一点，看看你们剧组的其他女演员，看看林陌陌，一样从早拍到晚，她也像你这样吗？”他说的是当时她们剧组的女主角，一个口碑很好的当红女演员，在圈里以业务能力强著称。

“林陌陌当然不这样。”姜可望懵懂地摇头，“因为她老公动不动就来探班。”面对她的胡搅蛮缠，裴郁简直没脾气了。后来只要她向他哭诉，大部分时候他会尽量来看她。这么一想，好像真的是她的错。姜可望想起这些，圈着裴郁的脖子只顾笑，他抱着她转身就进了门。就像还在做梦一样，她以为他怎么样也要等到深夜才能到家。姜可望还不太敢相信地问他：“为什么会这么快呀？”

“朋友的私人飞机正好要飞纪城，顺便捎上了我。”裴郁踩着楼梯往上走，轻声问她，“去哪儿玩了，晚饭吃了没有？”不是没有航空公司向裴郁推销过私人飞机托管，飞行时间更自由不说，还可以合理避税，只不过国内的政策没有完全开放，每次飞之前还要向空军申请航线，相比起来，私人飞机不比普通航班的头等舱方便多少，这件事后来就不了了之。但经过了今天以后，他觉得有必要让王特助再去了解一下，把它重新列入计划内。

“我去学校转了一圈，吃过了。”姜可望没说姜星海的事。那孩子很倔强，不肯接受帮助，她还要好好想想，怎样才能让他过得轻松一点。若裴郁知道了，事情只会变得更复杂。原来想着送完姜星海，回来休息会儿，正好去机场接裴郁，没想到他先一步到了家。

“你是什么时候到的？”她问。

“刚到，正准备给你打电话。”裴郁抱她到卧室里，把她放在床上坐着，站在面前把她的头发捋到耳后，俯身亲了亲她的额头。他双手摩挲着她的耳侧，亲昵地蹭她鼻尖：“以前最怕去学校，现在怎么转性了？”

她躲闪着笑，躲着躲着，她倒下去，他欺身上去，捉住了她的双手。长时间的连续飞行，让他的脸颊上冒出一点点胡茬，但他的动作格外轻柔，没有把她磨疼，反而让她觉得酥酥麻麻的。

“想你……”沉浮在云端的时刻，裴郁在她耳边含含糊糊地道。娜娜炖了燕窝，在卧室外敲敲门，裴郁下床穿了长裤，过去开门。趴在床上神游的姜可望把眼睛睁开了一道缝，他端着燕窝走回来，坐在床边，把燕窝往桌上一放，腾出手来摸她的头发：“吃点东西，好不好？”随着那温存的动作，她的眼皮有气无力地耷拉下去。接着，他扶着她坐起来，搂在怀里，然后伸手去拿那盏白盅。

燕窝只放了一点冰糖，淡淡的甜，夹杂着淡淡的蛋腥。这东西并不好吃，也没什么实质性的营养价值，她以前觉得这是贵妇吃的东西，便撒着娇向裴郁要了。不过是无伤大雅的矫情，裴郁也没说什么，家里便常备着。现在她再吃这种东西，总会想起自己过去的幼稚。

姜可望吃了几口，撇开了脑袋。他说：“再吃点。”他再怎么哄，她也只是多吃了一口，他的手指擦过她的嘴角，她还晕乎乎地倚着他，不经意一抬头，觉得裴郁给她擦嘴的动作带着邪气，也很诱惑，让人无端觉得空气很热。

她脆生生地叫他：“裴郁……”

“怎么了？”他把勺子放回碗里，再搁到一旁，钳住她的下巴，一个吻就印在了她的嘴角，在她脑袋里熬成一团糨糊的时候，他的手伸进被子里。

“嗯……”姜可望又一次被亲得七荤八素，上下都失守，她突然明白他为什么要她多吃点了。纪城已经进入了冬天，床单却一次次被汗水浸透，凉了又热。

“我不要了。”她双眼迷离地把手按在他的窄腰上，想阻止他的动作，不过对他而言，那更像是挠个痒痒。裴郁捉过她的手，再搭到自己的脖子上：“你不喜欢吗？”

“不……”她刚说出口，就被他用力抱了起来，轻轻笑着问道：“还是你的身体比较诚实。”最后她也没能逃过被他压榨干净的命运。

被裴郁扛去洗了个澡，从水里捞出来后，姜可望感觉身体已经不属于自己，她被放在床上，连换一个舒服点的姿势的力气都没有，任由他给自己盖好了被子。

裴郁坐在床边看了她一会儿，然后端着她先前吃剩的燕窝下了楼。他离开后，她又躺在床上缓了好久，总算恢复了点力气，穿衣服下床去找他。他在餐厅里吃东西，精致的小碟子在他面前摆了不少，分量倒是都不多。他的胡子刮过了，瘦削的脸颊很干净。看见她来，他放下筷子，朝她伸出一只手。她坐过去，他揉揉她的脑袋：“等我一会儿。”

“你晚饭没吃呀？”姜可望没骨头似的歪在他身上。他回来后不先吃饭，哪儿来的体力拉着她不知节制地做那种事，真是够着急的。

裴郁不置可否，夹了一块雪白的笋送到她嘴边，她吃了，歪头欣赏着他赏心悦目的吃相。他的嘴唇、下巴、喉结，还有手，无一不是好看的，明明吃的都是平淡无奇的东西，但看起来让人觉得很美味。他又喂了她几口，她都没拒绝，他宠溺地看着她笑：“饿了？我让娜娜给你也盛一份。”姜可望摇摇头，浑身软绵绵地抱着他的腰蹭了半天。他便接着喂她，他的晚餐一半进了她的肚子。

两个人一起在洗手台前刷了牙，进了被窝，裴郁还要去撩她的裙摆，她有些惊恐地制止他：“今天够了哦……”

“你想到哪里去了。”他拍拍她的屁股，强行让她举起手，“穿着衣服睡不难受吗？”短暂的黑暗过后，丝质的睡裙从头顶剥落，她往被子里缩了缩，随后便被他揽入怀中。他边吻着她的额头，边伸手关了灯。

裴郁的身体很暖，没有阻隔地把温度传递给她，让她觉得很有安全感。她埋在他的胸膛上，舒服得叹息了一声："要是每天都可以这样就好了。"

这是个美好的愿望，《如烟》拍完，只是暂时结束了他们的两地分居。可是再过几天，她就要进《英雄归来》的组，去参加一个月的封闭训练。裴郁也恍然想起来："你要去那个参军的真人秀了吧？"他声音里不免带了些懊丧。

"你自己好好想想，因为什么不可以每天这样？"他刮刮她的鼻子，话里话外都是讥嘲和埋怨。她偷偷吐了吐舌头，怪她，都是因为她。

"一定要去参加？"裴郁曾委婉地问过她。当时她不假思索地表示要去："嗯，可以红。" 他问她："那么想红？"也是她说："你说过人要有梦想有事业啊。"

年底的行程就是因为这个综艺被排得满满的。这还不算什么，过了年休息不了几天，还有一整年的通告排队等着她。

刚结婚的那阵子，是她事业的小爆发期，米拉一口气帮她把整年的工作都排满了。姜可望那会儿也正处于很迷茫的状态，只有让自己忙起来，才不至于对未来感到恐慌。那时她还不能确定裴郁对她的心思，现在明白了，心境也不一样了。她躺在裴郁的怀里，感到十分安稳，即使在一起的时光如此短暂，她也一点不后悔。

比起从前，姜可望更喜欢现在这样的状态。

"我会想你的。"这种时候还是要安慰某些人的，姜可望低头又蹭进他怀里，"爱你，最爱你。"

第八章
煎熬的别离

糖衣炮弹对裴郁这样的人来说好像不太管用。

姜可望蹭了半天，他都不为所动，还推开了她，冷静地叫她的全名：“姜可望。”他语气严肃，让人不得不紧张起来，果然他下一句就是：“你说这种话是为了让我心软吗？”他们之间甜言蜜语本来就说得少，更别提什么爱不爱的。姜可望没想那么多，只是一时顺口，想说，就说了出来。她被裴郁弄得有些蒙，希望他不要想太多：“当然不是这样……”

“你越来越聪明了。”他没让她说完，一只手放在她背上，沿着脊椎的轮廓轻轻揉捻，“越来越擅长利用我的弱点，胡作非为。”姜可望也不知道该说什么才好，开始反思自己刚才是不是不该突兀地把“爱你”说出口，在她心里七上八下的时候，他把她的脑袋捞了上去：“再说一遍，还想听。”

姜可望这才反应过来，捶了他好几下：“你这人怎么这样？”居然故意吓唬她，她刚才都害怕死了，还以为自己说错了话。裴郁这个人坏起来真是让人毫无防备。笑声落在她的头顶，她的双手被背到身后去，动弹不了，他的唇在黑暗中侵袭过来，压着她吻。

他松开她后，他的声音变得低哑而富有磁性："可望，再多说几遍。"

"没了，说过了就不说了。"姜可望还没从惊吓中缓过来，耿耿于怀地别过脑袋。他把她转回来，再次吻上去。她不说，他总有办法让她说。他威胁似的在她的肩上留下一个又一个牙印，每咬一口，就问她一句："你爱不爱我？"她实在没办法，只好抱住他猛点头。

直到她困得睡去时，还隐隐能感觉到裴郁在背后一边温柔地亲着她，一边说："我爱你。"

甜蜜的时光总是短暂的，姜可望在裴宅里黏着裴郁过了几天的堕落日子，米拉上门来跟进她参加真人秀的事。

"几天不见，你下巴都圆了。"米拉见了她，不忘调侃，"这节目要上秤的，你别打破女艺人最高体重纪录啊。"姜可望不自在地捏了捏自己的下巴，好像确实长出了点肉，电影杀青后她没了保持体型的压力，又天天跟裴郁腻歪在一起，难免就放纵了些。

"不过你今年到底几岁？"米拉调侃完，又羡慕嫉妒恨地捏起她的脸颊，"怎么觉得你的皮肤比以前更好了？"

"二十二啊……"姜可望老老实实地回答。《英雄归来》几乎是全程要求素颜，这对女艺人来说未免太苛刻了。米拉本来打算让姜可望去文个眉毛、做个眼线之类的，可是看她在家素着脸仍然是白里透红的粉嫩，还有自带水润效果的嘴唇，完全没有大部分女星卸妆后的憔悴感。米拉想起自己的二十二岁，不由得有些伤感，有时候人和人之间的差距宛如鸿沟。

“这次来呢，还有一件事要提前跟你说好。”她跟姜可望交代了录制时需要注意的一系列事宜，清了清嗓子，想到自己今天来的主要目的。姜可望眨了眨眼：“怎么，这么严肃？”

米拉左右看看，抓抓头发：“对了，裴郁不在家吗？”

“他在书房处理公事，有事？我把他叫下来。”姜可望说着就要起身。

“不用、不用！”米拉急忙抓住她的双手，怪不好意思地道，“我就是想跟你说，这次真人秀有吴珊妮……”

姜可望茫然地问：“吴珊妮是谁啊？”

“你不记得了？”米拉顿时噎了一下，“就是之前那个跟裴郁闹出绯闻的小明星。”

“哦……”姜可望这才有了印象，那还是他们闹分手那会儿的事，这件事也曾经被她介怀过好一阵子。米拉说：“其实吧，那次的绯闻是个误会，我听圈里人说，是裴郁被人摆了一道，但是具体怎样我没细问。吴珊妮停工了半年，这次求爷爷告奶奶砸了很多钱才拿到这个节目。所以，你也不要太介意。”

“没事，我不介意。”姜可望很大度，其实她也隐隐有感觉，毕竟吴珊妮后来丢了很多资源，那完全不像是搭上快艇后的应有待遇。把米拉送出了门，她站在屋檐下发呆，一会儿捏捏自己的胳膊，一会儿捏捏脸。不知什么时候，裴郁从楼上下来，走到她身后，双手圈住了她：“明天就走了？”

“嗯。”姜可望下意识地握住他的手臂，答得心不在焉的。他从她的头顶慢慢亲到耳朵，咬了一口：“非要接这种节目。”尽管已经被她安抚过，但只要一想到接下来的一个月里，大部分时间不能见到她，他心里就不太舒服。

“这边也给你咬。”她转过头，把另一边耳朵凑向他，好让他出气。

姜可望刻意睁大眼睛时的样子既无辜又冒着傻气，让人看了就想蹂躏。裴郁的声音又变得沉沉的，他暧昧地咬着她的耳垂：“这不够。”他顺势把她抱起来，回了卧室。

意乱情迷之际，她想起了一件事：“我胖了吗？”裴郁的嘴角牵起了一丝笑容，修长的手指探进她衣服里，单薄的衣料下突起了他指节的轮廓：“不许再瘦了。”

次日一大早，尽管依依不舍，他还是送她去了机场。临进航站楼前，看着她那副没心没肺的模样，他还不忘叮嘱：“有事就给我打电话。”从拍《如烟》之后，她就极少再向他哭诉辛苦，他反倒不太开心，总觉得少了些什么。

“手机要被没收的，打不了。”姜可望摸摸鼻子。他才想起来，眉头当即皱紧。她赶紧安抚他：“不过，我偷偷准备了两部手机，交一部，藏一部。”

“那你小心点，别被发现了。”裴郁的脸色这才好了些，他想了想也觉得好笑，“怎么老是耍小聪明？”这种小聪明很符合她以往的作风，搬不上台面，实在不值得鼓励，但不得不说，他很受用，嘴上批评了两句，还是搂住她亲了好几下。

姜可望见他笑，自己也很得意，不过这种得意仅仅持续到抵达目的地，被节目组的专车送进训练营。还没到上交手机的环节，她就发现，这个荒凉偏僻、鸟不拉屎的地方连一格信号都没有。

“我到了，想你，亲你。”红着老脸写的短信，点了发送后，一直转着圆圈，挣扎了半天，最终显示“发送失败”。

“可望，按照规定，我得走了，一周后见哈，跟队友们好好相处。”

米拉挥挥手就闪回车上，溜得比兔子还快。

夹杂着黄沙的冷风呼呼地吹，刮过姜可望娇嫩的脸蛋，她站在荒郊野岭，发了好一阵愣。但不管怎么说，这节目是自己选的，哭着也要录完。姜可望没有挣扎，把两部手机都交了，整队集合以后，也听话地去卸了妆，洗了脸。

“你妆卸干净了吗？皮肤怎么这么好呀？”站在身边的女孩卸妆前后相差太大，姜可望差点没认出来她就是吴珊妮，她追着姜可望问了一连串问题，“你用的什么牌子的护肤品呀？”

“不许交头接耳！”听到她们窃窃私语的教官严厉喝止道。吴珊妮立马住嘴，摆好了立正的站姿。她们为期一个月的训练由此开始。

训练确实很苦，苦得超出了姜可望的预期，毕竟是正儿八经地入伍，跟她的大学军训完全不是一个级别的。虽然说这次节目安排在冬天录制，省了不少防晒的麻烦，但是大冷天顶着寒风在室外跑步拉练，还是很难让人吃得消。再加上全程以素颜示人，还要在泥巴里摸爬滚打，平时在镜头前都美美的女明星们心态都有点崩。

才录了两天，夜里收队后，吴珊妮就在宿舍里大哭了一场，号啕声把其他几个的情绪也感染了，纷纷哭了起来。姜可望抱着枕头坐在上铺，瞠目结舌地看着她们。过来查房的宿管吓了一跳，一一安抚了一遍，最后来到姜可望的床前：“可望，你没事吧？”

“没事没事。”她摆摆手，“你去哄她们就好。”

姜可望的心理素质还不错，但身体素质就未必了。连续吹了几天的冷风后，她一不留神就染了感冒，但节目照录，她只能边吸溜着鼻涕边在风中站军姿。夜里鼻塞睡不好觉，她坐起来，在床上连续用完了一大包纸巾后，依然眼泪鼻涕直流，她只能爬下床，想出去找宿管再要点纸巾。她摸索着拐出走廊，尽头有亮光，宿管站在那里，正跟一个高个男人说着话。

姜可望的脚步慢下来，他们已经听到了动静，朝她这边看过来，那男人一见到是她，就走了过来。

“别哭，别哭。”裴郁看到她这样，也顾不得什么了，匆匆走过来，心疼地把她的脑袋往怀里摁，“我来看你了。”

此情此景，姜可望也很感动，鼻子泛酸，觉得有必要抱着裴郁大哭一场。可是等等，谁哭了？而且当着节目组的人的面就抱上了，这算怎么回事，能不能注意点影响？

姜可望的头发被揉得一团乱，加上鼻塞，被他揉得脑袋晕乎乎的，推也推不开，只能抓住他的袖子摇：“没哭、没哭。”然而嗡嗡的鼻音没什么说服力，尤其是说完后，她还用力地吸了一下鼻子。

“笨蛋。”裴郁听得更心疼了，刚要低头亲一亲，她一个惊天大喷嚏就打了出来，在场三个人齐齐目瞪口呆。姜可望一眼看见裴郁衬衣上亮晶晶的不明液体，求生欲极强地拔腿就跑。

“姜可望，你站住！”裴郁回过神后吼了一声，迈开腿跟上。腿长是个优势，他捉她就跟逮小鸡似的，没跑几步，她就被他堵到墙角，被他一把拎住了衣领。裴郁瞪着她，没好气地问：“跑什么？”

姜可望捂着鼻子，眼泪哗哗地掉：“我要去找纸巾……”

裴郁把她拎回了车里，听到她在旁边一声比一声夸张地擤着鼻涕，自己也抽了两张纸，把衬衣上的不明液体擦了擦。他边擦边斜眼往她那边瞅了瞅：“怎么感冒了？”

“流了汗，吹了风。”好不容易擤干净，姜可望才扭过脸来对着他。她鼻头红通通的，眼睛也红，活像只兔子。裴郁看见她这样就没了脾气，把她拉过来搂住：“你这样让我怎么放心？别录了，我带你回家。”

“啊？”这可不像是裴郁能说出来的话，姜可望感觉自己感冒以后，脑子也烧糊涂了，正常不应该是她耍赖说不想录吗？然后，他再苦口婆心地教育她："姜可望，违约金是小事，人要有契约精神，自己签的合同就要履行。而且，你一个人中途放弃，其他人的努力也会因为你白费了。"

"怎么能不录呢？都坚持四天了。"姜可望很有原则地吸吸鼻子，"就再坚持一下吧，一周休息一天，还有两天。"明明现在吃苦的人是她，到头来反倒是她来讲这个道理，姜可望作为一个病人，有点搞不懂。裴郁陷入了沉默，贴近她抱得紧了些，脸颊挨着她的脑壳，不知道心里在想什么。她正奇怪着，忽然听到他幽幽地说："你刚才不是在哭啊。"

"啊？"姜可望眨眨眼睛，怎么，他现在才反应过来？

"没哭啊，我可坚强了。"提起这个，她倒来了劲，很得意地说，"你是没看到，那几个女生哭得稀里哗啦的，就我什么事也没有，他们都夸我来着。"只是，她说起这些，他好像不但没有感到欣慰，还来情绪了。

裴郁冷漠地回应了她一声："哦。"

"你怎么了？"姜可望捧起他的脸，想到自己的爪子刚才还擦过鼻涕，又讪讪地放下来，"怎么不开心啊？"

"没有不开心。"一听就是不诚恳的语气。姜可望自我反思，想来想去，又道："是因为我弄脏你衣服，生气了吗？"他没有回答，她也不介意，左顾右盼着，注意到窗外倒退的夜景，又问起来："我们这是去哪儿呀？"

"附近有家酒店。"这一次他应声了。姜可望便笑着挂到他身上："对了，你怎么会来？不是说好休息日再来看我吗？"《英雄归来》的训练分四个兵种，每个兵种的录制时间是六天五夜，留一天作休整。姜可望没有丧心病狂到连这一天都要米拉给她安排活动，还是都留给了裴郁。

“打不通你电话，我担心你，就提前订了机票。”裴郁说。就怕她吃不了这个苦，没有认识的人在身边，又联系不到他，只能一个人蒙在被子里哭，裴郁一想到那个画面，心就稀里哗啦地碎了一地。然而他来了才知道是自己想多了，她连感冒了都乐呵呵的。

他的声音闷闷的：“看来你好像不怎么需要我。”

“怎么会呢？”她终于知道他在别扭什么了，脑袋挨着他蹭啊蹭，“你来了，我好高兴，其实我是不好意思，才说感冒的。这里手机没有信号，不能打电话给你，我每天都想你想得哭鼻子。”呵，鬼话连篇。裴郁心里别扭了一阵，看着她红红的鼻头，还是没忍住心软下来，抱着她的脑袋摸了又摸。

姜可望心里很暖，那一次在北欧录真人秀，跟她住一个房间的阮棠就总是被男朋友偷偷接出去，她不知道有多羡慕。虽然现在她不像那时那样一味地依赖裴郁，但这件事是一个小小的心结，留在她心里，这次他来找她，就仿佛解开了她的心结。

可是开心没多久，跟别人的男朋友对比着，她又总觉得哪里不对劲。同样是违反剧组规定，人家要偷偷摸摸的，随时担心会被发现，裴郁怎么光明正大地当着宿管的面把她带走了？

“去酒店没关系吗？”姜可望不懂就问，“合同上写明了不准擅自离组的。”

裴郁不以为然地道：“说好了就不算擅自了。”

“你怎么说好的啊？”姜可望问完，见到他脸上的笑容，才知道自己问了个愚蠢的问题，他在圈内认识的人还少吗？用几次特权还是不在话下的。可是，知道他是利用了特权，一路畅通地来接走了她，她又觉得有点不是滋味，这也太轻松了吧。于是，刚哄好了闹情绪的裴郁，她又闷闷不乐起来。

“你下次低调点，偷偷来看我，别让节目组的人知道。”姜可望说。裴郁不解地问：“为什么？”他以为她是担心他们的关系会被曝光，解释道：“只有导演和宿管几个人知道，他们不会乱说的，别人问起来，就说你去了医院。”

“我不是说这个。”姜可望也不知道该怎么说，“反正，你就得偷偷来……嗯……”对付另一半莫名其妙的别扭，裴郁显然比她有办法得多，他直接用吻堵住了她的唇。生了病的人容易变得反应迟钝，姜可望被吻了好一会儿，才找回一点残存的意志，把他推开，喘着气道：“我感冒了，会传染给你的。”

“那就传染给我。”裴郁张开手指放在她的后脑勺上，然后轻轻一按。这样的缠绵让人丧失理智，她又象征性地挣扎了几下，便放弃了抵抗，沉浸在他温柔的吻里。剩下的路程，她软绵绵地倚在他身上，什么话也说不出来了。

“刚才我们说到哪儿了？”裴郁捏着她的手腕，关心起她那阵奇怪的情绪化来。对啊，刚才说什么来着？姜可望费力地想，一想就头痛，她这感冒来得有点严重。

两人住进酒店后，有人送了药过来。洗过澡，裴郁烧了开水，给她灌下一大杯热腾腾的感冒冲剂，她出了一头汗，接着就被他抱上床，裹上厚厚的被子。

她小声地抗议道：“热……”

“出点汗，病就好了。”他关了灯，微凉的身体贴着她，不让她乱动，“乖，我陪你。”她便晕晕乎乎地被他抱着，睡过去，偶尔热得醒过来，还是被他抱得紧紧的。

姜可望是被裴郁摸着脑门醒来的。天微微亮时，他试了试她额头的温度，她便醒了过来，迎着微弱的晨光，他看她的眼神柔软得一塌糊涂。他问：“好点了没？”

“好多了。”这一觉睡得真是好，鼻塞引起的头晕和不适感也消失了，姜可望坐起来，感觉空气异常的清新。去冲了个热水澡之后，她感觉自己彻底活了过来。

“凡事量力而行，别那么拼，身体重要。”送她回剧组的路上，裴郁千叮咛万嘱咐。

“知道了。”姜可望早已生龙活虎，她扒着窗口看外面的风景，来的时候没有留意，这边的景色这么好。裴郁见她神采奕奕的，也放心了些，车开到离军营稍微有点距离，他便让司机停车：“去吧，晚上我来接你。”

姜可望就要推门下车，他又叫住她：“等等。”他摸着下巴思考了一会儿，跟她说：“你晚上出来的时候小心一点，楼下有人值班。”姜可望茫然地“啊”了一声，摸不着头脑。裴郁提醒她：“不是说要低调，不让人发现吗？”这确实是她昨晚自己要求的来着。

姜可望恍然大悟地“哦”了一声。他说：“那我到时候在这里接你。”没毛病，要想不被发现，确实就得这么做。姜可望点点头，又挠挠头，然后下了车。

她的感冒怕是还没好透，路走到一半，她才反应过来。合着要想偷偷摸摸，其实折腾的还是她自己啊，裴郁反而省了不少事，只要远远地等着就好。所以，她昨晚到底在跟裴郁矫情什么？

姜可望回到宿舍的时候，姑娘们刚起床，准备出操，见到她从外面回来，便问：“可望，你昨晚在外面住的？”

“去医院打了点滴，太晚怕吵醒你们，就没回来了。”姜可望冲她们扬了扬手里的药袋。她感冒这两天闹鼻塞确实没消停过，她们便没放在心上，一起下楼去训练。

病一好，再加上适应了训练强度，姜可望在镜头前简直是状态全开，一天下来，她女子力大爆发，带着她们的小分队超额完成了任务。几个队友再看她时，眼神都变得不一样了。晚上熄灯后，宿舍里的人头一次没有纷纷倒头就睡，一个个裹着被子跷着腿聊起了天。一开始，话题都是围着姜可望转："可望，你是不是刚拍完周思凡的电影，他那个人怎么样？"

这种问题还是不要轻易接腔，姜可望答得很简单："很不错的人啊。"

"是吗？我听说他在片场特别凶，不好相处，还很小气，从来不请客，不然他怎么会跟白羚和周梦琪这些老搭档都闹翻了呢？"吴珊妮兴奋地说起了不知从哪里听来的小道消息。

姜可望笑了笑，答道："我不了解，但我拍戏的时候，白羚和周梦琪都来片场探过班，你听谁说的？"

"啊，周梦琪去了吗？"睡她对面的陆雅君立刻坐起来，"怎么样，他本人是不是超有魅力？我最大的梦想就是跟他搭戏！"

几个女生年龄相仿，都是看着港岛老电影长大的，一提娱乐圈里那位老牌影帝，就叽叽喳喳地说个没完。聊完影帝后，她们又聊起了在剧组拍戏时的各种经历，再抱怨了几句不尽职的助理。女艺人之间的话题聊来聊去无非就是那些，聊完工作，又聊衣服和包包，再就是感情问题。

姜可望打了个哈欠，本来还想趁她们睡着了偷偷溜出去，不知道这卧谈会还要开到什么时候。每个人都被里里外外地八卦了一遍，最后轮到了姜可望："可望，你有男朋友了吗？"

"没有。"姜可望说这话一点不带心虚，因为裴郁已经不算男朋友，是正儿八经的老公，她这也不算撒谎。答完，她就琢磨着该怎么尽快友好地让谈话结束，劝大家快点睡觉。

“咦，我记得你跟许昊臻的‘榛子可可’情侣档超火的，你们没在一起？”陆雅君惊讶地问。这是个太久没人提起的名字，姜可望更惊讶于还有人记得这门子事，但她还是那句话：“没有。”

“好吧。”本以为可以挖出点料，一时间大家都很失望。也亏得她答得无趣，女孩们的热情骤然经过了一个小滑坡，下降了不少，意兴阑珊地又聊了点别的，便纷纷表示要睡了。姜可望趴在床上，静静地等着她们一个个都没了动静，才小心翼翼地爬下床，蹑手蹑脚地开了门。

“可望……”一只脚刚迈出去，身后就有人小声叫她，她一回头，见吴珊妮从床上探出头来，“你去厕所啊？等我，等等我。”姜可望在心里暗叹一口气，只能打起精神站在原地等她下来。两个人结伴上过了厕所，又往回走，姜可望实在不想再爬上爬下折腾一次了，便停下了脚步：“珊妮，你先回去吧，我要抽个烟。”

“抽烟？”吴珊妮脸上闪过一丝异样，很快就换成了欣喜，“我也要我也要，一起！”她的音量没控制好，在安静的深夜里显得格外聒噪。姜可望头皮一紧，竖起手指：“嘘——”

“哦哦，嘘——”吴珊妮直点头。姜可望还是犯了难，尴尬地摸摸睡衣口袋，她刚才就是随便找个借口，早就不碰那玩意了，怎么变出一盒烟来。

“我忘了带了。”她只能硬着头皮睁眼说瞎话。

“没事，我回去拿，我也有。”吴珊妮的兴致丝毫不减，她转身就一路小跑着溜了回去。吴珊妮很快就拿来了烟和火，并递一支给姜可望，姜可望拿在手里，心情复杂地转来转去。这真是偷鸡不成蚀把米，没支走吴珊妮就算了，抽了烟再去见裴郁，她会被打死吧。好好的说什么抽烟啊？现在的女艺人十个有八个都是老烟枪。她正纠结着，吴珊妮已经点上了烟，对着夜色呼出一大口烟雾：“对了，你没男朋友，我介绍一个给你啊。”

“不用了吧，我现在不考虑这种事。”姜可望很无奈地摆摆手。

“事业为重是不是？”吴珊妮来了劲，“我跟你说哦，我介绍的这个虽然没有许昊臻红，但是他在圈里有很多资源，绝对能帮到你。”

“既然这么优秀，那你自己怎么不要？”姜可望朝她笑。吴珊妮愣了一下，也笑了起来，不好意思再往下说，她假装看了会儿风景，转移了话题：“哎，你怎么不点烟啊？我来。”她拿过刚塞给姜可望的打火机，点起了火。

“那个，我突然有点不舒服……”姜可望刚要推辞，一个严厉的声音把她们喝住：“你们在干什么？！”两个人同时回头，就见宿管正站在旁边的楼道口瞪着她们。吴珊妮手一抖，带着火星的烟掉落在地上，弹起好几颗火星，她急忙用脚去踩。

“几点了？还不睡觉，在这儿抽烟。”宿管走过来，看清她们两个人的脸，“吴珊妮，姜可望，立正！”姜可望乖乖站直，吴珊妮哭丧着脸认错：“对不起，小张姐姐，我们再也不敢了。”

“好好的女孩子抽什么烟？站好！”看来这一次裴郁真的没来打点，宿管公事公办地训了她们一通，没给半点宽容，没收了烟和打火机后，就让她们滚回去睡觉。

姜可望等人都睡着了，再偷偷从宿舍里溜出来，已经是半个小时后的事。她小心翼翼地绕过宿管站，从楼道里探出头，张了张嘴。这偷偷摸摸的难度，比她想象中要大太多了吧。摄像组居然还有人没睡，在不远处架着摄像机，更远一点的地方也有人来回巡逻着守夜。

昨晚裴郁是怎么把她带出去的？姜可望踌躇了半天，很想干脆回宿舍直接睡觉算了。可是裴郁还在那边等她，他们没有联络工具，万一他等她一晚上怎么办？姜可望只能自作自受，边想着办法，边左顾右盼地寻找偷跑出去的机会。终于瞅准了一个机会，摄像组转移了拍摄地点，把摄像机撤走了，她猫着腰往外挪了两步，打算绕过巡逻的人的视线，跑出去。她还没走出多远，肩膀就被人拍了一下。

“是我。”她差点失声尖叫，裴郁一把捂住了她的嘴，把她拖到旁边的树后藏好，才把她转过去让她看自己的脸。姜可望被吓了一跳，发现是他，崩溃地抱着他不愿意撒手。好不容易缓了缓，她才松开他，拍拍胸口：“你怎么来了，不是说在那边等我吗？”

“你笨得要死，我不来，你出得去吗？”裴郁忍不住戳了戳她的脑门。

“我差点就出去了。”姜可望嘴硬。

裴郁指了指那边的大门：“那里还有门卫，闸门上有摄像头，你怎么出去？”她便没了声，垂下脑袋。这时他在空气中嗅了嗅，循着味道，鼻尖凑到她头发上。姜可望知道他在闻什么，连忙摇头：“我没有，是别人抽的。”

他不说话，抬起她的脑袋，贴住她的嘴唇。在这种时候、这种地方，两人兴致还挺高地接起了吻。唯恐被人发现的小心思，给人的生理和心理都带来极大的刺激。

“走吧。”放过她后，他牵起她的手，带着她往另一个方向走去。他们绕过宿舍楼，这个地方她还没来过，一片荒凉，他们贴着围墙没走多远，就到了一扇小门前。裴郁轻轻一拉就开了门，带着她走出去，再伸手把那小门关好。姜可望顺利坐上了车，还觉得很不可思议：“你是怎么知道那里有扇小门的？”

“因为我问了宿管。”裴郁很淡定地说，“是我让她留扇门不要锁。”姜可望听得一呆，费这么大劲偷跑出来，原来人家都知道啊。那到底是在折腾什么？她不由得陷入了深深的自我怀疑。

“以后你就从那扇门出来，要是一个人走害怕，我就每次都在那棵树后等你。”裴郁没注意到她的情绪变化，搂着她，还在自说自话。想一想，她想体验偷情的乐趣，那他就顺着她，安排好一切陪她玩，很贴心了。直到挂在他脖子上的手慢慢放下，裴郁才抬起头：“你怎么了？”

“没事。”姜可望眨眨眼，努力让自己保持淡定，“你以后还是直接来接我吧。”裴郁沉默了一会儿，问：“不用偷偷的了？”声音听起来还有淡淡的失落。

“不用了。”姜可望摇摇头。他把她转过去，看着她眼睛确认她是不是认真的。裴郁揣摩着她的心思：“是不是觉得不够刺激？”姜可望意外地“啊”了一声，她好像从他的眼神里品出了一点意犹未尽的意思。他思忖了一阵子，又道：“要不然下次我带你翻墙出来？”什么鬼，怎么他反而玩上瘾了？

姜可望回忆了一下刚才那围墙的高度，依稀记得墙上还插着碎玻璃片。

“不用，真不用了，对不起，我错了。”她直接认错，举手投降。

“哦……”裴郁便没有再问，只是这个“哦”字的尾音拖得很长，颇有种怏怏不乐的失望感。在宿舍耽误了不少时间，回到酒店时，时候已经不早了。姜可望困得很，脱了衣服扑上床，倒头就睡。脑袋刚沾上枕头，就被一只手托起来，裴郁轻轻的声音拂过她的耳朵：“今天还有没有哪里不舒服？”这声音有些暧昧，让她产生了不好的预感，她只能含含糊糊地敷衍：“有哎……”

“哪里？”他的手摸到她的额头，“这里吗？”

“嗯。”她闭着眼睛，想就这么蒙混过关。他的手却下移了几寸，摸在她的脸颊上，她微微睁开眼，还没看清他的表情，他又往下移了一截，握住她的心跳。

“这里呢？”他的嗓音近乎沙哑，昨晚他忍得够难受了。

姜可望怀疑自己的感冒真的传染给了他，因为他身上烫得吓人。忘了什么时候从床上转移到了浴缸里，她昏昏欲睡的时候，他帮她洗了头发，把她抱回床上，用最小档的风速慢慢为她吹干头发。

次日早上，姜可望是被直接送到营队门前才下车的，她也没扭捏，当着门卫的面就走了进去。一路上她没遇到什么人，路过宿管站的时候，倒是撞见了里面的宿管。对方看着她，只是轻咳了一声，什么也没说，便转过身假装倒开水，睁一只眼闭一只眼把她放了过去。

陆雅君一见到她就问：“可望，你昨晚又出去住了？”

“没啊，”姜可望装傻，“我就是睡不着，早上醒得早，出去溜达了一圈，没吵到你们吧？”这个借口，在北欧的时候，那个溜号惯犯阮棠经常拿来用。

对方果然被唬住了，点点头道：“你感冒刚好，要注意休息啊，要不要让医生开点安眠药？”姜可望应付了几句，便和大家一起下去出操。

这一天是第一周训练的最后一天，吃过午饭，嘉宾们就会被各自的专车接出去，享受一天的假期。所以，每个人的兴致都异常高涨，短短一上午过得飞快，一转眼就收了队。姜可望早早吃完午饭就回了宿舍，走廊上静悄悄的，她却不是最早吃完的那个，走到宿舍门前，她听到里面有人在说话。

“我没看错，就是裴郁，是裴郁哎。”熟悉的名字从别人口中说出来，姜可望顿住脚步，站在门后，没进去。没听错的话，是吴珊妮的声音。这不禁让姜可望联想起半年前那次绯闻事件，她左右看看，见没有人来，便竖起耳朵仔细听。似乎是吴珊妮的经纪人在里面，痛心疾首地说："大小姐，你在想什么，是不是他关你什么事啊？"

"可是，他怎么会来这里呢？"吴珊妮完全没被打击到，依旧喜滋滋地道，"会不会是来看我的？"

裴郁已经来了吗？姜可望站在外面摸着下巴，她倒是没见到，一会儿去找找。吴珊妮的经纪人啐道："他来看你？这半年你都没工作，是谁的功劳？好了伤疤忘了疼。"里面安静了片刻，吴珊妮才说："那次确实是我做错了嘛……都怪老方，说什么让我把握机会，谁知道他就算喝醉了还能坐怀不乱啊？我也没想到会被记者拍下来啊。"

原来是这么回事，姜可望思考着，慢慢把她的话跟自己对那件事仅有的一点印象串联起来。吴珊妮又道："哎，你说他会不会是因为不喜欢女明星才拒绝我的呀，不然干吗让人把我的工作都停掉？现在我一复工他就找来了。"她的经纪人听得冷笑不止。

"不是吗？那他来干吗的，找我麻烦？"不知道为什么，吴珊妮说这句话时莫名很享受。经纪人吼她："你够了没？赶紧收拾东西，要走了。"

姜可望靠着墙吸了口气，她也该走了，再听下去迟早会被发现。她轻手轻脚地往回挪着脚步，等走远了，才快步跑向楼梯。偷听让人变得格外胆小，一转角见到裴郁，就仿佛撞到了鬼，结结实实吓了她一跳。

"你怎么……"她刚说了三个字，他高高的身影就站在了她面前，挡了一半光，惊得她后退了好几步。大白天的，这里人来人往，他就敢找上来，胆子可真大。他笑了笑，走上前，牵起她的一只手："怕什么？都在楼下合影。”

“可是……”还有人在宿舍里，随时都会出来呢。姜可望半截话没说出来，堵在喉咙里，他拉着她的手往自己身上一带，低头对着她的嘴唇浅浅印下一吻。

“去把东西拿出来，我们该走了。”裴郁这么说着，将手掌放在她的后脑勺上，一下一下地抚摸她的头发。他还有心思调情，她可是紧张得心脏都要蹦出来了，她推了推他：“你去车里等我。”

“那我先下去。”裴郁这回破天荒地好说话，只是磨叽得很，他站在原地，没急着走，“我的车停在你们食堂旁边的停车场上，我会让司机打双闪，车牌尾号是8A。”

姜可望把他往下推：“知道了，知道了。”他又边走边回头，她不得不踮起脚在他脸颊上啄了两口：“快去，我马上就来。”

裴郁终于没再一步三回头，很干脆地走下楼梯。她赶忙转身折回宿舍门口，偷偷探出头，先往里面瞟了一眼。屋里静悄悄的，吴珊妮在收拾东西，她经纪人则坐在一旁玩手机。还好，没被发现。姜可望若无其事地推门而入，吴珊妮抬头看到是她，便问：“可望，你吃过了？其他人呢？”

“吃过了，她们在下面合影，你要不要也去看看？”她心虚地走到自己的座位前，把行李箱从柜子里拿出来。

“嗯？那我现在就去。”吴珊妮把箱子一扣，提起来，“好了，走了，可望下周见。”

“下周见。”姜可望目送她们两个人一前一后走出宿舍，总算松了口气。她的东西不多，只带了些日用品和换洗的衣物，没花多长时间就收拾好，提着下去，找到了裴郁的车。

司机下车接过她手里的东西，往后备厢里放，她站在车门前，冷不丁想起来一件事："噢，对了，我忘了拿手机，你再等等我。"她冲回宿管站，签了字，领回了两部装在密封袋里的手机，又匆匆忙忙往车那边赶。

"可望，可望！"远处一群人还在合影，发现了她，把她叫住，她挥了挥手。

"就差你了！"她们太过热情，姜可望也不好意思拒绝，不然多少显得不合群，便走过去，跟着拍了几张。她好不容易找了个机会脱身要走，身边又跟了两条尾巴。

"可望，接你的车来了呀？"好巧不巧，吴珊妮也要走，接她的车好像也停在食堂旁边的停车场。吴珊妮的经纪人突然开口问："姜小姐身边怎么没个助理啊，经纪人呢？"米拉倒是想来，只是有裴郁在，她再来好像也没什么意义，次数一多，索性把这点时间用在做别的事上了。姜可望微微笑笑，不便多说："来了的，在车上等我。"

"噢……"对方经纪人点点头。几人说着话，走到了停车场，姜可望朝她们道了别，便往裴郁的车前走。司机已经下了车，为她拉开了门。裴郁在车里对她笑："快一点。"她迈开腿就准备上去。

"哎，对了，可望。"吴珊妮突然朝她跑过来，她几乎是第一时间做出了反应，用力把车门摔上。"砰！"夸张的一声响，让吴珊妮的脚步明显一滞，不过吴珊妮还是慢慢走到了她面前："咱们加个微信吧？"

"哦，好……"姜可望心有余悸地把手机从防尘袋里拿出来，开机。漫长的等待过后，她盯着左上角空白的信号格，才想起来："这边好像没信号吧。"

"噢，对哦。"吴珊妮也意识到这个问题，不好意思地哈哈笑，"那下次。"

姜可望也跟着尴尬地讪笑：“珊妮，那我先上车啦。”

“嗯。”吴珊妮点点头。然而，她站在车前，好奇地盯着车窗的黑色玻璃，迟迟不走。玻璃是单面，从外面看不清车内的景象，虽然知道是这样，但这场面已足够吓人，姜可望往旁边挪了挪，假装不经意地挡住了车窗。她的心狂跳不止，难道吴珊妮看出什么了？

吴珊妮的目光被截住，便在她身上扫来扫去，她只能回以微笑，只是假笑的时间一长，脸上的肌肉怪酸的。吴珊妮突然问：“可望，你这不是节目组安排的车吧？”

“嗯？嗯。”姜可望的声音明显有点虚。

“你在这边也有自己的车呀？”吴珊妮围着车走了几步，慢悠悠地绕到车尾，打量着车标，“是 GL450 吧，这车还不错，我最近也打算买一辆来着。”

姜可望努力让自己沉住气：“是借朋友的，我也不认识型号。”

“看来你朋友很多。”对方勾起唇，又走到她身边，“对了，你还不上车吗？”

“噢……那我走了，回见。”姜可望又一次跟吴珊妮重复了道别的流程，在她的注视下，犹犹豫豫地握住车门的把手。“咔”的一声，手指上传来微弱的震动，姜可望睁大眼睛，是裴郁从里面打开了门锁，还试图把门往外推，情急之下，她只能暗暗地按住门。心脏快要跳到嗓子眼，她正不知道该怎么办才好，不远处吴珊妮的经纪人不耐烦地喊了一嗓子：“珊妮，要走了！”

“马上来！”吴珊妮随口应了一声。她经纪人走过来，拖着她的胳膊就走：“真是一点都不着急，飞机都要赶不上了。”

“姜小姐，不好意思啊，我们先走啦，改天再聊。”经纪人向姜可望赔笑脸，她顺势挥挥手。

“啊，可是……”

吴珊妮愣着回了几次头，又立刻被她经纪人拖着走了几步：“行了，有什么事后天再说。”

直到看着她们离开，姜可望才毫不犹豫地拉开了车门，生怕她们又折回来，闪电般钻进去。她惊魂未定地拍了拍胸口，下一刻那只手便被身边的人捉去，握在手里揉了两下。裴郁握着她的手，跟司机说：“开车吧。”车轮缓缓驶出车位，他侧过脸告诉她：“你不用那么紧张，就算被人看见，也没人敢往外说的。”

“还有半个多月要一起录节目，让她知道了不太好。”她说这话时又看了看后视镜。吴珊妮的车就在后面缓缓跟着，一起过闸，驶出了大门。她还想再看，他把她的脑袋捞过去，手指不经意地挡住了她的视线，然后对司机说了声：“开快点。”

“好的，裴先生。”两辆车一前一后过了几个路口，各自开往了不同的方向。姜可望这才放心了些，抱住裴郁的一侧手臂，贴着他说：“好险，差点就被发现了。”

“那么不想被发现？”语气还是比较轻松的，他半开玩笑地捏着她的下巴，“打算把我藏到什么时候？”

姜可望没防备地仰起脸望着他：“你想公开啦？”

这种话题，从前周思凡跟她聊过，她当时还没有深入想。她跟米拉虽然没有正面地讨论过这个问题，不过米拉的态度好像还是希望她能晚点公开，就算公开，也不要生孩子。姜可望稍微想了想，觉得头痛，就搁在一边了。她从未想过，如果有一天裴郁向她提出来，她要怎么回答。

裴郁不置可否，掌心托着她的脸颊，手指摩挲两下，往下探去，伸进她衣领里，握住了她的脖子。他的手指微凉，她不由得缩了缩，那手指便弯了一下，拎出了挂着戒指的红线。银色的铂金上残留着她胸口的温度，他拿在手里，修长的手指把玩了一阵，然后执起她的左手，戴在她的无名指上。

“嗯？”线一头挂着脖子，一头缠着戒指，姜可望只能抬着手，不知所措地看着。

“反正明天不用出镜。”裴郁把线从她脖子上拿下来，她随着他的动作低下头，听到他说，“不用担心被看到吧。”

“噢，那好。”反正这也不是一个为难人的要求，她笑了笑，凑过去亲亲他的嘴唇。她再看看他的左手，牵了过来，两枚戒指比在一起。他指节匀称，肤色比她的稍微暗一点，是象牙色，平时没特意对比过，这样一看，她的手在他面前显得好小一只，粉粉嫩嫩的。她看了没一会儿，他的手就翻转过来，与她十指相扣。姜可望又笑笑，这回带着点羞涩。她突然道：“好像好久没去看过我妈了。”结婚以后，她一直忙碌，还没时间回家。

“想家了？”裴郁吻她的头发，“录完节目带你去好不好？”

“我不是这个意思。”她瞳孔里有光芒，亮亮的。她只是想到，他们现在的状态跟从前很不一样，到时候再见母亲，应该是什么样的心情呢？

第一次带裴郁回家，是源于向他索取的一个奖励。那个时候，他们之间还是难以放在台面上的关系，她提出来的时候，都没有想过他会答应。但裴郁就是答应了，还准备了礼物，以晚辈的姿态随她上门，拜访了她的母亲。母亲那天很高兴，问他这个，问他那个，他都一一作答，没有丝毫不耐烦。她说话的时候，他就认真地看着她的眼睛聆听。

第二次就是跟裴郁分手后，回家的那次了。那两次，姜可望的心都是虚的，她觉得自己骗了妈妈。而现在，这谎言说着说着，竟成了真的。她握着他的手，心里恍然有了答案。

“公开的事再等一等好不好？我跟米拉商量商量，看怎么公开比较好。”她说完，却迎来久久的沉默，一直等不到他的回应。他不该高兴吗？姜可望抬头瞧他时，发现原来他在努力绷着脸，嘴角却已经扬上去了。很少见他这个样子，她忍俊不禁：“干吗，不乐意呀？那就算了。”

他别过脸，但耳朵旁牵动的肌肉出卖了他。姜可望伸出手想把他的脸转回来，但怎么都转不动，刚要放弃，他就回过了头。

“姜可望。”额头抵着额头，他严肃地叫她，语气有些吓人。

“啊？”她的眼睛眨了又眨。他垂下眸子，他做这个动作的时候又变得十分温柔。她一下子就猜出他要做什么，便闭上眼睛，任由他的嘴唇贴住自己的唇。两人还在车上，不能吻太久，不然没法收场。

两个人没羞没臊地缠绵了片刻后，放在座位旁的手机响了起来。姜可望便推开他，红着脸拿起手机看了一眼，是手机有信号了。在山里过了几天没手机的日子，她感觉自己都快跟现实社会脱节了。在一长串未读消息里，躺着一条姜建国发来的信息。她诧异了一下，刚换号码那会儿，她的收件箱倒是没少被他轰炸，但自从他出事以后，她就再也没有收到过他的任何消息。

信息里没有任何文字，只有一张照片，背景似乎是哪家疗养院，姜建国坐在石凳上，对着镜头笑，一只手抬起来，比了个“V”。不知道他的病情现在怎么样了，他穿得比以前落魄，头发也白了不少，然而脸上洋溢着笑容，像阳光洒了满脸。姜可望的手指按在“删除”上，停了很久，却按不下去。

“在看什么？”裴郁察觉到她的异样，凑过来看。发现她在看什么后，他没有说话，只是揽着她的肩，在她头上蹭了蹭。最终她没有删掉照片，直接退出了那条信息，装作什么也没发生，看起了别的。

裴郁没带她去前两晚住的酒店，车上了高速，两个小时后，驶上了一座度假岛。度假酒店做了清场，只留了几个信得过的员工做侍应。周六的下午，庭院里静悄悄的，他牵着她的手走进他们住的小楼，难得不用刻意避着别人的眼光。放下包，她还没来得及伸个懒腰放松放松，米拉的电话就急吼吼地打过来："在哪儿？怎么样？你跟裴郁没被人发现吧？"姜可望无奈地看了裴郁一眼，避开他，走到阳台，回答米拉的话："放心吧。"

"我怎么放心？听说他提前两天就去了你那里，还把你接出去了？不就是一个星期见不了面吗，至于吗？胡闹！"米拉一连串的话把她砸得晕头转向。

"这不是没事嘛，我让他下周不要这样了。"其实姜可望自己也有点后怕，他们偷偷见面还是有点惊险的。虽然节目组的人可以打点，但万一被娱记盯上，说不定就会被抓住大做文章。

米拉喋喋不休地说："裴郁现在怎么跟变了个人似的？他以前很理解我们的工作的，上回你去北欧还失联一个月呢，也没见他这么等不及啊，我当时让他不要去找你，也别打电话影响你，他都做到了……"

"什么？"姜可望心里"咯噔"一下，"你说什么？原来是你啊？"

第九章
两难的抉择

“什么是我？”米拉不明白她这句没头没尾的话。

那次去北欧录真人秀，裴郁莫名冷落了姜可望一个月。除了上飞机之前的一句“好好照顾自己”，之后两个人便一直处于失联状态。那也正是他们之间的合约的最后一个月，结局便不言而喻。如今时过境迁，姜可望也是朝前看的人，不可能把以前的每件事都拎出来问裴郁一遍。除了心里有个疙瘩，过去的事情也就让它过去了，她不可能一直介意。

“米拉姐，是你不让他联系我的吗？”姜可望问，“我一直以为是他自己不愿意去找我的。”

米拉沉浸在自己的情绪里，听了她的话才反应过来，问：“是我让你们之间误会了？”姜可望沉默，米拉干咳一声：“可望，你听我跟你说。”

拍第一个真人秀节目《花吃了那少年》时，姜可望进入娱乐圈已经足足两年，因为遵循“慢慢沉淀”的路线，她出演的都是一些小众电影，或者是戏份不多的配角，所以两年来，她一直处于不温不火的状态。

在这种情况下，《花吃了那少年》可以算是她入行以来获得的最好资源，整个工作室都铆足了劲为她做准备，希望她能借此一炮而红。好资源不是说有就有的，那是个关键时刻，米拉最担心的就是她会临时掉链子。要说姜可望平时的表现，其实没什么可挑剔的，那么能让她掉链子的人，就只有一个人。

“那个节目对你太重要了，播出后也确实让你爆红了不是吗？我也是想尽量稳妥点，才跟裴郁分析了利弊，让他别去打扰你，你不要多想。”米拉顿了一下，又道，“那个……之前你们分手，该不是因为这个吧？”她仔细一想，姜可望确实是从北欧一回来，就扔给了她那个重磅消息，时间线完美契合。米拉不禁吞了一口口水。

姜可望一字一句都听得清楚，明白了来龙去脉后，她的心情反而平静下来。她说：“不是。”

“那就好。”米拉松了口气，“不过，你们现在就挺好，我也放心了。可望，你的演技不错，性格也好，很适合吃明星这碗饭，我是希望你能爬上一线的。”接着，她话锋一转：“你什么都好，唯一的缺点就是太依赖裴郁了，虽然我希望你们好好的，但是，不要让你们的感情影响到工作。”

姜可望虚心地听着，说：“嗯，你说得对。”米拉见她听进去了，也颇为欣慰，又说了些别的琐事，提醒她接下来要注意的地方。她一一听着，最后说：“米拉姐，录完节目后，我有件事想跟你谈谈。”

“什么事？”米拉有点意外，随即答应了，“好的，你有什么事直接跟我讲。”

挂了电话后，姜可望趴在阳台的栏杆上静了一会儿，裴郁过来找她：“米拉说你了？”锁骨那里痒痒的，是他垂头搭在了她肩膀上。她说：“也不算。”然后，她转过身，踮起脚抱住了他的脖子。

他揉了揉她的后脑勺，对她说：“刚才王特助来了电话，爸爸现在每天都过得不错，之前记忆有点错乱，现在已经好了很多。”

“爸爸？”姜可望的脚慢慢放回去，跟他恢复了身高差。他那句“爸爸”说得格外自然，原来他们已经结了婚，共同拥有彼此的一切。

“王特助一直跟疗养院保持着联系，那边有什么动向，他都会向我报告。”裴郁说，“你想知道爸爸的情况，可以问他，不想知道的话，那这事还是交给我。”虽然她不曾向他说起过自己和姜建国之间的事，但他好像完全能理解她对父亲的态度。无法原谅，不想面对，却也做不到完全割舍。

岛上的空气很好，姜可望感冒初愈，原本还会偶尔有一点轻微鼻塞，到了这岛上，一下子就好透了。她很少这么主动地吻裴郁，吻了很久，他只是微微惊讶了几秒，便反手抱住了她。她的手滑下去，抓住了他的领带，刚要往下拉扯，就被他一把抱起来，进了房间。

姜可望再要碰他的衣扣，他垂下头，咬了她的手指一口。她的脸一下子烧了起来，还没等她反应过来，就觉一阵天旋地转，接着脑袋就挨上了枕头。他放过她的手指，转而去攫取她的唇。

用酣畅淋漓来形容这场欢愉都不过分，等姜可望找回一丝神志时，已经入了夜，透过薄纱窗帘，能看见外面亮起了温黄的灯火，泛着一圈圈柔软的光晕。

裴郁下了床，走了几步，脚踢到一团东西，那是她被扔在地上的连衣裙，他弯腰捡起来，一时站着没动。姜可望朝他手里一瞥，见那布料露出一截毛边，刚才他脱得有点急，把它撕脱了线。

她收回目光，裹着被子翻了个身，找了个舒服的姿势躺着。不一会儿，他走过来掀开了被子，帮她清理身体。她的身体很疲惫，脑子里一片平静，任由他摆弄着。后来，他躺下来，把她抱进怀里。

他的声音带着餍足后的淡淡欢喜："本来还想带你出去走走的。"她不该选择做艺人这条路的，对他们而言，连一起散步都是一件很奢侈的事情。姜可望趴在他身上，眼睛半合着，无声地笑。过了好一会儿，她才抬起眼皮，问他："当初我跟你提分手，你不生我的气吗？"

"怎么突然说起这个？"裴郁抚摸着她光滑的脊背。

她不回应，只是重复地问："生气吗？"恋爱分手本来说不清谁对谁错，如今想起来，她却觉得自己错得离谱，他对她明明一直没有变过。

过了片刻，裴郁才回答她："有点。"

她心里有点难受，是为他难受："那你为什么还要来找我呢？"明明已经干脆地点头同意，说明他也是想洒脱地放她走的吧，然而分手后后悔，又来吃回头草，这种事真不像是裴郁会做的。

"为什么？"他转过脸去，望着外面，似乎陷入了沉思，"真想知道？"

她点头："想。"他在她额头上落下一个吻，他的嘴唇很软，带着点潮湿，离开后，她的皮肤上依旧留着他的触感。

"以前我总觉得你没了我会活不下去。"裴郁说，"后来我才知道我错了，是我没了你就不知道该怎么生活。对不起……"为什么要道歉呢？

姜可望摇摇头，抱紧他："是我应该谢谢你，裴郁。"还好他来找了她。如果两人就那样因为误会而错过，她会一辈子被蒙在鼓里。那该是一件多遗憾的事啊。

姜可望抱着裴郁眯了两个小时，后来还是起来去散了步。夜色中的庭院格外幽静，鹅卵石小路旁挂满了灯盏，她裹着他的大衣，手让他牵着，丝毫不觉得冷。

两个人走着，轻轻的脚步声从交替响着渐渐变成重合在了一起，她边走边跟他说起自己上大学以前的事情。那些事大多是围绕姜建国的，她告诉裴郁，她曾对父亲的崇拜与希冀，再到后来的失望和恨。说起这些时，她的心境早已不像当初那样大起大落、歇斯底里，她仿佛是以一个局外人的身份说着别人的故事。

“你应该早点告诉我。”裴郁不说她的对错，也不说姜建国为何会做出那些行为，只是摩挲着她的手背，“还有什么事是我不知道的？”

“没有了，没了。”她笑。以后，她的快乐要属于他，难过也要属于他。

岛上的时光一晃而过，新的一周开始，姜可望早早回了营队。经过了一周的磨合，队友们之间已经熟悉起来，隐隐地形成了几个小团体，尤其是陆雅君和吴珊妮两个人，她们之间暗暗的较劲不要太明显。

姜可望无意参加这种纷争，不想被划到任何一个团体里。两边都试过拉拢她，每次得到的都是不痛不痒的回应，于是纷纷放弃，索性把她边缘化了。她乐得轻松，这样一来，也不至于每次上厕所都有人跟着。关系好的女生要一起上厕所这种事真是有魔性，原以为只有小学生会这样，没想到一群大人也要做这种游戏。

深夜里，趁宿舍的人都熟睡后，姜可望摸黑爬下了床。米拉三令五申要他们小心，姜可望一早便转达了经纪人的意思，裴郁才勉强做出让步，由原来每周来陪她两天缩减成一天。他是最后一晚来的，近一周不见，思念泛滥成灾，加上已经成了“惯犯”，在楼道里一见面，两个人就没羞没臊地啃了起来。吻到一半，一种不好的感觉在周身弥漫开来，姜可望睁开了眼睛，目光越过裴郁的头顶，聚焦在他身后的那个人身上，一时不知道该如何反应。

他发现她的分心，咬了她一口，皱皱眉头：“专心点。”

“被我抓到了！”吴珊妮一步蹦出来，声音里满满的得意，“姜可望，你胆子太大了吧，居然在这里偷偷摸摸地约会。”

裴郁立刻停下了动作，从姜可望的视角，看不见他此刻的表情，他把手放下去，握住她的臂弯。这种偷偷摸摸的事，果然都逃不过被发现的命运。躲得过初一，躲不过十五，上次在车前以为就要被吴珊妮拆穿了，结果虚惊一场，没想到到头来在这里被她撞见。

这个时候不应该慌张，姜可望从靠着的墙上直起身，把裴郁推到一旁，捋了一把头发，抬头看向那个穿着睡衣跑出来的女孩：“珊妮。”

“哎。”对方笑靥如花，往前走了几步，扶着楼梯扶手张望，“我猜得没错，你果然有男朋友，让我看看，是圈里人吗？”

姜可望试着阻止她的好奇：“珊妮，你可不可以装作没看见？”姜可望倒不是怕她出去乱说，只是，被别人发现也就算了，偏偏被她逮到，这局面就很尴尬了。

对方嘻嘻一笑，道：“不可以，谁让你瞒着我的？”说着，她踩着拖鞋就下了楼梯：“我不管，反正我要看一下是哪个小鲜肉。”她越走越近，快走到他们面前时，她刚朝着裴郁伸出手，他就转过了身。

“啊……”吴珊妮张大嘴巴，条件反射地用手捂住嘴，嘴唇抖了半天，也没叫出裴郁的名字。

裴郁云淡风轻地朝她点了点头：“吴小姐，好久不见。”姜可望上一次见到吴珊妮这样失态，还是上周教官让她直接趴在泥水坑里的时候。

“裴、裴先生。”此时，她往后退了两步，脸色都白了，“实在抱歉，我不知道可望的男朋友是你。”她快被吓哭了，亏她还幻想过他是不是对自己有那么点意思。

“你可能有点误会，我不是她的男朋友，”裴郁把姜可望拉到自己身后，“而是她的丈夫。”吴珊妮一愣，眼珠子都要瞪得掉出来了。姜可望看到她这个样子，讪讪地拉拉裴郁的袖子，莫名有一种负罪感。

“之所以没让媒体知道，是因为我们有自己的打算。所以，可不可以请你暂时保密，吴小姐？”他这话说得轻轻的，还带着气音，却掷地有声。吴珊妮猛点头，又猛摇头：“我什么也没看见。”她握着扶手，又往上退了几步：“那个，时候不早了，我先回去睡觉了。”她猫着腰爬上去，一溜烟消失在拐角处。

吴珊妮一走，裴郁便牵起姜可望的手：“先去车里吧。”这种时候应该赶紧离开捉包现场才对。她跟着他下楼，刚上车，还没说什么，他就凑过来亲她的脸蛋，并主动认了错：“是我不好，你别怕，我来处理。”

“嗯？我没有在怕的。”姜可望倒没想着怪他，刚才她也是有点情不自禁，被发现又不是裴郁一个人的责任。她只是觉得惆怅，接下来还要和吴珊妮一起录两周节目，低头不见抬头见的，好尴尬。他打算怎么处理呢？

以他的作风，无非是给封口费吧，姜可望自己也可以摆平，被人抓住了把柄，那么，反过来抓住别人的把柄就行了。但这也算不上什么把柄，因为她不是很在乎吴珊妮到底会不会说出去。她沉吟了一阵，道：“干脆录完节目就直接公开吧。”

“公开？”这回轮到裴郁发起了愣。姜可望说要公开的话，仿佛很轻松就说出来了，像在开玩笑。他将怀疑的目光投向她，车里光线昏暗，他却能清楚地看到她脸上的表情很认真，并听到她说：“公开啊。”

“你不愿意啦？”她又问了一句，他才反应过来。

裴郁无意识地笑了，抱着她好半天，才想起来担心她会不会反悔：“你想好了吗？”她点点头，本来还打算等一等，看看有没有合适的时机的。

吴珊妮这一搅和，无形中让她心里又坚定了一分。再加上刚才裴郁挡在她面前，说他是她的丈夫，那一刻，姜可望说心里没有波澜，是假的。她从很久很久以前就期盼过这一天，真的发生的时候，原来比想象中还要美妙。

裴郁却不知所措起来，他一会儿拉起她的手吻着她的手指，一会儿又摸摸她的耳垂，在她额头上啄了两口，他的动作亲昵又细碎，一副欢喜得说不出话的样子。最后他贴近她，呢喃了一句：“爱你，可望。”

次日见了吴珊妮，姜可望显然是比较坦然的那一个，对方反而像只受惊的兔子，垂下脑袋，贴着墙根就走开了。姜可望本来还想跟她打个招呼，发出半截音的“早”字卡在喉咙里，跟着她的背影一起消散了。

“吴珊妮怎么了？”陆雅君走过来，揽住姜可望的肩膀，“一大早就魂不守舍的。对了，听她说，你去晨跑啦，怎么样，一会儿拉练还有体力吗？”吴珊妮倒还算老实，没敢乱说话。姜可望摇摇头：“没跑几步，你看我都没流汗。”

第二周的最后半天训练完成得很顺利。她也顺利地坐进裴郁的车里，这一回再没人盯着她上来问东问西。透过车窗，她看到吴珊妮也上了车，对方朝她这边看了一眼，只不过眼里有一丝畏惧。

他们还是去岛上过周末，这一次算是轻车熟路，干脆连接待他们的员工都没有安排。姜可望走进他们住的小院，总感觉自己和裴郁是在隐居。房子里设了茶桌，她难得有点情调，瞎鼓捣沏了壶瓜片，调了点冬蜜，裴郁很给面子地喝了不少。

米拉是在他们喝茶的时候来的，电话打到姜可望刚开机的手机上：“你们在哪儿呀？”米拉大概很久没度过假了，裴郁让人给她另外安排了一间不错的院子，姜可望带她去的时候，她一路受宠若惊地左右张望：“待遇这么好啊。”

“这我能泡吗？”一进院门，看到地上的露天三温暖，她惊喜地道，“可我没带泳衣哎。”

“你可以直接泡。”姜可望笑了笑，“这里又没人来。”

姜可望重新沏了一壶蜜茶，多加了些蜂蜜，甜得米拉眉梢都是笑意。米拉边喝边说：“说吧，你找我来要谈什么？”是姜可望把她叫来的，说有事要商量。既然打算公开，那就有必要通知一下经纪人和工作室，以做好万全的准备。

“是这样的。”

姜可望刚要说出来，米拉忽然叫了声：“要死哦！”

“嗯？”她一怔，米拉抬起她的左手，定睛瞧着那枚戒指。米拉又念叨开了：“你胆子怎么这么大？就这样大大方方地戴着，不怕被拍啊？”

“我只是在这里戴一下，岛上没有记者，这里的员工也不让带手机。”姜可望解释。被米拉这么一打岔，她差点忘了自己本来要说什么，准备好的话也改了词，她直接说：“而且，我和裴郁打算公开了。”

米拉脸上的笑容瞬间消失，她放下了茶杯，动作不太稳，溅出几点水渍，染深了古朴的茶桌。

“我想公开，有什么要注意的吗？”姜可望重复了一遍自己的话，其实她知道，米拉已经听得很清楚。米拉接着就问：“你怀孕了？”

姜可望有些无语，脸红地道："没。"

米拉没给她面子，直接呛道："那你公开做什么？"

姜可望猜想过她会是这种反应，米拉一直希望艺人最好能无亲无故，能够心无旁骛地把所有的精力放在演艺事业上。

姜可望说："因为我……"

"姜可望，你别告诉我，你是想给裴郁一个名分？你们太幼稚了吧。"米拉一句话就把她要说的话堵回去了。

"米拉姐，"看来沟通比想象中难，姜可望捏了捏眉心，"你能不能听我说完？"米拉暴躁地站起来，在桌前走来走去："你说，说说看。"

"我只是不想像现在这样干什么都要藏着掖着。"姜可望伸出左手给她看，"就像你说的这枚戒指，我连戴不戴它、什么时候戴它都不能自由选择。"

"翅膀硬了，觉得自己红了，开始想要自由了是吧。"米拉揉揉脑门，"我带的上一个艺人是赵梓蓝，她刚拿到百观影后就宣布生子隐退。你不要告诉我，你也准备跟她一样。"

听到"隐退"这个词，姜可望知道她是误会了："我暂时没有生孩子的打算。"米拉哂笑了一声："你在自欺欺人吗？"

"可望，我还是那句话。"米拉说，"你什么都好，就是太依赖裴郁了。说实话，你刚告诉我你们分手的时候，我心里真的很欣赏你。我以为你是个不会被感情左右的人，一定能做出一番事业。可是你没多久就跟裴郁结了婚，你看看你们现在，跟以前有什么区别？"

米拉的话越说越重，姜可望听着听着，也不免感到迷茫："米拉姐，事业和感情只能选一个吗？"

米拉毫不留情面地点点头："只能选一个。"

“可我不这么认为。”姜可望深吸了一口气，态度坚定地道，“我两个都要。”

米拉听着她的话，愣了十几秒，半晌才说：“好大的口气，很好，我真的没看错你。”米拉以前常觉得她听话，性格温顺，很让人省心，然而，温顺并不代表一个人好控制，那只是她还没到有主意的时候。米拉第一次意识到这一点，是在得知她跟裴郁分手的时候。米拉叹了一口气：“可是你说得轻巧，你有没有想过，怎么两个都要？”

“公开后，还是像以前一样，该怎么工作，就怎么工作。”姜可望知道，米拉最担心的是她会逐渐享受起婚姻的状态，从而渐渐疲懒，疏于事业，甚至隐退，就像她带的上一个艺人那样。

“怎么可能像以前那样？可望，你想得太简单了。”米拉焦头烂额地用手拍拍桌子，“就拿你录制的上一个真人秀来说，知不知道你和许昊臻的情侣档圈了多少粉？如果你现在公开了，那些粉丝会是什么反应呢？你觉得他们还会支持你吗？”

姜可望不是没想过这些问题，她抿了抿唇，说：“那就让他们脱粉吧，靠着演出来的恋情圈到的好感本来就很虚，节目里的恋情又不是真的，随他们去吧。”

“随他们去？你说得可真轻巧。”米拉一副恨铁不成钢的样子，“你就这么想被贴上‘裴太太’的标签？”

“米拉姐，”姜可望站起身，“为什么被贴标签的一定是我？我当然不想被人称作‘裴郁的太太’，我要让他们一提起裴郁，就会想到那是我姜可望的老公。”

姜可望比米拉高出半个头，以至于米拉不得不抬起头仰视着她。米拉的脸色很难看，半天都说不出话。姜可望迎着她的目光，也始终不愿松口。米拉忽然嗤笑了一声：“好。”

米拉绕过去拎起手提包，转身就走，她这一系列动作让姜可望不知所措，莫名地跟在她身后，没跟几步，她就停下来：“你有这个野心，但我没信心也没有能力帮你达成，只能请你另寻高明了。”

“你要辞职？”姜可望震惊地拉住米拉的胳膊，她想过米拉的反应会很大，但没想到会到这种地步。

“可望，我们所有人辛辛苦苦付出的努力就因为你一句想自由便都作废了。”米拉把她的手指一一掰开，“我实在不知道怎么继续为你工作下去。”

米拉走得毅然决然，姜可望站在原地，没有再去追。她攥紧了手指，入行以来，她在圈内交心的朋友不多，很多话她都会跟米拉说。所以要公开的事，她的第一反应也是先跟米拉商量。比起工作关系，两个人更像是朋友。

在一起工作这么久，她还从来没见米拉生过这么大的气。看来，是她让米拉失望了。姜可望在原地静了一会儿，走出门，沿着鹅卵石路出了院子，跨过门槛，她的脚步收住。不远处的小路上，有两个人正在说着什么。米拉没有离开，她面前的人是裴郁。

米拉气冲冲地走出院门，沿着鹅卵石路快步走了一段，路的另一端有人正朝她的方向走过来。那是个高大挺拔的身影，不用想就知道是裴郁，她满腔的不快蓦然被淋了盆冷水，脚步一犹豫，便停在了原地。这种情况下，要去打招呼吗？她都不知道该怎么说。

她正踌躇着，裴郁已经快走到她面前，米拉只能硬着头皮迎上去。他早就看见了她，便叫了她一声："米拉。"他用的是再平常不过的语气。米拉的心一下子就虚了，她刚在姜可望那里发完火出来就遇见他，总觉得自己说的话全部被他听去了似的。

“裴先生。”她走上前，努力直视着他的目光。

他见她手里提着包，便问：“就走了？”其实，裴郁的年龄相较于他的身份来说非常小，少年老成的他总给人一种捉摸不透的气质。米拉控制不住眨眼的频率，心里琢磨着他这“就走了”三个字。她过来原本是要在这里休一天假，这他肯定是知道的，现在他却问得轻飘飘的，好像早就猜到她会走。

想这些也没有用，裴郁不是姜可望，她说话还是要留余地。

米拉平复了一下呼吸，说：“我还有些事情要处理，只好先失陪了。您和可望玩得开心点。”

裴郁问：“怎么又有事？让你安排好的，你忙了这么多天，早该放几天假放松一下。”裴郁话里有话，像是关心她，又像是暗含了别的意思。

米拉勉强笑道：“突然有变数，我也没办法，毕竟我们都是为了可望。那裴先生，我先走了。”

他也微微一笑，答道：“去吧。”

看着米拉离去后，姜可望走到裴郁身边，和他一起目送米拉的背影消失在圆拱门后。

“她跟我提了辞职。”姜可望还是有些困扰的，米拉就这么负气走了，她心里很不好受。

“辞职？”裴郁也有些意外，但随即就放柔了语气，“那公开的事要再想想吗？”他能够体会她的心情，知道她多少会难过。

但是，难过归难过，她一点也不犹豫：“早公开，晚公开，都要公开，那就早一点公开。”裴郁揽住她肩膀拍了两下，然后把她揉进怀里：“她会想明白的。”米拉是裴郁招来的，她是怎样的人，对他们的事会有什么样的反应，他心里一直有数。

姜可望没有消沉太久，酒店临湖，裴郁向酒店要了艘船，带着她去喂鱼玩。管家在船头撑着船篙，她要上前去试，然而除了在原地打着转，那船几乎纹丝不动，她只能悻悻地坐回裴郁身边，被他捏了捏脸颊。虽然是冬天，这天的阳光却很好，照耀着湖水清澈见底。一把鱼食投入水中，躲在水底取暖的锦鲤纷纷游了上来，五颜六色的鱼儿围在船边摆动着。她的心情立刻就好了起来。

“小时候，每次爸爸来看我，都会带我去公园划船。”不知不觉中她倚着他，说起了小时候的事。

那时母亲独自抚养她，做着很辛苦的工作，很少有假期，也就很少有时间带她出去玩。就是因为这个，她心里默默地偏向于爸爸，觉得爸爸才是对自己更好的人。为着这点私心，后来她不知道有多后悔。管家还在前面划船，有些话只能说一半，后面的她没有说出来。但光是听着她说了一点点，管家就转过头来插话：“裴太太，令尊真疼爱您。”

“是吗？”姜可望笑笑，把手放在裴郁的手里，他轻轻握住了。是不是真的，她早就不放在心里了。

“裴先生对您也很好呢。”管家很会说话，嘴像抹了蜜一样，“裴太太有福气，父亲疼完，先生疼。”

船慢悠悠地在湖心晃荡，温暖的阳光照在脸上，她的眼皮有点沉重，感觉浑身乏力，睡意说来就来。后来，船漂回了岸边，裴郁把睡梦中的她抱下去，带回了房间。姜可望睡一觉醒来，天刚微暗，她一睁眼，就对上裴郁温柔的眸子，他轻声道：“醒得真是时候，该吃晚饭了。”

他抱着她，陪她睡了一下午。刚醒过来，她脑袋沉沉的，带着无助的神情往他怀里钻：“裴郁。”他应道：“嗯？”

“就是叫叫你。”她手和脚都缠在他身上，他轻声笑笑，伸出手指梳理起了她的头发。

周末结束，姜可望就要回队伍。米拉辞职的话不是开玩笑，她大概铁了心，清晨她本该打来电话确认姜可望有没有及时起床，路上是否顺利，可是直到手机没了信号，姜可望的通话栏还是一片空白。

裴郁问她："在看什么？"

她只是摇摇头，然后关了机，扭头亲了他一下："我要走了，记得想我。"一下不可能够，她从他的脸颊上移开后，他修长的手指放在自己的嘴唇上："还有这里。"

分别的吻总是一再拖长战线，最后还是守在车外的司机敲了敲窗："裴先生，时间快到了。"姜可望推开裴郁，红着脸下了车。

裴郁望着她的背影，这无数次映在他眼帘中的背影越来越让人心生眷恋，难以割舍。他叹了口气，说："开车吧。"司机应声掉了头，他驾驶技术娴熟，即使是在这并不宽阔的山路上，依然很快就调好了方向。

裴郁靠着椅背，目光盯着后视镜，视野的尽头依稀还能看见姜可望的影子，他便一直盯着看，看着看着，才发现那只是一棵轮廓模糊了的树。思念的时间不像时间，它仿佛不会流逝，好像凝固了一样。白天有工作，还不算太难熬，到了夜晚，一切都变得漫长起来。

酒店房间里，裴郁合上笔记本，走到窗前，看着外面热闹的街市，一看就能看很久。手机在桌上响动，他才回去拿起来，来电显示是一个陌生的座机号码，看区号，似乎是来自本市。

"是我，裴郁。"在这种时候听到姜可望的声音，他总觉得是有人在与他开玩笑，然而真的是她，她在电话里说话的声音，让人很容易就能想到她甜甜的微笑。

"今天的训练我们表现得很棒，班长奖励大家给家人打电话的机会，现在是免提。"她说，"所以，你在做什么，想我了吗？"

第十章
最爱是你

“想我了吗？”姜可望说完这句话，忍不住低头笑起来。围在她身边的队友齐齐发出了“喔”的声音，吴珊妮双手捧着脸，眼睛瞪得大大的，镜头后的导演也是满脸的惊讶。裴郁没有立刻回答，电话里能听到他笑时夹带的气音，那是一种百感交集的情绪。

“想你，可望，好挂住你，你照顾好自己没有？”他一开始说的是普通话，似乎没意识到自己忽然就说起粤语来了，他的声音带着浓浓的思念，柔软得近乎融化，“好爱你。”

“哇，天哪！”但那几个简单的音节，人人都能听得懂，连同摄影师，大家一起鼓起了掌。姜可望除了笑，也不知道该说什么了。分明是她先问他想她没有的，他给了回应，她反倒局促起来，嗔怪道：“说第一句就好了，告诉过你是免提了呀。”

裴郁也笑了笑，情绪稳定了些，恢复了平时和她说话的口吻：“抱歉，是我不好。”

“他好温柔噢。”旁边的陆雅君忍不住星星眼。很温柔吗？他好像一直是这么对她说话的，再平常不过，是不是听得太多，她才没什么感觉？经旁人提醒，她才发现确实是这样。

姜可望感觉自己仿佛坐在一串串粉红色的泡泡里，这么多人注视着她，她感到很不好意思，只能说：“我们每个人只有三分钟，时间快用完了，先不说啦。”

“三分钟这么短吗？”裴郁话里的不舍不能更明显。

“可望姐，我把我的时间给你！”队伍里，年纪最小的男生宋淮喊道。众人哈哈大笑，纷纷起哄：“我的也给你，多说几句，再多说几句！”

她脸到耳朵红成一片，好不容易等他们安静下来，才对裴郁说：“好了，你看，这样下去会影响大家打电话的，挂啦。”

他回道：“好，那我等你回来。”

她挂了电话，所有人都用暧昧的目光盯着她，并露出会心的笑，还是班长提醒下一个队员打电话，她的环节才算告一段落。

其实，知道可以给家人打电话时，姜可望一开始没打算打给裴郁。这通电话如果能打给母亲，可能更合适，因为她喜欢看综艺节目。如果能在节目中说几句话，那么她在她的那群小姐妹中一定很有面子。只是不巧，轮到姜可望时，连续拨了两次号，那边都显示正在通话中，这个点，她大概又在跟小姨煲电话粥吧。

“家人”的定义并不广泛，姜可望的第一反应就是裴郁，只是就这样打电话未免太仓促了。打不通母亲的电话后，她脑海里又闪过父亲和弟弟，打给他们中的任何一个好像都不太合适。

她又想到裴郁，心忽然静了下来，然后直接拨了号码。这未必是个仓促的决定，光是听见他那样开心地笑，她就觉得什么都值了。

收队后，导演把她叫了过去："可望，你来一下，我们聊聊。"自然是为她打电话的事，一般而言，这种公开应该都会提前跟节目组沟通，否则可能会发生各种突发事件，她却冷不丁地打给了裴郁，实在是吓人一跳。

"怎么样，这是准备通过我们的节目公开吗？"导演又是好奇又是不敢相信地向她确认。得到了肯定的答复以后，他高兴地握住了她的手："谢谢你可望，谢谢你的信任。"

他是节目组为数不多知道他们的事的人中一个，实在没想到他们会选择直接在节目里公开。他已经想好怎么剪辑，预告片里一定要放出片段，吊足观众的胃口。他完全能够想象得到，到时候这一期的收视率有多高。

"节目下周就要开播了，一周一期。"导演算了算，"这一期内容大概年后播出。在播出之前，可望，你尽量不要让媒体拍到，拍到也别正面承认。咱们节目组的人都签了协议，大家都会为你保密的。"

"好。"姜可望点头。这样倒很好，虽然她的决定很突然，但节目不会立刻播出，她还有很多的时间来为公开做充足的准备。

"对了，这几天我的经纪人比较忙，如果有什么事情她没有及时回复，你直接找我就行。"姜可望突然想起米拉向她辞职的事来。

"噢，还好，还没有出现过这种情况。"导演道，"每次有什么手续要办，她都是第一个弄好的。"

她觉得有点意外，不禁问："啊？是这周的事吗？"

导演说："她昨天刚发了一堆材料过来，很尽责了。米拉这个人做事很靠谱，行内出了名的敬业。"

"嗯……"她点点头，"徐导，没什么事的话，我先回去休息了。"

对方起身送她："好，早点睡。"

洗了澡，躺在床上，姜可望失眠了。她反反复复想着米拉跟自己说的话，其实不能单纯用对错来评判，她们两个只是立场不同，米拉的担心也不无道理。

“可望，你睡了吗？”对面的床铺传来陆雅君小小的声音。姜可望刚“嗯”了一声，就见其他人都坐了起来：“哎哎，来聊天。”

她被这阵仗弄得有点蒙，但还是把心事抛到一边，裹着被子坐了起来：“聊什么？”

“可望，你藏得好深啊，上次问你有没有男朋友，你都不承认呢。”陆雅君一说，女孩子们都哧哧地笑。裴郁是他那个阶层之中少有的外表出众并且单身状态迟迟没有更新过的年轻男人，虽然在社交网络上的热度不高，但一提起来，圈内人大多知道他。

姜可望那个电话一打，当时她们都快炸了。姜可望说：“对不起啦，因为当时还没做好准备。”

“你们是怎么认识的？”“你们在一起多久啦？”“是他追你的吗？”“他这么宠你，是你调教的吗？”女孩子们七嘴八舌地你问一句我问一句，只有吴珊妮没说话。姜可望打给裴郁的时候没考虑过她的感受，这么一来，她简直像个笑话。

“这个……”姜可望不便说太多，支支吾吾。宿管一把推开了门：“还不睡觉？”

呼啦一下，坐在床上的女孩们一个接一个地躺倒。直到宿管的脚步声远去后，才有一个脑袋悄悄抬起来，忍不住地道：“可望，你好勇敢啊。”

勇敢。姜可望握着这个词，放在自己的心口，回味了很久很久。

裴郁是第二天晚上来的，宿管找借口把她叫过去，她见到他，吓了一大跳，不过在宿管面前她没说什么，故作淡定地随他下楼去车里。

上了车，她才倒吸一口凉气："不是让你平时不要来吗？"回答她的是一个大大的拥抱，他说："你打了那个电话，觉得我还能等得了周末吗？"

"嘶——"抱的动作有些大，牵动了白天训练时弄出的伤口，姜可望不由得龇牙咧嘴。他立刻放开她："怎么了？"班长奖励打电话的时间不是白来的，白天的训练她太拼了，绊倒在水泥地上，膝盖磕得血肉模糊，她重新爬起来，照跑不误。队医已经替她简单地处理过伤口，到了酒店，裴郁拿出药箱，又捋起她的裤管，揭开纱布检查了一遍。

"还疼不疼？"他从箱子里拿出碘酒，一脸心疼地问。

"不疼。"姜可望逞着强，但想到白天那医生粗鲁的动作，她还是心有余悸，"你轻点。"裴郁看她一眼，然后垂下了脑袋，他的嘴唇凑近她的伤口，轻轻吹了吹。她坐在床边，动作不方便，他索性跪在她面前，小心地用棉签帮她清理伤口。

"裴郁……"姜可望惊讶于他这个跪下的动作，药棉按在伤口周围，她完全感觉不到疼。

"怎么了？"他没抬头，很认真地做着包扎。她的手伸过去，试着放在他头顶上，他没什么反应，她才摸了一下，又摸了一下。

第三周的休息日很快到来，裴郁再来接她的时候没避着任何人。姜可望被他牵上车的时候，大家都笑眯眯地朝他们行注目礼，车开动后，他们挥着手："再见、再见，下周见！"姜可望觉得怪不好意思的，坐在车里边看后视镜，边摸摸自己发烧的脸。

"等下周训练完，就好好休息一段时间，年后再工作吧。"裴郁拉了拉她，让她回过神。今年年关来得早，节目录制结束后，差不多就可以等着过年了，也确实可以休息休息。

“可以。”姜可望说，“不过裴郁，有一件事我想跟你商量一下。”见他点头，她才说道：“我能不能今天回趟纪城啊？我想去找米拉。”她考虑了好久，还是觉得有必要去找米拉谈谈。不管怎么样，米拉都是个不错的经纪人，她觉得有些事情没必要闹到那么严重的地步。

裴郁皱皱眉头：“就一天半的时间，你腿上有伤，还要来回折腾？”

“不许去”三个字到了嘴边，他还是咽了回去，这种话，他很早以前就不会说了。姜可望也知道自己这个决定太突然，就这么点时间还要来回飞，确实很赶，她抓着头发道：“我得早点找她谈一谈。”想谈谈，想沟通，那么就宜早不宜迟，一直拖下去，只会让隔阂变得更深。

裴郁没再说什么，米拉辞职的事，她跟他说过。他摸到手机，给王特助打了个电话：“买两张去纪城的机票，要尽早。”

“明白。”王特助立马应下。电话一挂，姜可望就伏到裴郁的膝头上蹭着：“谢谢老公。”裴郁顿时僵了一下。

以他们的关系来说，这个称呼应该再普通不过才对，奇怪的是她这么叫的频率还没有结婚之前多，冷不丁来一声，居然怪有情趣的。他摸摸她的脸，揉了两下，然后轻轻一托，把她捞起来：“坐好。”

她甜甜地笑，坐起来后还是不太老实，整个人都倚到他身上，腻着他，直到他伸手圈住了她。裴郁抬起她的腿，架在自己的身上。他小心地捋起裤管，看昨天包扎过的伤口，雪白的纱布上隐隐透出一点暗红，他的手握着她纤细的小腿肚，手指疼惜地摩挲着。

“我没事。”姜可望不方便仰头，只亲到他的下巴。他低下头，回了她一个吻，吻完后没有分开，与她额头抵着额头。

“以后你……”裴郁想说不要再接这种节目，想了想，没有说出口。十分钟后，王特助回了电话：“裴先生，机票订好了，起飞时间是今天晚上九点。”

“这么晚，没有早点的？”就算不晚点，顺利回到纪城也是后半夜的事了。裴郁仰起头思忖，迎面有辆出租车开过来，擦过的瞬间尘土飞扬。没人会注意一辆出租车——如果米拉没有从车窗里探出脑袋的话。她瞪大眼睛盯着他们的方向，目光随着车子的后退不断被拉长。姜可望也第一时间发现了她，瞬间目瞪口呆，很快她的脸就消失在视线的死角里。

电话那头的王特助还在解释着机票的时间问题，这边太偏，每天回纪城的飞机只有两趟，要不要先回酒店休息云云。姜可望已经完全无心再听，急急按下了窗户，探出脑袋往后看，真的是米拉。

呼呼的风灌进脖子，她们大眼瞪小眼地遥遥相望，眼看着两辆车相距越来越远，姜可望刚喊出个“米”字，就被人提着后衣领一把拽回来。把她拎回来的自然是裴郁，他不会容忍这么危险的动作，他一面皱眉看着她，一面对着电话道：“那就这么办。”她稍稍一动，又被他按住，他以为她又要伸出头去。

“坐车的时候，头不要伸出窗外。”挂断电话后，他就开始教训她，并把窗户关了。她呆呆地听了会儿训，才想起来叫司机：“停车、停车。”

“怎么了？”裴郁一头雾水，但还是吩咐司机停车。

司机以为出了什么大事，猛地踩下刹车，惯性把他们往前一带，他伸出手护住她的脑袋，牢牢地把她圈进怀里。

“米拉在后面的车上。”车一停，姜可望带着他一起回头，那辆出租车也在远处掉了头，朝他们开过来。车开到眼前，米拉下了车走过来，手搭在车窗上，待车窗徐徐降下后，她道：“可望。”然后目光往后抬了一点，她讪讪地笑：“嘿……裴先生。”

“米拉姐，你怎么会来？”姜可望问。气氛稍显尴尬，米拉清了清嗓子：“那个……”

“要不先上车吧？”姜可望反应过来，现在不是问这个的时候，她怎么会问这种问题？米拉来这里，除了找她，还能为着什么事呢？

“噢……上车。”米拉刚绕到副驾驶座，突然反应过来，“等等，我先去付打车费。”姜可望顺手就去摸钱包，说：“带零钱了吗？我这儿有。”

“不用不用，我扫二维码付就行。”米拉扬了扬手机，跑着过去又跑着回来，回来时手里多了个提包。在她坐上副驾驶座并系好安全带时，出租车轰隆隆地从他们身边开过去。司机也启动了车，裴郁拿出手机重新给王特助打电话：“那两张机票可以退了。”

王特助纳闷地“咦”了一声，这买机票突然，退机票也很突然，他便多嘴问了句：“不来纪城啦？”

“不了，辛苦了。”说完，裴郁就挂断了电话。

“你们……准备去纪城呀？”米拉从前面回过头来，问道。姜可望摆摆手：“没有没有，不去。”裴郁在一旁替她说：“以为你在纪城，准备去找你。”她来不及阻止，只能嗔着拍了他一下。

“找我？”那一刻，米拉脸上的表情很好笑，激动和羞愧怎么会同时出现在一张脸上。

姜可望见到她这样，也不好再否认，伸出手去扶住她的肩膀：“米拉姐，正好一会儿我们聊聊，可以吗？”

既然不用去纪城，司机便按照原计划把车开上岛，送他们去度假酒店。上次米拉几乎是来了就走，这回再来，两个人依然走进上回的小院，面对面坐在茶桌前。这回没有好的冬蜜，姜可望便剥了几颗新鲜的龙眼，用小勺子托着，放进开水里烫了烫，然后丢进茶壶里。

米拉捧着热腾腾的杯子，脑袋垂着，眼睛没看她，说：“节目的录影带我看了，导演给的。你打电话那一段，他来问了我的意见……嗯，不是，是剪辑意见。”

“嗯……”姜可望的声音拖得有些长，因为犹豫。她想到米拉可能会更加不高兴。

“嗯。”米拉也说，然后点了点头。

“确定要这么做是吧？”米拉问。姜可望眨了眨眼睛，随即坚定地点了点头：“是。”这个决定不会受到任何人的影响，就算米拉不高兴，她也已经做了。

“挺好。”没想到米拉说了这么一句。这回轮到姜可望诧异了：“嗯？”米拉说出那句“挺好”后，仿佛松了口气，说话也放松了许多：“你公开的方法很聪明。这样一来，我们和节目组是双赢的，等于给了他们独家，能带来不少收视率和流量。导演已经承诺我们，这档节目的剪辑会从对你最有利的角度来剪。”

“噢，是这样吗？”姜可望还没想过这一层，所以拥有一个靠谱的经纪人还是很有必要的。

“是的。”米拉笑了笑，“我这几天……”她喝了口茶，若有所思地说：“把一些工作放了放，想了不少事。”

“是该放放了，米拉姐，这半年你很辛苦，我早就说要再请个助理，是给你的助理，不是给我的。”姜可望道。米拉感到很不好意思，又低下头：“是，年后就找吧，你会越来越红，我也会越来越忙，肯定会忙不过来的。”

“好，不辞职了吧？”姜可望听她这么说，吃了记定心丸似的安心。

“辞职？我说过吗？”米拉一阵恍惚，但她很快就想起来，立马捂住了嘴，“哦，不是，不，我那只是说说，你怎么当真了？”她头摇得跟拨浪鼓似的：“因为我急了你知道吗？我特别担心是裴郁骗着你要公开的，你又那么喜欢他，我怕你是一时冲动……”

姜可望“扑哧”一声笑了：“我有那么差劲吗？”不过，以前的她确实是那样的，喜欢裴郁喜欢得死去活来，甚至迷失了自我。那时她天天想，当明星有什么意思啊，她只想当裴太太。所幸她现在已经不是这样了。

“没有，你真的很棒。”米拉倒是认真了起来，“可望，我想得很清楚，只要是你的想法，我都愿意支持。你按照你自己的想法来吧。”

姜可望琢磨着道：“我的想法吗？”她眨眨眼睛：“我现在的想法是，录完这个节目就给你放假，我们都应该休息一下。假期结束后，我们再一起好好工作。”

她们聊得开心，裴郁等得太久，遂来找姜可望。他刚出现在院门口，米拉就看到了他，立马站起了身，姜可望这才发现他来了，迎上去道：“一个人无聊了？”

“就是来看看，一会儿要去喂鱼吗？”裴郁牵着姜可望的手，听到米拉叫他一声“裴先生”，便把目光移过去。

他笑笑，和蔼地对她说：“米拉，辞职的事你再考虑考虑，有什么想法可以直接说出来，可望因为这事，觉都没睡好。”

“没有、没有，我没有要辞职，跟可望开玩笑的。”米拉急忙申明，眼睛瞄向姜可望，声音压得低低的，“你怎么还告诉他这个呀？”

姜可望哈哈大笑道：“不辞不辞，大经纪人，年后工资该给你涨啦。”

“好了，你们俩快去玩吧，我就不当电灯泡了。”米拉脸上红一阵白一阵，把这两个一唱一和的人赶出了门。门在身后被关上，姜可望还笑闹着转过身敲了好几下：“米拉姐，一块去玩啊。”

“我就不去了，我还要泡三温暖。”米拉这回带了泳衣，要好好弥补上回没泡的遗憾。人家夫妻甜甜蜜蜜的二人世界，她才不要上赶着去掺和呢。

人叫不出来，姜可望只能拉着裴郁走，没走几步，他又把她拉回来：“你腿不好，我背你。”说着，他双手一举，轻松地把她抱起来，放在门前的台阶上，还不等她反应，她整个人就腾了空，随即又落了地，高出他一小截。他站在台阶下，转过身，留给她一个宽阔的背。

姜可望本想说没事的，但看到他这样，还是伸出双臂环住他的脖子。他握住她的两只手，把她往上一托，稳稳地背了起来。裴郁的背很温暖，她的身体与他相贴着，可以清晰地感知到他走动的时候背上肌肉的牵动。她紧紧搂住他，闻着他身上淡淡的古龙水味，说：“不去玩了，回房间吧。”

“累了？”他走在鹅卵石上，她感觉有些颠簸，心里却很安稳。

“嗯。”姜可望打了个大大的哈欠，嗓音懒懒的，“想抱着你睡一会儿。”奇怪，每次到这里，她总是睡意十足，大概这个远离了镜头和网络的地方让人感到分外放松吧。

从一座小院走到另一座小院并没有多长的距离，却足够姜可望打起了瞌睡。裴郁把她放在床上，帮她脱了衣服，迷迷糊糊中，她不安地动弹着腿：“痛……”

“一会儿就好。”裴郁柔声说着，揭开了纱布，她感觉膝盖上凉凉的，那是他在用药水给她洗伤口。他给她换好了药，把她塞到被子里，然后起了身。她半睁开眼，看他去做什么，原来是去拉窗帘，外面日头不大，他仔细地拉上窗帘，房间暗下来，他才过来陪她睡下。尘埃落定，她反倒睡不着了，眼睛越睁越大，滴溜溜地看着天花板。

“闭上眼。”裴郁伸出手盖住她的眼睛，这张脸太小，他宽宽大大的手掌盖下去，几乎遮得不剩什么，“睡一觉，正好起来吃饭。”

他把她当成猪了吗？来这里总是离不开吃吃睡睡。姜可望把他的手拿开，翻了个身去摸手机：“我刷会儿微博，节目的预告片好像出来了。”预告片昨晚就在微博上正式发布了，然而他们上交了手机，姜可望到现在才有机会看。她翻到节目官博，置顶的那条已经被转成了热门。

第一期的预告片果然又拿卸妆来大做文章，他们这一季是往季中女生最多的，短片刻意剪辑夸大了女生们听到要卸妆的反应，又把她们卸完妆的样子打上了面具。

评论里简直炸开了锅，前面还有几条是正常的——

“有姜可望？那一定要看。”

“这个阵容我喜欢，追了追了。”

后面的评论就画风清奇起来——

“哈哈哈，又到了女明星的卸妆时间。”

“这次居然有吴珊妮，传闻她不是上位失败被雪藏了吗？”

“哇，我要看吴珊妮的素颜！”

姜可望看着看着，忍不住笑起来，脑袋往旁边歪着歪着，撞到个东西，这才发现不知道什么时候裴郁也凑了过来，正跟她一起看。她不禁摸了摸脸，把手机丢到一边，他便改为看她，看得她低下了头：“我不化妆的样子是不是很难看？”

说起来，这几周的训练实在是折磨人，为了完成任务，她根本顾不上表情管理和仪态举止，彻底放飞了，估计成片出来后，她的形象不会好。姜可望把手机拿起来，用黑掉的屏幕当镜子照，这会儿又感觉自己唇色有点暗淡，不化妆还是不行。

“早知道应该去打个水光针的。”她揉着下巴自言自语，以前仗着年纪小，对那些前辈姐姐津津乐道的医美项目从来不以为然，如今总有种岁月不饶人的感觉。

“傻瓜。”裴郁把她拉过来，她手没撑住，被他按倒在床上，迎面就是几口亲昵的啄。

一周后，随着节目的录制彻底结束，第一期的节目也在卫视的黄金档播出。一时间，女明星的皮肤状态成了各论坛八卦板块最热门的话题。其中，姜可望是被点名最多的一个。

“姜可望的素颜……本来以为会是反差最大的一个，但她的皮肤也太好了吧。”

“难道你们都没看《我们初恋了》吗？她在里面妆也很淡啊，差不多就是素颜。”

“大家知道怎样才能达到姜可望这样的皮肤状态吗，她怎么一点也不显憔悴啊？”

“天生的，我一个同学也是，人家都用清水洗脸，最多用用普通的护肤品，还动不动熬夜，基因好没办法。”

“打光好而已啦。”

“说打光的能不能看看旁边的吴珊妮啊，这得差两个色号吧？顺便求问吴珊妮的眼妆怎么画的，简直堪比整容了。”

“可望小姐姐好坚强！”这种正能量满满的标题则无人问津，淹没在众多帖子里。

众人都只关心她的皮肤是怎么保养的，倒是母亲心疼坏了，回家一见到面，就拉过她的手不住地摸：“唉，吃苦了吧。”真人秀综艺毕竟还是与电影不同，大家都知道电影是演出来的，但对真人秀就会有真情实感的代入。以前拍的那些电影，母亲看后都会笑呵呵地说真好看，唯独这一次看她在镜头里翻来滚去的，险些落了泪：“怎么接这么辛苦的工作啊？”

“不辛苦啊，都是假的，演的。”姜可望想糊弄母亲，她没听，用手背不住地擦拭眼角，一半是心疼的，还有一半是想的，这孩子快有一年没回家了吧。

这时，裴郁叫了一声：“妈。”姜母回过神，抬头愣怔地应道：“哎。”老糊涂了，差点把婚后第一次上门的女婿晾在一旁，这一声“妈”叫得她又一度眼眶发热，这回是高兴的，高兴得不知道该说什么才好。

“快来坐，来。”姜母一只手抓着一个往客厅里请。很久没来，家里的那只橘猫见了裴郁依然亲昵得不行，自来熟地绕着他的裤脚走了一圈，四肢优雅地舒展开，尾巴竖得高高的。他一把把它捞了起来，抱在怀里，托住它肥肥的屁股。也许是错觉，姜可望总觉得它又肥了不少。

不一会儿，裴郁的衣服上又满是这家伙的毛了。姜可望却一点心理负担也没有，坐在他身边，伸出手去挠那只猫的胖下巴：“伙食很好嘛。”它舒服得眼睛眯成细缝，发出“咕噜咕噜”的声音。

母亲早早给他们铺了床，夜里洗过澡，裴郁就跟姜可望住在一个房间里。在母亲家里这还是头一回，姜可望觉得有些羞赧，尤其是当他穿着睡衣推门进来的时候。房间不大，她坐在小小的书桌前，漫不经心地拿着一本书看。他走到她身边，双手搭在她肩上，垂头吻了吻她的头发：“在看什么？”床也不大，睡下后，他们依偎成一团，倒是刚刚好。

关了灯后，他总是亲她，亲得她慌张地推着他的胸口道：“你别胡闹。”母亲还在隔壁呢。

“不闹。”他轻咬她的脸颊，“就是开心。”

“开心什么？”她问。他不回答，继续轻轻地吻她，手在她背上抚着。他开心什么，她当然明白。

早上起床，她把他的衬衣拿到阳台上的熨衣板上熨烫，这边没人伺候着，她倒是很乐意做这种事，像生平第一次体会到为人妻子的乐趣。只是她没做过这种活，熨了半天也不得章法。裴郁发现后，就过来把熨斗要过去了：“给我，让我来。”

姜可望坚持了一阵，还是给了他，他在她脸颊上亲了一下：“去玩吧。”

然而她没能闲着，米拉还给她留了寒假作业。她在《英雄归来》里素颜出镜，给观众带来了极大的震撼，网上很多人讨论，于是米拉让她回老家期间做次直播，给观众演示一下她的日常护肤步骤。

姜可望的护肤步骤无聊得很，读高中的时候用最普通的护肤品就能凑合，有条件后换成贵妇品牌，好像也没觉得有什么差别。她没什么护肤心得，用自拍杆架起手机前置镜头，洗了个脸，拍拍水，直播几分钟就结束了，怕是直播史上时间最短的护肤视频。

米拉作为观众之一，看完了她的直播，就打来电话委婉地说：“看来你不是很适合直播这条路，护肤博主的人设你是立不起来了，我再找找别的人设吧。对了，提前给你拜个早年哦。”姜可望也没当回事，播完了就过去了。

然而当晚，八卦论坛上热烈讨论起她的直播截图：“大家分析一下，姜可望已婚？左手无名指上戴了对戒！”

次日上午，姜可望看着米拉发过来的帖子截图，一脸呆滞地抬起自己的左手，直播的时候居然忘了摘下戒指。

“姜可望已婚？连‘90后’的女艺人都结婚了？”

“我最关心的是，男的是谁啊？”

“许昊臻？”唯一一个跟她有过绯闻的男艺人迅速沦陷，一群人冲到他的微博，把最近的照片都翻了一遍。

“许昊臻手上也有戒指！但是他戴在大拇指上，也不是同款。疯了，那不是许昊臻，还能是谁啊？”排除了一个错误答案，众人把范围扩大，扒起跟她合作过的男演员来。楼层越盖越高，姜可望看着手机屏幕，有些不知所措。

米拉倒还算淡定，在电话里安慰她：“也没事，反正你这段时间不用出门，记者也没法堵你。再过几天，大家就把这件事忘了。”

“那《英雄归来》还跟我们要独家哎……”她想起一件很重要的事。

“徐导已经打电话跟我哭诉过了。”米拉哈哈一笑，“有什么啊，死不回应呗，独家肯定是给他们的。反正节目放出来之前，谁问你，你都装没听到。”

“哦，那就这么做吧。”好在戒指这种东西，除了特定的意义，不过是种装饰品，不足以证明任何事，猜测也只能是猜测。只要当事人没有确认，谁也不能盖章她的感情状态是怎样。

她正通着话，裴郁端着水杯进来，走到她面前，她埋下头，由他喂着，“咕嘟咕嘟”喝了几口水。他拿开杯子，手指抹了抹她的嘴角，把她往怀里搂。

“这样其实也好，先放出点风声，让他们惦记着，到时候你的电话预告一播，所有人都会更关注这件事。”米拉还在给她分析，她已经不太能听得进去，裴郁在亲她的脸，他的嘴唇一点点往下，钻进她的脖子，弄得她很痒。她只好一边用手把他往外推，一边稳住气息：“那什么，没事就好，我先挂啦。”

“这么没有耐心？”米拉正分析得起劲，陡然被泼了盆凉水，变得快快的，“哦，那挂了，你记住一定不要回应啊。”

“好好好，拜拜。”裴郁已经啃到了她肩膀，姜可望以最快的速度挂了电话，腾出双手捧起他的脸，“大白天的，你不要闹。”

他笑着看她："发生了什么事？"

姜可望咬着嘴皮，把前因后果跟他说了一遍，然后扬了扬左手的手指："戴着戴着就忘了。"隐婚确实是个技术活，一般人坚持不下来，婚姻是生活的一部分，而生活是瞒不住的，总会泄露些蛛丝马迹。

"忘了就忘了。我已经让人跟媒体打过招呼，节目播出之前，没有哪家敢乱报道。"裴郁低下头，温柔地在她的手指上亲了一下，然后抱住她，继续刚才没完成的温存。

他动作里的意图越发明显，她忐忑地挣扎："你想干吗？不行不行，我妈进来怎么办？"裴郁亲了她一口，声音炽热："她出门了，说去看小姨，一时半会儿不会回来。"

姜可望没有了拒绝的理由，只能躺平了任人宰割。回来之前，他忍了这些天，真是难为了他。

好久没有过，加上担心母亲突然回家，她神经紧绷着，所以格外敏感，反应激烈得她自己都羞赧难当，事后更是恨不得找个地缝钻进去。裴郁把她搂起来，笑着问："要休息一会儿吗？"她红着脸挠他的胸口，他便放下她，帮她盖好了被子，自己穿上衣服去处理残局。

母亲回家时，他已经穿着整齐地在客厅喂猫。见他一个人，她问："可望呢？"说着瞄了一眼紧闭的房间门，嘀咕道："还没起啊？"不免笑着埋汰一句："这懒丫头。"

"您让她再睡会儿吧。"母亲没注意到，裴郁的嘴角微微扬上去，"她累了。"姜可望这一觉睡到临近午饭，是裴郁进来拍拍她的脑袋，叫醒了她："要吃饭了，起来穿衣服。"

"嗯……"她皱着眉头钻出被窝，晕乎乎地睁开眼睛，刚看见他的脸，就"扑哧"一声，笑得彻底清醒过来。他在厨房里帮忙了吗？鼻子上挂着一抹白白的面粉，她抬起手替他抹掉，让他看自己指尖上的粉末："裴郁，你还会揉面呀？"

"刚学。"他懵懵懂懂地摸了摸自己的鼻子，随即板起脸，把她抓过来，"你在笑我？"

"没有没有。"姜可望笑得更欢了，抱着他的脑袋，"对不起，对不起！"裴郁闹完她，出了房间，继续去厨房帮忙。

姜可望穿好了衣服，顺手拿起手机看了一眼，她再翻到那篇帖子，看见有人说："你们是不是想多了，可能就是图好看才戴个戒指啊。"

这条回应一出，后面就有几条相似的评论出现，大家的积极性便被打压下去不少。她这事的热度虽然很高，但是没有确切的线索，大家聊完就转而去讨论《英雄归来》了，最终没发酵起来。姜可望安了心，惬意地闲在家里，舒服地过完了年。

除夕那天，她给姜星海打了个电话。说是不要再联系，但她的电话，他几乎是秒接的，他声音里是满满的笑意："姐姐。"

"新年快乐！最近好吗？"她也笑，"还在打工吗？"

"好，很好很好。"姜星海很高兴地道，"销售卖出去不少单，家教没做了，我每天晚上去夜市摆摊，赚了好多好多钱！"

"摆摊？"姜可望有点讶异，但他语气这么欢快，看来这"好多好多钱"真的很多。他说得很轻松："就进了些小玩意来卖，生意还不错。"只字不提辛苦，给人的感觉是他还挺享受做这样的事。

"傻孩子。"姜可望怜爱地道，"学习呢，能顾得过来吗？"

他说："姐，你别小看我，我拿了一等奖学金！"

"那你比我强多了，我第一个学期挂了好几科呢。"他们有说有笑，姜可望忽然觉得有这样一个弟弟真是幸运。挂了电话后，屏幕一振，他发来个红包转账，不多，上面写着"666"的数字。但对他来说，这应该是相当大的一笔钱。她没点开，发回去一个更大的，那边自然也是半天都不收，随后他发来一条信息："姐姐，我想给你买点东西，又不知道你喜欢什么，你别嫌少。"

姜可望在回复框里打了一大堆字，最后一句一句删掉，重新输入："年后我去你学校看你，好不好？"上次他说不要再去找他的时候，她心里还很难过。也许他是因为日子过得不好，不想拖累她吧。

现在听他说的，生活应该好转了些，再提出去看他，不知道他会不会答应。

"那你领我的红包。"姜星海固执地道。姜可望犹豫半天，点了开来，屏幕上跳出一条"已收钱"，接着，他发来一个大大的笑脸："来时打我电话。"

姜可望放下手机，出去洗了手，跟他们一起包饺子，脸上挂着笑。当着母亲的面，裴郁没避讳地在她脸上亲了一口："什么事这么开心？"母亲偷偷地抬眼看他们俩，又垂下去，静静地笑。

"不告诉你。"她拿起一张饺子皮摊在手心里，包入了馅，一点一点捏起来，她的心也跟着一起圆满了。

公开和裴郁的事，是按照计划进行的。《英雄归来》放出新一期的预告时，姜可望也在微博上晒出了她和裴郁握在一起的手，一时间，网上简直炸开了锅。预告片为了保持神秘，只放了裴郁的一句"想你"，凭着这么模糊的一条线索，众人把当红的男星统统猜测比对了一遍。

一时间，网上出现了好几个版本的说法，多图分析她和几个不同男星有可能在一起的迹象，说得有鼻子有眼的。吃瓜群众简直要被逼疯了："我已经快不认识'想你'这两个字了，到底是谁？"

知名娱记蔡大眼在此期间被呼唤了无数次："你就没拍到点什么吗？你个废物，要你何用？"

被骂得多了，他不得不站出来，发了条微博：“大家别骂了，不是我不想说，只是人家又不准备一直瞒着大家，已经计划在节目里公开的，我不好捣乱吧。我唯一能说的是，这一对从女方出道前就在一起了，目前已经领证，而且不是因为怀孕。”

“真的领证了啊！”评论一片哗然，“姜可望在事业上升期就敢结婚，胆子真大！”姜可望趴在床上看到这一条评论，笑得直打滚。裴郁走到床前，俯身按住了她。

“好了、好了，该起来了。”他用手指梳理着她的发丝，“我们今天准备去看你弟弟，还记得吗？”姜可望翻转过来，仰面看着他，笑容仍然没有散去。他垂头一吻，拍拍她的脸颊：“起来洗脸。”

她一骨碌从床上爬起身，跳下去，跑进洗手间洗漱。地毯上躺着她打滚时弄掉的抱枕，裴郁弯腰拾起来，掸了掸，放回床上。这时，躺在旁边的手机“叮咚”响了两声，屏幕弹出信息，是米拉发来的。他无意偷看，但一眼就扫到了内容：“我今天被问了不下百八十遍，问你那个电话是打给谁的。好了，这下大家都知道你有老公了。”他忍不住笑了，把手机拿起来看了几遍，然后随手放在桌上，铺起了床。

姜星海这天上午有课，他们便去学校接他出来吃个午饭。两人没带司机，是姜可望开的车，裴郁安静地坐在副驾驶座，看着她开。

车停在交通灯路口前时，她侧过头讨他的夸奖：“我的技术还可以吗？”裴郁很给面子地恭维道：“有兴趣转行吗？”她咯咯直笑，拿出小镜子补了口红，忽然想到她以前大言不惭地问他要过兰博基尼，他不喜欢她开车，自然也就没有同意。现在再问他要，他应该不会再拒绝，但也用不着了，因为现在的她自己就能买得起。

到了学校，还没到下课时间，校园里静悄悄的，姜可望娴熟地把车开到图书馆边的草坪上停着：“我们就在这儿等。”再次故地重游，她的心情与上次已经有所不同，尤其是这回是跟裴郁一起来的，这个地方同样有他的回忆。

他透过车窗看四周的风景，说：“那天，我也在这里等你。”那天，说的应该是他第一次来接她那次吧。

“你还记得啊。”姜可望以为他不会把这些事放在心上，原来他记得这么多。裴郁把她鼻梁上的墨镜拿下来，着迷地看着她姣好的面容：“怎么不记得？”那天，她气喘吁吁地跑到车前，黑色玻璃在他们之间缓缓降落，四目相对，他记忆中便烙下了一张汗涔涔的、清透的少女脸庞。

“我以为，收到那种短信，你不会理会的。”姜可望终于有机会问到这个，“你为什么会来呀？”

“我也不知道。”裴郁覆住她垂在身边的手，她默契地翻过手，与他十指相扣。他温柔地注视着他们握在一起的手：“不过，每次想起，我都庆幸我来了。”

下了课，姜星海找到他们的车，开门上来。

“姐姐，”他叫过姜可望，见到坐在副驾驶座的裴郁，笑着道，“姐夫。”

裴郁点点头：“星海。”

他在姜星海面前有种难得的亲切，不像平日里面对别人时那般高高在上的淡漠。他们三人吃了午饭，很随意地聊天，姜星海说了很多他打零工的事，裴郁很耐心地听着，不时给他一点建议，提到可以给他帮助的时候，他笑着说：“谢谢姐夫，不过不用，爸爸刚到纪城时也端过盘子，没有人帮衬，后来是靠在路边卖盆栽起来的，我一样可以。”

“他很聪明，你觉得呢？”吃完饭送弟弟回了学校，姜可望叹了口气。

裴郁说："他确实很优秀。"姜星海有遗传自姜建国的商业天赋，偏偏还拥有一副不怕挫折的正直心肠，也许，他做出一番事业只是时间问题。

裴郁说："但他现在要做的不应该是这些事。"

"裴郁。"姜可望拉了拉他的手臂，凑过去，贴着他的耳朵说了句话。他笑了笑，一转脸，给了她一个吻："做你想做的。"

新的周末来临，《英雄归来》的当期收视迎来了一个高峰。谜底揭晓，原来众人好奇的对象并非任何一个男星，而是一个圈外人。但这并没有打击大家的热情，一整晚，网友都在热议姜可望口中那个叫作"裴郁"的男人。

"这长相是素人？哪有这么帅的素人？有没有觉得他长得有点像顾透？"

"港岛男人都这么有味道吗？"尽管不常出现在公众场合，然而网上还是流传着几张裴郁的照片，像素不高，无灯光无修，但仍经受住了考验，站在人群中的他是那么与众不同。网友们很快就发现，裴郁不是第一次上新闻。

"这是跟吴珊妮被拍到的那个？"

"对比了一下，还真是！"

"那个绯闻已经被辟谣了啊，监控显示出了电梯各回各的房间了。还有，裴郁不是港岛人……"几个资深的八卦博主把裴郁的背景科普了一遍，网友们便只有感叹的份："姜可望这是闷声发大财吧。"

"啊啊，有钱人能有这么高的颜值，还是个宠妻狂魔，嗷嗷，'好挂住你'实在是太苏了！"

彼时，《如烟》的宣传已经开启，姜可望在全国各地跑起了点映。

受这件事的影响，网友在密切关注她的动向时，也关注起周思凡的电影来。在各大电影网站应用上，《如烟》的热度一路飙升。

网上对姜可望的热议没有停过，她的从影经历也被人事无巨细地列出来。她一开始出演的角色都太小，大家除了说她“好青涩哦，还有点婴儿肥”，并没有什么负面言论。大概在她刚出道的时候，裴郁就想过会有这么一天，所以给她的资源都是循序渐进的，才避免了她被贴上“有后台”的标签。

宣传进行得差不多的时候，姜可望独自一人去了趟大学附近的夜市。姜星海的摊档上满是五颜六色的小玩意，她毫不费力地找到了他，拍着他的肩膀让他转过了身，她把口罩往下拉了拉，他立刻就认了出来。

姜可望压低了帽檐，坐在他递过来的小马扎上，陪他看着摊。初夏的夜晚凉风习习，他的生意还不错，时不时有人经过，蹲下来挑他的东西。十点以后，人流才变得稀少。他收了摊，推着小车，跟她一起在路上走着。

“今晚赚了这么多，好厉害。”她夸他。他便红了脸：“不算多呢，周末更多。”

“你的专业属于工科，好浪费，想不想读商学？”姜可望问。姜星海腾出一只手挠挠头：“这个以后再说吧，现在也挺好的。”

“要不然出国吧？”姜可望说，“你这么聪明，应该接受更好的教育才对。”

他一听到这个就摆手：“不、不……”

“姜星海。”她打断他的话，直视着他的眼睛，“爸爸欠的钱，我已经还清了，就在今天。那些钱都是我自己的片酬，没有找任何人帮忙。”她从包里拿出一张收据，硬塞到他的手里。她永远忘不了那天，父亲哆哆嗦嗦地闯进房子里，在裴郁面前不顾形象地要她帮帮他。

那时她除了抗拒、反感，心里还有另一个压抑的念头：如果她真的想帮，又能怎么帮呢，难道她还能要裴郁的钱？那一刻，她才真正明白过来，如果她做不到经济上的独立，就永远没有办法跟裴郁站在平等的位置上，去索要他的爱。

“去读书，挣钱的事以后再考虑。”姜可望不给他说话的机会，一口气说完，“你要是觉得过意不去，那就好好读书，以后挣钱还我。”姜星海看着收据上的数字，嗫嚅着道：“可是，可是……”她打断他：“没有可是，你是我的弟弟。”

“直到现在，一想到爸爸，我还是会觉得很沉重，也许和解还是需要时间吧。我只有面对你，才感到轻松一些。”姜可望握住他的手，“星海，不管怎么样，我们都是姐弟。”到了分别的路口，两人拥抱了一下，姜星海没再多说，只是拍了拍她的背：“姐姐，谢谢你。”姜星海抬起头，裴郁就在路的那头等她，那一刻，两个男人互相点头致意。

等姜可望走过去，裴郁朝她伸出手：“说好了吗？”

“嗯。”她挽上去，脚步无比轻快，“好啦。”

夏夜的蝉声隐匿在树梢幽鸣，姜可望与裴郁走过空旷无人的宁静街道，最后一桩心事尘埃落定，她心里百感交集。人到车前，裴郁弯腰欲为她打开车门，她轻轻牵扯他的衣角，将他拉了回来。

“怎么了？”裴郁一面问，一面自然地反握住她的手，十指紧扣。姜可望咬唇笑着说：“没什么。”然后，她踮起脚，无声地用额头蹭了蹭他的脸。

《如烟》正式上映的前一天，网上出现了一篇图文分析帖子：“我发现，姜可望很早以前就在节目里提到过裴郁了。”图文的内容是一年前的一个访谈节目，还是周思凡带她去的。时间仓促，她没有过多准备，也没有防备，说得随心所欲，当时的观众都把注意力放在周思凡身上，她说了什么反倒没人记住，时隔这么久，众人才发现她的话里藏着深意。

主持人提问：“小时候的愿望是什么呢？”

“很想结婚，我小时候的愿望就是结婚。”荧幕上的女孩脸颊绯红，吐了吐舌头，“哈哈，真的，那个时候……不知道为什么，每次看到电视剧中有求婚的情节，我都会哭，我是一个看《一吻定情》都会哭的人。”

主持人哈哈大笑：“可望真是个可爱的女孩子，那你心目中的理想型应该是怎样的呢？”

“应该是很稳重，类似于人生导师那一类的吧，应该是。”姜可望说着说着，脸上就露出了笑容，“本质上，我是一个很没有安全感的人，需要有人引导，他会教我很多，会告诉我这样做不对，那样做不对……如果有这样的人，我会完全失去抵抗力。”

裴郁陪着姜可望重温这段视频的时候，摸着她的头发问：“你说的这个人是谁？”他的温热气息在她耳畔侵扰，姜可望笑着躲了又躲，红了一张羞赧的脸支支吾吾：“还不够明显吗？”

“想听你亲口再说一遍。”裴郁柔声说。她没能抗拒他的温柔，举手投降道：“好啦，是裴郁！”她被他闹得发痒，“咯咯”笑个不停。得到了答案，他终于停下动作，把她搂了回来。

“是裴郁，是裴郁……”姜可望还沉浸在刚才的玩闹里，直到惯性地又说了好几遍才反应过来，她微微喘着气，目光也慢慢变得沉静，认真地投向他的眼睛，说，“是你。”

“我爱你。”姜可望不带芥蒂地将一颗真心吐露出口，身体情不自禁地朝前倾去，投入这个令她如此深爱的男人的怀中。

番外一
误入“歧”途

车在行，人在座。后视镜里，道路拖长，车流穿行。姜可望看得枯燥，却目不转睛，因为她的目光实在不知道该往哪里放。她也不知道可以说点什么，都是身边的男人在说。他坐姿挺拔，双手交叠放在膝盖上，说话的语气很随意，如同拉家常。

他是这么说的：“一会儿公司有个会议，可能需要你等我一个小时，希望你不要介意。”

“嗯……”姜可望顺从地答应着，蓦地反应过来，“嗯？你还在忙啊，我打扰到你了吧？”

确实是这样，但他轻飘飘地说：“不算打扰。”短短四个字，就让她的心怦怦直跳，她的脑袋微微垂下，一缕头发耷拉到面前来，为了掩饰自己的紧张，她局促地把头发捋了又捋。

“你的短信发得有点突然，所以公司的事一时不好安排。”裴郁不疾不徐的腔调与他说话的内容都让她羞愧难当，刚想抬头说一句“那短信真的真的不是我发的”，他就直视着她的眼睛，转了话锋，“不过我觉得，如果不来找你，我会后悔。”

四目相对，姜可望细密的睫毛扑闪扑闪，她除了脸红，说不出任何话。

裴郁的公司离她学校很远。现在是非交通高峰期，一路畅通，还是开了近一个小时才到。所以，他是不是也坐了同样久的车去接她？这么一想，她心里就不由自主地暗暗欢喜。跟着裴郁进电梯的时候，镜子里印出他们两个人的身影来，她能瞥见自己的嘴角上扬着。

与裴郁的目光相撞的一刹那，她立刻把嘴角收起来，恢复严肃状。只见镜子里的他注视着她，问道：“明天你有没有课？”

姜可望认真地想了一下，点点头：“明早四节专业课，下午……”下午也有课，明天的课程满满当当的，她却没往下说，因为她瞟到他思忖的神态，忽然明白过来他问自己这个问题的深意。他是在问她的时间，好向她发出邀约。

“不去也没关系。”姜可望立刻改口。裴郁深深地看了她一眼，没说话。

随着“叮”的一声，电梯到了，站在电梯门外的王特助鞠了一躬：“裴先生。”裴郁点点头，往旁边让了让，做了个手势，示意姜可望先出去。她便烫着脸，出了电梯，听到他的声音在背后响起：“我去开会，让王特助带你去旁边休息，有什么需要你就跟他讲。”

“哦，好。”姜可望回过头，裴郁已经走到她身边，她又转回去，仰起脸。他对她说：“我尽早结束，不会很久。”

“没事，我不着急。”她抿唇，在他面前，她的小动作一个接一个，都是因为紧张。也许是因为那句“不着急”，他笑了笑，自始至终寡淡的脸上总算有了点色彩。笑容很短，那嘴角锋利的线条在她眼中晃了一下，她还没来得及欣赏，就恢复如常。

等姜可望回过神来，他人已经走了，只剩王特助在旁边说："姜小姐，这边请。"王特助对她毕恭毕敬，这可跟初次见面那天不太一样。

记得那天她撞了裴郁的车，是这位助理领着她去办理各项手续，当时他的态度很冷漠，甚至有点警觉，他再三问她："你是不是故意的？"生怕她是蓄谋而来，对他的老板抱有特别的目的。姜可望不是蓄谋，撞车不是什么好事，她赔了很多钱。但是，她也确实对他的老板产生了特别的想法。

"姜小姐。"姜可望想入非非的时候，王特助叫了她一声，这一次还用了敬语，"您喝点什么？有茶、咖啡、果汁……"

"有可乐吗？"她说完，自己也觉得不好意思，"啊，那个……我开玩笑的，我喝咖啡。"王特助端来了咖啡，一起拿来的还有一个三层的点心架，各色的小块蛋糕和马卡龙在银色的托盘上整齐码放。她站起来，王特助弯腰道："您坐。"他布置好茶几桌面，给她开了电视，将遥控器放在她手边，又递了张卡片给她："这是联网的密码，我就在外面办公，有事您可以叫我。"

"好，你忙、你忙。"姜可望受宠若惊。偌大的会客室里只有她一人，她吃着点心，百无聊赖地换着电视节目，一个小时不长也不短，等着等着，也就过去了。

裴郁推门进来时，她刚叉了块布朗尼往嘴里送，这个动作刚好落在他眼里，她吃也不是，放也不是，僵在当场。他转眼就到了她面前，她也只会捏着叉子，傻傻地看着他笑。

"吃吧，不要拘束。"裴郁在一旁的沙发上坐下，她才害臊地别过了脸，很矜持地咬了一小口。布朗尼微苦清甜，还有小块的坚果，她小心又含蓄地咀嚼着，听他说："会开完了，等得闷了吧？"

“没有。”她摇头，视线里他的手伸向茶几上的抽纸盒，那盒子离她近，她反应很快地帮了把手，把盒子往他那边一递。他莞尔，不知道出于什么。不过，下一秒，她就知道了。

裴郁抽出一张纸巾，轻轻地擦拭着她的唇：“好吃吗？吃了不少。”手指隔着纸巾，触感那么柔软，姜可望的心怦怦直跳，她咽了一口口水，眼睛瞪得圆圆的，答道：“好、好吃。”

他放下纸巾，仔仔细细地看她的脸，似乎在观察还有没有食渍残留：“晚饭还吃得下吗？”姜可望没有立刻回答，因为裴郁在笑，她移不开眼睛，痴痴地看着他。好看，多么漂亮的眉骨，以及鼻尖，还有脸颊上的那颗浅痣。

“吃得下。”姜可望呆呆地道，“吃得下。”生怕一句不对，他就会改变主意。

裴郁启唇：“那就好，我订了餐厅。”他站起身，她也跟着站起来。没想到她姜可望也有被漂亮皮囊迷得七荤八素的一天，她整个人糊里糊涂地跟在他身后，如同梦游。出门时听到那边有人高声叫着“裴总”，她便看过去，也没注意到裴郁停下了脚步，一头就撞上了他的背。

“嗯……”她后退两步，脑子稍微清醒了点。

裴郁转过身：“你没事吧？”他伸出一只手，没碰到她的脑壳，刚才那个叫他的男人走到了近前，再度颔首道：“裴总。”裴郁看向他。

“关于那个项目，有件事忘了跟您汇报。”这人衣着不俗，有些年纪，应该是公司里的某个高层，看着姜可望的眼神有些新奇，“您有客人啊？”

姜可望无辜地眨巴着眼睛，裴郁“嗯”了一声：“一个小妹妹。”

大约涉及商业机密，对方有所顾虑，踌躇着没有开口。

裴郁接着道：“没关系，你直接说。”那人才照常汇报起来。只是他们说了什么，姜可望一句都没听进去，满脑子都是那三个字：小妹妹，小妹妹……好普通的称谓，也不具备任何意义。但是从裴郁的口中说出来，她心里霎时花开了遍地。以至于人是什么时候走的，她都不知道，直到裴郁叫她："我们走吧。"

"好。"姜可望抓抓头发，还有点迷糊，这时，他伸出一只手牵起了她。

"还疼吗？"电梯里他们手牵手，他问，说的是她刚撞到的脑门。今天的裴郁很体贴，不像前两次见面那样，除了说教还是说教。

"不疼。"姜可望的脸蛋红扑扑的。两人牵着手，走过回廊，下了电梯，进了车里，便放开。可是由此，她再也无法清醒。他的手掌干燥而温暖，给人一种很舒服的感觉。舒服到放开后，她还清晰地记得。而那顿饭吃了什么，她的印象反而不那么深，只知道餐后的苹果切片脆生生、甜津津的，像泡了蜜糖。

这甜蜜的时刻不能更短暂，一眨眼就到了头。姜可望缓过神来时，窗外已是熟悉的街景，车在她所住的小区门口停下。司机下了车，替她拉开车门，裴郁则说："路上小心，到家给我电话。"所以，这样就结束了吗，没有然后了？

姜可望有点后悔，说那条短信是跟他开玩笑的，他是怎么想的呢，起码他回她电话的那一刻并没有认为她在开玩笑吧？她没有动，鼓起勇气对他说："我……我明天可以不去上课的。"裴郁眼里闪过一丝意外，但半晌没有回应。司机倒是很知趣，走出一段距离，留他们独自说话。

"姜可望。"裴郁叫她的名字。她紧张得一本正经地回道："有！"

"好好学习，不要总想着逃课。"微暗的车厢里，他眸子很亮，是那种柔和的亮光，像是有星星在里面，"一寸光阴一寸金，这句话你知道吧？”

“嗯，知道……”姜可望心里咯噔咯噔的，要不是去过他的公司，还以为他的本职工作是人民教师呢。她只能灰溜溜地下了车，沮丧地往家走。突然，身后有人喊她，喊了好几遍。

“姜小姐，姜小姐！”司机一路小跑着追到她面前，毕恭毕敬地道。

她转过头来，以为他改变了主意，刚绽开笑脸，就看见司机手里提着她的双肩包，顿时又灰了心，恹恹地去接：“谢谢。”

“不必客气。”司机笑眯眯地道，“您明天什么时间下课，还是昨天的那个地点，我来接您，可以吗？”

故事，就是从这里开始的。

番外二

影后成长史

众所周知，姜可望在大学里没有好好读书，是个门门挂红灯的“学渣”。其实，个中情况远不止表面那么简单，光一句话是远远概括不了的，这里面还经历了一段可以说是相当曲折往复的拉锯……

这事要从大一学期末说起，那个时候，姜可望刚刚开始了与裴郁的交往。

与裴先生在一起是一种什么样的体验呢？初尝恋爱的姜可望最想回答，她每天都开心得想要尖叫出来，哪怕置身最最热闹的人群，也时常会有这样的冲动，要不是怕被人打，她说不定就这么做了。

裴郁不是个爱说情话的人，甚至连日常交流时也惜字如金，但每每与他相处，他对她的一举一动、每一个眼神，都会让姜可望随时面临被巨大的心动漩涡吞没的危险。她在心跳猛烈加速之余，由衷觉得，能被裴郁眷顾真是这个世界上顶顶幸运的事。

这导致之后接踵而来的那个暑假，像极了一个急转直下的噩梦。

期末考试结束后的一天清早，姜可望还沉浸在假期初至的幸福之中，惬意地窝在床上享受懒觉，裴郁是在这时走到床前坐下，把她推醒的，他手里拿了一封挂号信。

纪大会把挂了科的期末考试成绩以挂号信的方式寄到学生家中，因而那挂号信也可以称之为“挂科信”。

看到信封上的纪大校徽，姜可望迷迷糊糊坐了起来，歪着脑袋揉揉惺忪的睡眼，困惑了一下。她记得自己在学校登记的通讯地址是杭市老家，自己的挂科信，怎么会在裴郁手里？不等她困惑完，裴郁的脸已然板了起来：“可望。”

“嗯？”姜可望尚且对危机无所察觉，她没能听出裴郁声音中隐藏的不悦，像往常一样，一脸无辜地伸长了手臂，软绵绵地往他身上攀。当被人无情地剥下来的时候，她还一头雾水，不明白发生了什么。

直到他把自己的成绩单在面前展开摊平，皱着眉道：“你挂了很多课。”接下来，姜可望就蒙了，自交往之后，裴郁第一次对她说了重话。

“你平时在学校里都是怎么上课的？”裴郁面色严肃地质问，“有没有好好学习？”

“好好学习”这四个字从裴郁嘴里说出来？总令姜可望不禁有点想发笑。因为，在过去的几个月里，裴先生在床上的种种表现，是不会让人联想到他对自己还抱有这种期望的。她没有忍住，真的弯了一下嘴角，立刻就被裴郁发现，他眉头皱得更深：“你笑什么？”

姜可望当即噤声，不过为时晚矣，嬉皮笑脸的后果很惨重，连着几天，她都被勒令在家看书，连无线网也被掐断。那些书姜可望当然是看不懂，面对一堆奇奇怪怪的数字和符号，只有干瞪眼的份。裴郁这是在干什么呢，为什么要逼她读这些让人看不懂的东西？她很迷茫，连姜建国都没这么严格要求过她呢。

正当姜可望百无聊赖地在纸上涂涂画画，盘算着用什么办法可以让裴郁放过自己的时候。更绝的来了，管家把一位气质文雅的年轻女士领到了自己的面前：“姜小姐，这位是方老师，今后她将负责辅导您的功课。”那方老师竟是纪大的校友，同专业大几届的学姐，不知是裴郁从哪儿找来的，姜可望当即傻了眼。

原本还在满心期待这个暑假该怎么度过，是去海边穿美美的比基尼，晒出一身古铜色肌肤，还是去南半球滑雪？总之，在高密度的补习连续进行了几天后，姜可望认清了一个事实：她所想的这些已经基本注定与她无缘。

如果说姜可望先前一想到裴郁，就总想着要开心地大叫，那么她现在就是随时随地都委屈得想要放声大哭才对，这个世界上怎么会有暑假里还要上补习班的大学生？除了她也没谁了吧！

那方老师还是在几日后辞职了。去找裴郁时，人家说得非常委婉：“姜小姐很聪明，是我水平有限，教不了她。”裴郁自然能从对方的表情中观出异样的端倪，不会随随便便被这种理由打发，当即细细问清了原委，回到家里就冷着张脸，让人把姜可望给叫过来。

“上课睡觉，偷偷用手机玩扫雷。”他瞪着她，那女孩子瞬间就敛了唇，极力憋笑，他接着冷冷地数落：“让你写习题，你在作业本上给老师画像。”姜可望持续憋笑憋得好辛苦，当他那一句“还故意画得难看”说出来的时候，她再也忍不住笑了出来，急急冲过去，把脸埋入了裴郁的怀里。

“你好几天没回来，我还以为你不要我了。”姜可望黏糊糊地在他的胸口蹭来蹭去，撒娇着道。

裴郁默然一阵，告诉她："我只是正好出了几天差。"他将她推开，正想接着刚才的话再训上几句，她再一次锲而不舍地扑了过来。

这一回，她踮起脚亲了他的嘴唇："那你要告诉我呀，真是吓死我了。"裴郁彻底没了脾气，正逢刚出差回来，被她撩拨得心痒难耐，索性暂时把原则放下，用某种别的方式"教训"了她。

"是那个老师不喜欢我，她对我太凶了。"事后姜可望累趴趴地蜷缩在裴郁的身边，闷闷不乐地为自己争辩。男人侧头看了眼肩上几圈深深的牙印，倒也不拆穿。次日，就有新的家教来家中报道了。这第二位家教依然是位学姐，确实比上一位温柔不少，讲课很耐心，这回姜可望总没话可说了。

"这一个也对你很凶吗？"第二位老师辞职后，裴郁翻着姜可望在课上记笔记用的本子，眯眼将上面的内容读出来，"所有人都知道，裴先生平日素来冷冽骄矜、淡漠疏离，直到有一天，他们看到他把一个女孩子按在墙上亲……"

姜可望不言不语，眨巴着大眼睛，低头看自己的脚尖，淡淡的红色浮在脸颊上，蔓延到了耳根。这可真是够羞耻的，早知道不用他的名字了，她只是觉得这样会很有代入感。想着，她听见裴郁嗤笑一声，将手里的笔记本扔在桌上，然后走到面前来，伸手提起了他的下巴，上上下下打量。这一刻，裴郁的神情很是困惑，他问："你既然考上了这个学校，说明是很聪明的，为什么不好好学？"

"还是你不喜欢这个专业？"裴郁猜想着种种可能，试图迁就这个顽劣的孩子，"我可以联系人帮你转系。"他说完，就见姜可望摇摇头，扁着嘴道："都一样。"

"什么都一样？"裴郁没听明白，手落在她的肩膀，揽着，走回桌后坐下，让她坐在了自己的腿上。他注视着她的眼睛，耐心地问：“说说看，告诉我。”

姜可望便支吾起来：“就是……都一样啦。”她自己知道，即使再换一个专业，也还是现在这样的结果。但总不能就那么直接告诉他，自己就是不爱学，不想学，只想每天跟他在一起，做什么都好。

而两个人明显思路不在同一个频率，她这边东想西想，那边裴郁突然问出一个令她终生难忘的问题来：“你有没有想过你的将来，毕业以后你可以做什么工作？你的理想呢，打算将来做什么？”

“嗯？”姜可望被问得一阵懵，半天反应不过来，只会傻傻地笑。裴郁的尝试沟通便就此宣告失败，他拧了拧眉心，能做的也只有让人尽快去物色新的老师了。

合适的老师并不是那么的好找，第三位老师是个学长，其实裴郁本也没报太大的希望，不知道这次能坚持几天，结果大大出乎他的意料。连着有一周过去，姜可望那边始终没有令人头痛的新消息出现，她竟在那位学长的辅导下，神奇地顺利学了下去，这可真是太阳打西边出来。

“她上课怎样，还算听话吗？”课后裴郁向老师了解情况，对方温文尔雅地一笑，答道：“姜小姐学得很认真呢。”这位学长长相并不出类拔萃，气质倒是很干净，笑起来的时候露出一口整齐的白牙，像极了一阵温暖的春风扑面吹来。他走时，姜可望还从房间里探出个脑袋，欣欣然挥手：“老师，明天见。”学长扭头微笑回应着，忽然之间，裴郁心中就不是滋味了。

学长又来了两次，那两天裴郁都留在家中，偶尔装作不经意从院子里走过，透过窗往房间里瞟几眼。两个人头挨头坐在一块，确实是一个很认真在教，另一个很认真在学。他一时间微有愣怔，在原地站了有那么一会儿，才转过身离开，回到自己的书房继续办公。

那天，裴郁独自在房里思虑了很久，再把姜可望叫过去的时候，就对她说："许老师辞职了。"

姜可望一怔："什么？"

然后就听他先发制人审问自己："怎么回事，姜可望？你又逼走了一个老师。"

"怎么会？他明明还给我留了作业，说有不会的等明天他来教……"姜可望莫名其妙，不太相信地挠头，立刻被裴郁出声打断："算了，就你这样，谁也教不了，还是换我自己来吧。"

"啊？"姜可望奇了，原来他也能教自己吗？不及细想就"噢"了一声，大大的快乐盖过了小小的疑惑，她立刻不再深究老师辞职的事，一下子就扑过去抱住了裴郁，满心欢喜地发问："真的吗，真的吗？"

别的不说，裴郁教一教高数题还是不在话下的。他好有教书的天赋，那么复杂的公式经他漂亮修长的手一拆解，好像也没那么难了。聪明的姜可望简直一学就会，每解完一题，她就开心地为自己拍手："小可望真棒。"然后，撅起嘴凑过去，向他讨要奖励。裴郁笑笑，低头吻下来，他本意是浅浅一啄，然而蜻蜓点在水面，总不小心沉入水底。

如此几番可不得了，两个人接吻的时间，好像比做题的时间还要长，这功课完全没办法好好辅导下去。更要命的是，亲着亲着，姜可望还扯了扯裴郁衬衣的袖子，用一双湿漉漉的眼睛看着他，用一种天真无邪的语调问道："先生，可不可以教点别的？"裴郁内心迟疑了一会儿，本能地伸手搂住了她的腰。

再回神已是次日早晨，他垂头看着缩在怀中呼呼大睡的小东西，忽然就明白了一个道理，有的事可能就是强求不来。

裴郁从此不在姜可望的学习问题上死磕了，俗话说得好：放弃治疗，一身轻松。既然姜可望志不在此，让她好好学是没指望了，还是引导她走别的路吧。

姜可望的人生便在这个节点经历了重要的转折。

——以上就是关于娱乐圈一代影后的那点不完美的成长经历。

番外三
我们这一家

1.“妻奴”裴先生

关于要孩子这件事，姜可望与裴郁一直是顺其自然，在他们的感情尘埃落定的几年后，没有谁刻意提起这个问题。而这个孩子是在一个猝不及防的契机中，自己悄悄来的。

那还是某年的开春，姜可望刚进新剧组不久，尚未转暖的时候，对的——天一冷她的例假就容易不规律。

起初没当一回事，以为就是单纯推迟了，姜可望拍起戏依旧大大咧咧的，该淋雨淋雨，该摔跤摔跤，等后知后觉买来验孕棒，坐在洗手间里眼睁睁地看着上面出现两道杠的时候，才忽觉后怕。这两个月以来，她各种危险动作可没少做，怎么肚子里居然一直带着个小生命？

再加上以前曾经出过一次乌龙，导致她还对这验孕棒的可信度产生了怀疑。

“这一次不会错了吗？”姜可望喃喃问它，更像是自言自语。她歪过脑袋，琢磨了一会儿，又问空气，“不是假孕了吗？”

直到被裴郁领去医院，做了一次全面的检查，才得以确认。医生笑容可掬地对他们说：“恭喜，胎儿很健康。”那一刻，她被高兴不已的裴郁直接托了起来，娇笑着的同时，人还一阵恍恍惚惚的，依旧不太相信，在心里默默想着：“原来是真的呀？”

当然是真的，超声波照片打印出来，一片灰黑交错中，那个小小的胚胎轮廓清晰可见，证实了神奇的小生命此刻就在她腹中静静孕育着。她看着他，有一刻，似乎能听到他心脏跳动的声音——据说两个月的胎儿，就已经有心跳了。姜可望下意识地摸着肚皮，傻傻地笑，手背忽然被一只温暖的手掌覆住，那是裴郁的手盖在了上面，他低下头来，凑近她的耳朵柔声说了句：“爱你，可望。”

姜可望却还是在半夜做起了噩梦。

明明钟渺渺去青山已经数年，据说在那边她一直情绪稳定。可是这晚，姜可望再一次梦到那个长不大的女孩子，梦到自己站在楼梯前，被她一把推下去。

“啊！”失重的感觉将人席卷，姜可望从梦中叫出声来，伸出手徒劳一抓，把身边人也一同惊醒。

“我在，我在。”裴郁轻拍着她，把她从梦魇中拉出来，拥入了怀里，“别怕，可望。”他悉心安抚她的恐惧，再温柔地吻着她的额头，把人重新哄入眠。

裴郁原本打算次日一早乘飞机回纪城办公，也临时请秘书改了签。这一改签就是没完没了，一改再改，一推再推。没办法，姜可望的新戏才拍了个开头，裴郁始终是放心不下，干脆人不走了，在剧组酒店开了个商务套间，直接把办公室搬到了酒店里。

裴先生也太夸张了！秘书叫苦不迭，却也毫无办法，只能视频会议、电子传真、网络邮件……浑身解数轮番使上，以确保老板的远程办公以及提前陪产能正常进行。

裴郁又何止是要“陪产”，他每天早晚接送姜可望拍戏，雷打不动，甚至有时候还会被来探班的粉丝撞见：“哇，天哪，遇见了姜可望老公，颜值超高的！”

粉丝们自然不会放过这种拍照的好机会，偷偷拍下裴郁各种角度的照片，传上网去，博得一大堆赞叹：“哇，老公也来探班吗？好恩爱啊。”相似的情况次数一多，众人更是惊讶不已：“这是一直陪在剧组了吗？天哪，也太甜蜜，太腻歪了吧！”

对此，姜可望初时也曾暗爽了几回，到后来就十分忧心，总感觉裴郁被戴上了一顶“妻奴”的帽子，唯恐给大众造成这种印象，会对他影响不好。毕竟他是个正经企业家嘛，在外总要留点面子。

然而裴郁似乎完全没有担心过，每次见到粉丝来探班，还会主动跟他们打招呼，一改往日高岭之花不可侵犯之形象，导致粉丝们嗷嗷直叫：“啊——人好随和好温柔啊，呜呜呜，嫉妒姜可望！”甚至还出现了一些奇妙的声音：“完了，我爱上裴郁了，没关系……我偶像的老公也是我老公，没错，以后他就是我老公！”姜可望从微博上看到这一条，当下差点把手机摔了。

虽然那只是个别奇葩言论，但也许是孕期敏感易多思，姜可望本能地引起了警觉，十分霸道地勒令裴郁以后都不许在片场出现了，要接送她必须把车停在两条街之外，多靠近一步都不行。这样一来，两个人好像又回到以前没有名分的状态，想干点什么都得偷偷摸摸，其实仔细想想，还怪刺激的。

“快走、快走，要是被我的经纪人发现，她会逼我们分手的！”偶尔一次车里吻别着，姜可望一时兴起，就地演上了狗血戏码。裴郁当时愣了愣，倒是反应得挺快，一把把她拉了回去，搂在怀里轻笑着审问："我和你的事业，哪一个更重要，只能要一个，你选谁？"

姜可望当即傻眼，脸一红，半天才憋出一句："你这样……对胎教不好。"

笑笑闹闹着，剧组的戏不知不觉就杀青了，姜可望"带球"工作的日子彻底宣告结束。别看裴郁在大部分时候无条件顺着老婆，该强势的地方，还是强势得不容有分毫回旋的余地，他叫停了她的一切工作，该延后延后，该解约解约，只为能让她在家好好养胎。

到此，姜可望真正体验了一把她从前最向往的"废物"生活，每天过的是衣来伸手、饭来张口、吃了就睡、睡醒再吃，就连葡萄皮也不用亲自剥，只要她想吃，家里的保姆连葡萄籽都一起剔出来，让她吃个爽的日子。

姜可望的收获是体重飙升到了历史最高值，她捏着新长出来的双下巴，很是忧伤，但这不是最令人烦恼的。

她一个人闲在家里，经常会感到很无聊，总忍不住冒出骚扰裴郁的念头，动不动就给他发一堆没营养的垃圾短信，诸如"吃了吗""吃了啥""给你看这个小兔子肥肥的好可爱"此类。

他不回复她会接着发，他回复她会发得更起劲。姜可望感觉自己又回到了以前那个患得患失的状态，还挺自我嫌弃的，她在心底暗暗发誓，等自己一"卸货"，第一时间一定要立马回归工作！

而眼下是没办法了，她就是管不住自己给裴郁发短信的手，好在，他只要有空，都是会立马秒回的。

"我每天给你发那么多信息，你会不会觉得我很烦呀？"当裴郁回家，第一时间上楼来看她的时候，她迎过去扑到人的怀里，例行拥抱完后，小心翼翼地发问。他则轻轻地摸了摸她的头发，说："为什么这么问？”

“因为我变得和以前一样，我以前……不是挺让你头疼的吗？”姜可望不好意思地低下了脑袋，却被他托住了下巴，又抬起来。裴郁凝视着她说：“看看我。”

“可望，我一开始爱上的，就是以前的你。”裴郁认真地看着她的眼睛说道，在那刻，除了从他温柔的眸中感知了爱意，她隐约还能看出一丝感激，他不无动容地道，“我还以为，我把以前的小可望弄丢了，再也回不来了呢。”

“啊……”姜可望张了张嘴，一时只能发出这种单音节了，裴郁也太会谈恋爱了吧？此时此刻，幸福在小可望的内心炸开了锅，她嘴角一敛，收住了笑容，随即一头扎入他的怀里。

2. 小核桃的到来

姜可望生了个女儿，就在预产期当天，医生预测得可真准。一大早她肚子就开始痛，好在人已经提前住进了医院，一切流程都是不急不缓的，生产也来得异常顺利，她基本没受什么罪。

那个小东西实在太小只了，“吧唧”一下就从她肚子里冲了出来，哭号声震天响，立刻又被转送去了无菌箱里，说是虽然一切体征都很健康，但只有四斤八两。四斤八两？姜可望虚弱地躺在床上之际，听到这个数字，一下子就被活活气精神了，那她身上多出来的二十斤肉都去了哪儿啊？

“你刚出生的时候也就比她重一点点，五斤整，医生也说是健康的。”母亲还以为她在担心孩子，摸着她的脸柔声安慰，“可能这属于遗传吧。”母亲在说话，裴郁则在旁边注视着她，怜爱地笑。

他握着她的手，朝额头吻下去：“原来可望小的时候就那么一点点大。”看到此情此景，母亲也笑了，借着去看孩子的名义起身离开，把独处的空间留给他们。

“辛苦了，可望。”没人在时，裴先生便亲得愈加缠绵，他吻着太太的眼睛、鼻子和脸颊，肉麻地说了好几句“我爱你”，说着说着，称呼就从“可望”变成了“宝贝”。姜可望飘飘然地受用着，然后问他：“你看到宝宝了吗？”

“一会儿再去，”而裴郁又亲了她好几下，才找着间隙回答她的问题，“我们一起去。”当天晚些时候，姜可望就真的在裴郁的搀扶下，颤颤巍巍去见了他们的宝宝。

好一个皱巴巴的小不点儿，浑身青紫，眼睛只有两道缝，嘴巴苦大仇深地撇着。姜可望一看就傻了眼：“好丑的宝宝！”这遗传的谁呀？一定是弄错了。

然而她话音刚落，脑门就挨了母亲一个毛栗子：“别瞎说。”一向温柔的母亲居然教训起了她，“刚生出来的孩子都是这样的，等长开了，会越来越好看。”老人家还指着其他无菌箱里的孩子给她看：“你看看这个宝宝，再看看这个宝宝，都是这样的。”趁母亲转身，姜可望立马做了个大大的鬼脸。裴郁在一旁笑着，伸手过来，轻轻抚摸她脑袋上刚刚被敲过的地方。

因为那孩子实在是太皱巴，姜可望当天就给她起好了名字：小核桃。但正如母亲所说，随着她身上的青紫褪去，五官舒展开来，真的是越来越好看，到了出无菌箱的那天，她已经成了全医院最可爱最漂亮的宝宝——当然，这是姜可望自认为的。

小核桃一天一天长大了，她的脸型和骨骼分布都与裴郁如出一辙，继承了他天然优越的骨相，五官则更像姜可望，柔和中不失娇俏。

基因组合算不算得上是这个世界上最奇妙的事情？每次端详着小

核桃的脸，从她身上同时看到自己和裴郁的影子，姜可望都由衷地觉得，能与自己爱的人生下一个共同的孩子，实在是一件太幸福的事了。

不过说回来，在小核桃刚出生时，裴郁的反应似乎并没有那种初为人父的欣喜，还是把更多注意力放在老婆的身上。姜可望就一度天真地以为，他不会是那种能把女儿宠上天的类型。结果现实狠狠地打了她的脸！第一次看到裴先生趴在地板上扮老虎逗孩子开心的时候，姜可望真的是大跌眼镜，感觉他一直以来的霸总形象简直大大崩塌，让她整个人都颠覆不已。

这仅仅是个开始，随着小婴儿咿呀学语，蹒跚学步，渐渐长大了以后，裴先生宠女儿的套路就五花八门显现了出来。主要精髓就是一句话："要什么给什么，说什么是什么。"只要小核桃发话，摘个星星月亮都不是问题。

还别说，那个小东西真的曾经一脸天真烂漫地在窝爸爸的怀里，指着天空撒着娇索要过："爸爸爸爸，摘星星，要星星。"隔了一周，宇宙里就正式有了一颗命名为"小核桃"的小行星。裴郁这个宠法，搁一般人还真吃不消。

到了该上各种培训班的年龄，裴郁也还是一有空就带女儿到处玩，当初他是怎么说的来着？他明明曾一脸严肃地教育过姜可望："姜可望，人活在这个世界上，怎么可以没有自己的追求呢，你就放任自己每天消遣生命吗？"这股人生导师的气魄，究竟去哪儿了？不带这么双标的！姜可望经常暗中腹诽。

姜可望并不知道的是，裴郁只是在实现她从前的愿望。

当第一次把那个小小软软的身体抱在怀里，感知着她的呼吸与心跳的时候，他就忽然觉得，让她变成一个小"小可望"也不错。这个世界上有用的人那么多，总要有人来扮演平庸的角色，他只希望自己的女儿可以永远开开心心，做一个无忧无虑的“小废物”。对此姜可望一无所知，只偶尔会嗔恼地埋怨裴郁：“你会把她惯坏的！”

既然裴郁当了那个慈父，就由姜可望来扮演严母。每当小核桃作业写到一半，注意力不自觉分散，开始在草稿纸上画小人的时候，姜可望就会严肃地扳过小姑娘的脸，对着她说：“宝宝，你知道离你高考还有多少天吗？现在就算出来。”

小核桃撇嘴，她还只是个一点点大的小孩子，不该过早承受这个年纪不应有的沉重。她赶紧把求救的目光投向了一旁看文件的裴郁，对方却轻咳一声，假装什么也没看见。姜可望尽数看在眼里，并会心一笑，点着小丫头的脸颊说：“算不出来？那还不好好学习，好好写作业？”

“知道吗宝宝？”姜可望扭头看了一眼裴郁，再憋着笑转回来，学着他从前的口吻，语重心长地对那小家伙道，“你将来一定要成为一个有用的人，做社会的栋梁……”

3. 爸爸最爱妈妈

最后的最后，小核桃并没有如裴郁所想，成为所谓的“废物”。

八岁那年，她身上萌发出了早慧的特质，小小年纪就变得稳重而沉静，热衷读书，也喜欢思考，俨然一个缩小版的裴郁。看来基因的作用还是分外强大，无论后天怎么瞎折腾，最后孩子还是成了该有的模样。

姜可望不知道这其中是有一定的契机在的，小核桃早年调皮捣蛋无恶不作，裴郁宠她归宠她，但到了原则问题上，从不会包庇。

“呜呜呜，妈妈坏……”挨了批评的小核桃抽抽搭搭地去裴郁那里找关爱。

他依然温柔，却会皱着眉头道：“怎么可以说妈妈的坏话呢？”

小女孩当即崩溃地问：“爸爸你不站在我这边吗？”裴郁便把她拉过去，重新理一遍这其中的道理，让她知道自己被批评的原因。但女人这种生物，从来是“道理我懂，我要的是态度”，连小孩子也不意外，小核桃哭得越发伤心：“你不是最爱我吗？”

“爸爸最爱的人是妈妈哦。”那一刻，裴郁对着她笑道。生平第一次，小核桃愣住，知道了有些东西不是伸手就能从爸爸那里拿到的。她也从此认清了在这个家中，到底谁才是那个“女主人”，自那以后，就渐渐地对姜可望狗腿了起来。

其实，姜可望只在产后休养了一小段时间，就复出娱乐圈，回归她的事业中去了。因而她能留在家里的时间总是比较少，给孩子的陪伴不如裴郁多，才造成了小时候的女儿与自己不那么亲近。但随着小女孩日渐长大，对母亲越来越感兴趣，她们便经常在姜可望休假的日子里，一起做一些放松的事，来场母女之间的促膝长谈。

“妈妈，做演员那么辛苦，你为什么还要坚持呀？爸爸不是已经挣了好多钱吗？”小核桃曾问。

姜可望的回答是这样的：“不一样哦，妈妈是在做自己的事情，每个人都应该找到自己要做的事，这很重要哦，是用钱买不来的。”小核桃听着似懂非懂，不过，毕竟是听进去了，懵懵懂懂记在了心里。

“那么我要做什么呢？”她常常会发出这样的思考，也许这个念头出现得为时尚早，在一个不到十岁的孩子身上，显得尤为可爱。但用不着过多久，总有一天，她会找到想要的答案的。